ভৌতিক অলৌকিক

অভিজ্ঞান রায়চৌধুরী

ভৌতিক অলৌকিক

পত্র ভারতী

www.bookspatrabharati.com

প্রথম প্রকাশ
জানুয়ারি ২০১৫

BHOUTIK ALOUKIK
collection of super natural stories
by
Abhijnan Roychowdhury

ISBN 978-81-8374-330-3

প্রচ্ছদ ও অলংকরণ
সুদীপ্ত মণ্ডল

মূল্য
২০০.০০

Publisher
PATRA BHARATI
3/1 College Row, Kolkata 700 009
Phones 2241 1175, 94330 75550, 98308 06799
e-mail patrabharati@gmail.com *website*
www.bookspatrabharati.com
visit at www.facebook.com/ Patra Bharati
Price ₹ 200.00

ত্রিদিবকুমার চট্টোপাধ্যায় কর্তৃক পত্র ভারতী, ৩/১ কলেজ রো, কলকাতা ৭০০
০০৯ থেকে প্রকাশিত এবং হেমপ্রভা প্রিন্টিং হাউস, ১/১ বৃন্দাবন মল্লিক লেন,
কলকাতা ৭০০ ০০৯ থেকে মুদ্রিত।

আমার বাবা
স্বর্গীয় অজিতকুমার রায়চৌধুরীকে

আমার দিদি
দেবযানী ঘোষকে

পত্র ভারতী প্রকাশিত লেখকের অন্যান্য বই

মাঝে মাত্র চব্বিশ দিন

সংকেত রহস্য

গ্লোবাল ওয়ার্মিং

রহস্য যখন ডারউইন

ভৌতিক ও অলৌকিক দুটোই একই সূত্রে গাঁথা। দুটোকেই সাধারণ বুদ্ধিতে বোঝা যায় না। বোঝানো যায় না। একইসঙ্গে এরা হল আমাদের বড় কৌতূহল-এর জায়গা। ভূত নিয়ে লেখার একটা মজা হল—ভূত নিয়ে কোনও বিতর্ক হয় না। পাঠকরাও চুলচেরা বিচার করে গল্পে ভুল খোঁজে না।

কেউ ভূতে বিশ্বাস করে, কেউ বা করে না। এই দুই শ্রেণির লোকই কিন্তু ভূতের গল্প পেলে অন্য কোনও গল্প পড়ে না। নিজে দ্বিতীয় শ্রেণির লোক হওয়া সত্ত্বেও লিখে গেছি। তেনাদের নিয়ে খেয়ালখুশিমতো গল্প লিখেছি। উপযুক্ত সম্মান না দিয়ে হাস্য-কৌতুক করেছি। তাই আমার ভৌতিক গল্পের সামান্য জনপ্রিয়তা যে আমাকে ভূতেদের কাছে আদৌ জনপ্রিয় করে তোলেনি, সেটা দু-মাস আগেও টের পাইনি। আমার দুই প্রিয় লেখক অনীশদা ও ত্রিদিবদার পরে আমিও আমার ভৌতিক ও অলৌকিক গল্পের সংকলন করার কথা ভেবেছিলাম। আর তখনই ঘটনার শুরু।

আমার ইংল্যান্ডের ওয়েল্‌স-এর বাড়ির বাগানে রোজ যেন কার যাতায়াত শুরু হল। ঠিক রাত ন'টায়। কার যেন পায়ে হাঁটার শব্দ। অথচ বাগানের দরজা খুললেই ভেতরে শুধু ঢুকে আসে কনকনে ঠান্ডা বাতাস। বাইরে কারুর দেখা পাই না। কিন্তু উপস্থিতি টের পাই। কিন্তু সংকলন তো আর বন্ধ করা যায় না। তবু তেনাদের শ্রদ্ধা জানিয়ে শেষের ঘটনাকে গল্পাকারে রাখলাম। গল্পের নাম '৩৮ বিচউড স্ট্রিট'।

এসবের পরেও যে পত্র ভারতী এই বইটি প্রকাশ করছে, তার জন্যে ধন্যবাদ জানাই ত্রিদিবদাকে তাঁর সাহসের জন্য। ধন্যবাদ জানাই পত্র ভারতীর সকল কর্মীদের এই প্রচেষ্টায় সঙ্গে থাকার জন্য। আর বিশেষ করে ধন্যবাদ জানাই 'তেনাদের', যারা অযাচিত উপস্থিতির মাধ্যমে আমাকে উৎসাহ দিয়েছেন।

আর তোমাদের অপরাধী বলব, চিরকাল আমার লেখা এধরনের গল্প অবিশ্বাস করে এসেছো। আর কোরো না। ভুল করে বইটা কিনে ফেললেও, রাতে পড়ো না। ভালো থেকো।

অভিজ্ঞান রায়চৌধুরী

ওয়েলস, ইংল্যান্ড
১৭ নভেম্বর ২০১৪

সূচিপত্র

প্রতিশোধ

ঘুম ভাঙতেই রজত টের পেল ট্রেনটা স্টেশনে থেমেছে। বাইরে হকারদের চিৎকার, ব্যস্ত লোকজনের মালপত্র নিয়ে এদিক-ওদিক ছোটাছুটি। কিছু লোক কৌতূহলী চোখে ট্রেনের দিকে তাকাচ্ছে। এসি ফার্স্ট ক্লাসের জানালার কাচে নাক ঠেকিয়ে ভেতরে কে আছে দেখার চেষ্টা করছে।

মোটা কাচের জানালার ওপারে স্টেশনের নামটা পড়ার চেষ্টা করল রজত। বাইরে প্ল্যাটফর্মের হালকা আলোয় স্টেশনের নামের আধখানা দেখে আন্দাজ করল—টাটানগর। মাঝরাত্রি পেরিয়ে গেছে। খানিকক্ষণ দাঁড়াবে এখানে ট্রেনটা। বোধহয় খাবার তোলা হচ্ছে।

হাওড়া থেকে ট্রেনে ওঠার সময় ও একাই ছিল কেবিনে। কিন্তু এখন আর ও একা নয়। মাঝে কোনও স্টেশনে কেউ একজন উঠেছে। কোনও একজন বলাই ভালো, কারণ তার আর অন্য কোনও পরিচয় পাওয়ার উপায় নেই। উলটো দিকে মুখ করে শুয়ে আছে! পায়ের দিকে শুধু একটা পুরোনো দিনের ভারী সুটকেস। এসি ফার্স্ট ক্লাসের সঙ্গে একেবারেই মানানসই নয়। কাঁধ অবধি কম্বল টেনে দিব্যি নিশ্চিন্তে ঘুমোচ্ছে।

ট্রেনে ওঠার পরপরই খেতে দিয়েছিল। খাবার প্লেটটা এখনও পড়ে আছে। ওটাকে সিটের নীচে ভেতর দিকে ঠেলে দিয়ে লেখার খাতাটা বার করল রজত। মাথার কাছের আলোটা জ্বেলে দিল। বাকি কেবিনের অন্ধকার আরও খানিকটা বাড়িয়ে দিয়ে সাদা আলো ওর সিটের ঠিক মাথার কাছে ছড়িয়ে পড়ল। অনেকক্ষণ ঘুম হয়ে গেছে। এখন ঘুম একবার যখন ভেঙেছে, চট করে আর আসবে না। তাই দিব্যি খানিকক্ষণ নিশ্চিন্তে গল্প লেখা যাবে।

ইদানীং দু'একটা ম্যাগাজিনে লেখা বেরোচ্ছে রজতের। ওর প্রফেশনটা যদিও আলাদা। সিএ পাস করে একটা মাঝারি মানের কোম্পানিতে চাকরি করে ও। লেখাটা মূলত ওর নেশা। তাই সময় পেলেই কাগজ পেন নিয়ে বসে যায়। সবে লিখতে শুরু করবে এমন সময় বাধা এল।

কেবিনের দরজা খুলে এক প্রকাণ্ড চেহারার ভদ্রলোক প্রবেশ করলেন। ছ'ফুটের ওপর হাইট। ডান গালে জড়ুল। ফরসা। ধ্যাবড়া নাকের উপর একটা রিমলেস চশমা। চোখের নীচের অংশ বসা। মাথা ভরতি পাকা চুল। বয়স ষাটের কাছাকাছি হবে। বেশিও হতে পারে। অ্যাথলেটিক মেদহীন চেহারা। জামাকাপড় দেখেই বোঝা যায় বেশ অবস্থাপন্ন। ভদ্রলোককে দেখেই খুব চেনা মনে হল রজতের। কেন ঠিক খেয়াল করতে পারল না।

দুটো ব্যাগ কুলিকে বাংকের নীচে ঢুকিয়ে রাখতে বলে রজতের উলটো দিকে এসে বসলেন। উপরের বাংকের ভদ্রলোকের দিকে ইঙ্গিত করে বললেন, 'একসঙ্গে?'

—না, ওনাকে আমি চিনি না।

—গুড, এক কেবিনে তিনজন—কেউ কাউকে চিনি না। ভালো, আমার নাম আশিস মাইতি, তা তোমার নাম কী? কী করো?

—আমি রজত। সবে চার্টার্ড পাস করে চাকরিতে ঢুকেছি।

—তা, অফিসের কাজে?

—না, এমনিই বেরিয়ে পড়লাম। এখন সোজা পুনে। সেখান থেকে গোয়া। সাত দিনের ট্রিপ।

—বলো কী! একা! তোমার বয়সে একা একা ট্রিপ? তা বন্ধুবান্ধব কেউ নেই?

মাথা নেড়ে মুচকি হাসল রজত। জানে সবারই এটা খুব অদ্ভুত লাগবে। ওর মতো বয়সি একজনের একা একা ঘোরাটা। আসলে ছোটোবেলা থেকেই রজত খুব একা একা থাকত। এখন সেটা

অভ্যেসে দাঁড়িয়ে গেছে। বাবা খুব কম বয়সে মারা যান। তারপর থেকে মামাবাড়িতে মানুষ। বড়োমামার খুব শাসন ছিল। বাড়ির বাইরে কারও সঙ্গে মেলামেশা একদম পছন্দ করতেন না। মা'ও বাবার হঠাৎ মৃত্যুতে এত আঘাত পেয়েছিলেন যে কখনওই বাড়ির বাইরে বেরোতেন না। সবরকম আনন্দ-উৎসব এড়িয়ে চলতেন। আর তারই ছায়া এসে পড়েছিল রজতের উপরেও।

আশিসবাবু মানিব্যাগ থেকে বিজনেস কার্ডটা বার করে রজতের দিকে এগিয়ে দিলেন, 'পুরোনো বিজনেস কার্ড। তিন মাস হল রিটায়ার করেছি। বায়োমেডের নাম শুনেছ?'

—হ্যাঁ, তা শুনব না! ভারতের এক নম্বর ওষুধ তৈরির কোম্পানি। আর তা ছাড়া...

—'ম্যানেজিং ডিরেক্টর ছিলাম'—রজতকে কথাটা সম্পূর্ণ করতে না দিয়েই আশিসবাবু বলে উঠলেন। বলে একটু গর্বের হাসি হাসলেন।

—চার-চারটে বছর। একসময় বায়োমেডকে কেউ চিনত না। আমার জন্যই—এই আশিস মাইতির জন্যই বায়োমেডকে এখন সারা পৃথিবী চেনে।—বলে কোটের পকেট থেকে একটা কাঠের বাক্স হাতে নিয়ে একটা চুরুট বার করলেন।

—লাইটার আছে?—একটু থেমে বলে উঠলেন আশিসবাবু।

—নাহ্, আমি স্মোক করি না।

—আমার লাইটারটা ওই ডান দিকের লেদারের ব্যাগটার সাইড পকেটে আছে। বের করে দাও তো—বেশ অর্ডারের ভঙ্গিতে বললেন আশিসবাবু।

রজতের হাত থেকে লাইটারটা নিয়ে চুরুট জ্বালিয়ে একটা তৃপ্তির টান দিয়ে উপরের বাংকের দিকে তাকিয়ে বলে উঠলেন—'লোকটা মরার মতো ঘুম লাগিয়েছে দেখছি। আর সঙ্গে আবার মান্ধাতা আমলের ব্যাগ। কোনও সেন্স নেই। আমার অফিসে ঠিক এইরকম

একটা ব্যাগ নিয়ে কে একজন আসত—ঠিক খেয়াল হচ্ছে না। তা যাকগে, বায়োমেডের কোনও ওষুধের নাম জানো?

—অ্যাসিবিওন। মাথাব্যথার ওষুধ।

—বাহ্, জানো তাহলে, খুব হিট প্রোডাক্ট। আমার রিসার্চ টিমই করেছিল। সে প্রায় পঁচিশ বছর আগের কথা।

—আমার বাবাও বায়োমেডে কাজ করতেন। অনেকদিন আগে।

—'তাই!'—একটু অবাক হলেন—'কী নাম ওনার?'

—রঞ্জন চ্যাটার্জি। রিসার্চ সায়েন্টিস্ট ছিলেন।

কেবিনের আবছা আলোতে মনে হল আশিসবাবু যেন একটু চমকে উঠলেন—'রঞ্জন!'

—আপনি বাবাকে চিনতেন? উনি আপনাদের গুরগাঁও অফিসে কাজ করতেন।

একটু গলা খাঁকরে চুরুটের ছাইটা নীচের কার্পেটের উপর ফেলে টান হয়ে উঠে দাঁড়ালেন আশিসবাবু।

—নাহ্, বড় কোম্পানি তো। অনেক এমপ্লয়ি ছিল। সিনিয়র ম্যানেজমেন্ট হলে চিনতে পারতাম। আমার তো সব সিনিয়র লোকদের সঙ্গেই কাজ ছিল। যাই, চুরুটটা বাইরে গিয়ে শেষ করি। ভিতরে ধোঁয়া ধোঁয়া হয়ে যাচ্ছে। আবার কখন স্মোক অ্যালার্ম বেজে উঠবে। অবশ্য সবই টাকা দিয়ে ম্যানেজ করা যায়। বুঝলে ইয়ং ম্যান! কোনও নিয়মের তোয়াক্কা আশিস মাইতি করে না।

আশিসবাবু কেবিনের দরজা খুলে বাইরে বেরিয়ে গেলেন। সত্যি বলতে কী—এত সিনিয়র লোক, অথচ ভদ্রতার অভাব। কেবিনে যে আরও দুজন আছে, তাতে কোনও ভ্রূক্ষেপ না করে দিব্যি চুরুট খাচ্ছিলেন!

অবশ্য তাতে কেবিনের অন্যজনের কোনও অসুবিধা হয়েছে বলে মনে হয় না। অন্য দিকে মুখ করে এখনও দিব্যি ঘুমিয়ে যাচ্ছে। আশিসবাবুকে যে কেন এত চেনা লাগছিল মনে করার চেষ্টা করল

রজত। এত চেনা মুখ। ভাবতে ভাবতে হঠাৎ মনে পড়ল কেন এত চেনা লাগছে। হ্যাঁ, এগজ্যাক্টলি। পরিষ্কার মনে পড়ে গেছে। কয়েক মাস আগে 'জয়ন্তী' পত্রিকায় যে গল্পটা লিখেছিল, তার সঙ্গে ছবিটা রজতই এঁকেছিল। সেই ছবিতে গল্পের প্রধান অপরাধী আগরওয়ালের যে ছবি ছিল, তার সঙ্গে আশিসবাবুর প্রচণ্ড মিল। কিন্তু আশিসবাবুকে তো রজত আগে কখনও দেখেনি—তাহলে ওই ছবিটা আশিসবাবুর হল কী করে? এতটা মিল আপনা থেকে! রজত আরেকটু ভাবার চেষ্টা করল। ঠিক একইরকম—ডান গালে জড়ুল। ধ্যাবড়া নাক। চোখে রিমলেস চশমার মধ্যে দিয়ে একইরকম শ্যেনদৃষ্টি। ছবিতে লোকটার বয়স অবশ্য কম ছিল।

আচ্ছা, একেই কি ঘুরেফিরে সেই ভয়ের স্বপ্নটাতে দেখত রজত! ছোটোবেলা থেকে যে স্বপ্নটা বারবার ঘুরেফিরে আসত। এখনও যে দুঃস্বপ্ন দেখে ভয়ে মাঝেমধ্যে জেগে ওঠে রজত! সেরকমই কি দেখতে এই লোকটাকে? ঠিক তাই। স্বপ্নে যার চেহারা দেখতে পায়, তারও ডান গালে জড়ুল। চোখের নীচটা ঠিক একইরকম বসা। ধ্যাবড়া নাক। কী অদ্ভুত কাণ্ড!

কেবিনের দরজাটা আবার খুলে গেল, আশিসবাবু ঢুকলেন। দরজা বন্ধ করে নিজের সিটে এসে বসলেন। মিনিটখানেক চুপচাপ। তারপর বলে উঠলেন,—হ্যাঁ, এখন মনে হচ্ছে রঞ্জনের নামটা শুনেছি। হঠাৎ হার্ট অ্যাটাকে মারা যান, তাই না?

—হ্যাঁ, আমি তখন খুব ছোটো। বছর দুয়েক বয়স, বাবার সঙ্গে পার্কে গিয়েছিলাম। আমি খেলছিলাম। বাবা পার্কের বেঞ্চে বসেছিলেন। ওখানেই হার্ট অ্যাটাকে মারা যান। আমি নাকি বাবাকে বারবার করে ডাকছিলাম। বাবা সাড়া দিচ্ছিলেন না। তাই দেখে আশপাশের লোকজন এগিয়ে আসে। বাবাকে হাসপাতালে নিয়ে যাওয়া হয়, সেখানে জানানো হয় বাবা মারা গেছেন। আমার অবশ্য কিছুই মনে নেই।

—কিচ্ছু মনে নেই? কী হয়েছিল হঠাৎ করে? বাবা কি সাহায্য চেয়েছিলেন?

—না, আমার কিছুই মনে নেই। বাবার চেহারাটাও আমার মনে পড়ে না। বাবার সব স্মৃতি হল এখন বাবার ছবি। তাই তো সবসময় সঙ্গে বাবার ছবি রাখি। এই যে—বলে মানিব্যাগে রাখা ছবিটা তুলে ধরে রজত।

—দেখি—বলে মানিব্যাগটা হাতে ধরে খানিকক্ষণ তাকিয়ে রইলেন আশিসবাবু—নাহ্, চেহারাটা ঠিক খেয়াল হচ্ছে না।

একটু দ্বিধা করে কথাটা বলেই ফেলল রজত—আপনাকে আমার শুরু থেকেই খুব চেনা মনে হচ্ছিল। আমার একটা গল্পে আমার আঁকা একটা ছবি ছিল সঙ্গে থাকলে দেখাতাম। ছবিটা হুবহু আপনার মতো।

—'সে কী!' নড়েচড়ে বসলেন আশিসবাবু—'খবরের কাগজে আমার ছবি দেখেছ নাকি?'

—'না, আমিও তাই ভাবছিলাম। আপনাকে তো আগে কখনও দেখিনি। ছবিটা ঠিক আপনার মতো হল কী করে! পরে মনে হল আমি একটা স্বপ্ন ছোটোবেলায় খুব দেখতাম। এখনও মাঝেমধ্যে দেখি। স্বপ্নটা এরকম—একটা লোক বেঞ্চে বসে আছে। হঠাৎ দুজন লোক তার দিকে এগিয়ে এল। একজন—তাকে দেখতে ঠিক আপনার মতো, সে বেঞ্চে বসা লোকটার সঙ্গে কী সব কথা বলল। এর মধ্যে হঠাৎ করে সঙ্গের অন্য লোকটা পিছন থেকে বেঞ্চে বসা লোকটার মুখে রুমাল চেপে ধরল।

—তার—তারপর?

—বাকিটা একেকবার একেকরকম দেখি।

—আমার মতো দেখতে লোকটা কী করল?—আশিসবাবু উদ্‌গ্রীব হয়ে বলে উঠলেন।

—সেটা ঠিক বুঝতে পারি না। কী একটা জিনিস দিয়ে যেন বেঞ্চে বসা লোকটার হাতটা চেপে ধরল।

—হাঃ হাঃ, তাহলে তোমার স্বপ্নে আমি ভিলেন—কী বলো?

—এ স্বপ্নটা ছোটোবেলায় খুব দেখতাম, এখন কম দেখি। কিন্তু এত স্পষ্ট, মাঝেমধ্যে মনে হয় স্বপ্ন নয়—সত্যি।

—স্বপ্ন এত বিচিত্র হয়, তবে ওসবের কোনও মাথামুণ্ডু থাকে না। যে ভালো লোক, তাকে স্বপ্নে হয়তো খারাপ দেখি। যত হাবিজাবি। বকোয়াস।

একটু থেমে আশিসবাবু ফের বলে উঠলেন—এসব নিয়ে একদম ভাববে না। এমন ঘুমিয়ে নয়—জেগে স্বপ্ন দেখবে। আমার মতো। তা না হলে বড়ো হওয়া যায় না। উহ্, আজকে এত মাথা ধরেছে না! কোনও ওষুধও আনিনি সঙ্গে। আছে তোমার কাছে কোনও ওষুধ?

—আপনার কোম্পানিরই ওষুধ আছে। অ্যাসিবিওন। নেবেন? ওটাতে তো আমার বেশ কাজ দেয়।

—না, না, অ্যাসিবিওন আমার সুট করে না—দরকার নেই। চুপ করে শুলে আপনা থেকেই মাথাব্যথা ছেড়ে যাবে।—বলে আশিসবাবু চাদর-কম্বল পেতে শোবার ব্যবস্থা করতে থাকেন।

হঠাৎ কে যেন ধমকে উঠল—মিথ্যে কথা আশিস! সত্যি কথাটা বলব? অ্যাসিবিওন খেলে কী হয় তা তুমি জানো।

চমকে উঠল রজত। উপরের বাংকের লোকটা উঠে বসেছে। আবছা আলোতে মুখ না দেখা গেলেও গলার আওয়াজ ওদিক থেকেই আসছে। রজতের উপরের বাংকে, তাই আশিসবাবুর মুখোমুখি।

ধমক খেয়ে আশিসবাবুর মুখটা ছাই-ফ্যাকাশে হয়ে গেছে। কোনওরকমে সিটে পাতা সাদা চাদরের প্রান্ত দু'হাত দিয়ে চেপে ধরে বসে আছেন। কেমন যেন গুটিয়ে গেছেন ভয়ে।

—ফেজ ফোর ক্লিনিক্যাল ট্রায়াল, অ্যাসিবিওন ড্রাগ বাজারে ছাড়ার আগে তার উপর পরীক্ষানিরীক্ষা চলছে। আগের টেস্টগুলো পাস করে গেছে অ্যাসিবিওন। ফেজ ফোরটা পেরোলেই বাজারে ওই ওষুধ।

আমার পথ প্রশস্ত হয়ে যাবে। ফেজ ফোরে দেখা হয় পেশেন্টদের উপর ওষুধের লং টার্ম এফেক্ট। অর্থাৎ ওষুধ খাওয়ার দু-তিন বছরের মধ্যে পেশেন্টের কী হয়! ঠিক এই সময় দেখা গেল পঞ্চাশ বছর বয়সের বেশি কেউ ওই ওষুধ খেলে তার ক্যানসার হচ্ছে। যে পাঁচজন টেস্ট সাবজেক্টের বয়স পঞ্চাশের বেশি, তাদের প্রত্যেকেরেই ক্যানসার হয়েছে দু'বছরের মধ্যে। অর্থাৎ ওই ওষুধ বাজারে আনা যাবে না। ঠিক কি না আশিস! আর তাই ঠিক সে কারণেই তুমি নিজে ওই ওষুধ খাও না! ঠিক কিনা!

উপর থেকে গম্ভীর গলা ফের ধমকে বলে উঠল—আমি ছিলাম ওই ওষুধের রিসার্চ সায়েন্টিস্ট। তোমার টিমে। তোমরা ওই তথ্য লুকিয়ে ওষুধটা তবুও বার করতে চাইলে। কোটি টাকার উপরে ওষুধ তৈরিতে খরচ হয়ে গেছে। বাধা হয়েছিলাম আমি। কোনওরকম কম্প্রোমাইজ করতে চাইনি। তাই আমাকে সরিয়ে দিলে। ছেলেকে পার্কে বেড়াতে নিয়ে গেছি, তখন প্ল্যান করে খুন করলে। ইঞ্জেকশন দিয়ে। একবারও ভাবলে না ছোটো ছেলেটার কথা। নেহাত ও দূরে খেলছিল, টের পাওনি। তা না হলে হয়তো ওকেও মারতে—তাই না?

আশিসবাবু নড়ছেন না, পাথরের মতো বসে আছেন। অন্ধকারে ফের ওই একই গলায় শোনা গেল—'নাও, আমার ছেলের হাত থেকে অ্যাসিবিওন খেয়ে নাও—খেতে তোমাকে হবেই। কী? ক্যানসারের এত ভয়? এতদিনে যে লক্ষ লোক মারা গেছে এ ওষুধ খেয়ে। তারা জানেও না এর আসল কারণ। তোমাদের এত পপুলার প্রোডাক্ট, নিজে খাবে না!'

আবার অট্টহাসি হেসে উঠল বাংকের উপরের যাত্রী—নাহ্, আর দরকার নেই দেখছি। আমার হার্ট অ্যাটাক বলে কেস সাজিয়েছিলে তুমি, তোমার ক্ষেত্রে ওরকম কেস সাজানোর দরকার নেই দেখছি। সত্যিকারের হার্ট অ্যাটাক।

কথাটা থেমে গেল। বাইরে ট্রেনের ঝিকঝিক আওয়াজটা যেন বেড়ে গেছে। দূরে আলোগুলো দুরন্ত বেগে উলটো দিকে ছুটে যাচ্ছে গাছগাছালি সঙ্গে নিয়ে। মেঘের সঙ্গে লুকোচুরি খেলতে থাকা চাঁদের আলোছায়া হাত বাড়িয়েছে কামরাতেও। বাইরে সার দেওয়া গাছগুলোর ছায়া ছায়া অবয়ব যেন আড়চোখে এ কামরার দিকেই তাকিয়ে আছে।

যা হয় হবে! সমস্ত সাহসে ভর করে উঠে দাঁড়াল রজত। উপরের বাংকে আর কেউ নেই। শুধু সামনের নীচের বাংকে পড়ে আছে আশিসবাবুর নিথর দেহ। আর তার পাশে একটা পুরোনো ফাইল— 'অ্যাসিবিওন প্রজেক্ট রিপোর্ট।'

নিছক একটু ভয় দেখানো

ব্যাঙ্গালোর থেকে কলকাতার ফ্লাইটে উঠেই শান্তনু টের পেল ফ্লাইটটা বেশ ফাঁকা। সামান্য কিছু যাত্রী ছড়িয়ে ছিটিয়ে বসে আছে। হয়তো বেশি রাতে কলকাতা পৌঁছোচ্ছে বলেই লোক কম।

শান্তনুর নিজের সিটটা প্লেনের মাঝামাঝি। আইল সিট—অর্থাৎ প্যাসেজের ঠিক পাশে। সিটের দিকে এগোতেই শান্তনু দেখতে পেল ওই রো-তেই ওর পরের সিটটা ছেড়ে জানলার ধারের সিটে এক ভদ্রলোক বসে আছেন, জানলার দিকে মুখ করে। শান্তনুর বসার সময় একবার মুখ ঘুরিয়ে তাকালেন। বয়স পঞ্চাশের ওপরে। বেজায় মোটা, প্রায় সারা মাথা জোড়া টাক। গোল গোল চোখের ওপর একটা পুরোনো স্টাইলের ভারী চশমা। গায়ে ঢোলা চেক-চেক হাফহাতা জামা। মুখটা দেখে মনে হল ভদ্রলোক বেজায় টেনশনে আছেন।

প্লেন সময়মতোই ছাড়ল। শান্তনুর চোখের সামনে খবরের কাগজ খোলা থাকলেও টের পেল যে পাশের ভদ্রলোক বারবার সিট বেল্টটা টেনেটেনে দেখছেন। আগে বোধহয় কখনও ফ্লাইটে চড়েননি। বিমান সেবিকার...'ইন দ্য আনলাইকলি ইভেন্ট অফ ওয়াটার ল্যান্ডিং...' ঘোষণাটা শুনে যেভাবে বারবার সিটের তলায় হাত দিয়ে লাইফ জ্যাকেটটা দেখছিলেন, তাতে মনে হচ্ছিল পারলে এখনই লাইফ জ্যাকেটটা খুলে গায়ে পরে নেন।

প্লেনটা যখন রানওয়েতে ছুটতে শুরু করল ভদ্রলোক দু-হাতে সিটের হাতল দুটো আঁকড়ে ধরলেন। মুঠো তখনই আলগা হল, যখন প্লেন মধ্যগগনে। সিটবেল্ট সাইন চলে গেছে। ভদ্রলোক তবু ওনার বিশাল দেহটাকে বেল্ট দিয়েই বেঁধে রাখলেন।

শান্তনু চিরকালই মজা করতে ভালোবাসে। যখন কলেজে পড়ত তখন নানাধরনের নতুন নতুন র‍্যাগিং-এর উপায় ভেবে বার করত। এখনও মজা করার সুযোগ পেলে ছাড়ে না। ইচ্ছে হল পাশের লোকটাকে নিয়ে একটু মজা করা যাক।

—আপনি কি ব্যাঙ্গালোরে থাকেন?

লোকটা চমকে উঠে ঘাড় ঘোরাল,—আমাকে বলছেন?

—হ্যাঁ, বলছিলাম—ব্যাঙ্গালোরে কি বেড়াতে এসেছিলেন?

—হ্যাঁ, তা বলতে পারেন,—বেড়ানোই বটে।

আজব লোক তো! সরাসরি উত্তর দেয় না। শান্তনু ফের বলে উঠল,—তা আপনি প্লেনে উঠতে একটু ভয় পান দেখছি। প্রথমবার?

লোকটা একটু অপ্রস্তুতের হাসি হাসল।

বিজ্ঞের হাসি হেসে শান্তনু বলে উঠল,—আমি রেগুলার যাই। কে প্রথমবার উঠে ভয় পাচ্ছে তা দেখলেই বুঝতে পারি।

—আপনার ভয় লাগে না? কতই তো অ্যাক্সিডেন্ট হয়! ভদ্রলোক বললেন।

—প্রথম দু-একবার ভয় লাগত। এখন অভ্যেস হয়ে গেছে। তবে এই তো জীবন। আজ আছি, কাল নেই। ভয় করে লাভ কী?

মোটা লোকটা মাথা নেড়ে দীর্ঘশ্বাস ফেলল,—ঠিকই বলেছেন।

—আর চিন্তা করে হবেই বা কী! ধরুন প্লেনের টায়ারটা ল্যান্ড করতে গিয়ে বার্স্ট করল। ব্যস, কয়েক সেকেন্ডে শেষ। কিছু করার আছে?

লোকটা গোল গোল চোখ করে সায় দিল। শান্তনু বুঝল ওষুধ ধরেছে। ফের বলে উঠল,—তবু চিন্তা হয়। আপনারও হবে জানি। এই তো কলকাতার অবস্থা! ল্যান্ডিং করবে—তার জন্য এয়ার ট্রাফিক কন্ট্রোলারকে এতগুলো প্লেনের সঙ্গে যোগাযোগ রাখতে হয়, কে কোন উচ্চতায় থাকবে। একটু ভুলচুক হলেই...

পাশের লোকটা চুকচুক করে একটা দুঃখসূচক আওয়াজ করে

উঠল—ঠিকই, আজকাল যা অবস্থা!

শান্তনু আবার বলল,—হয়তো ঘুমিয়ে পড়ল। বেশিক্ষণ না হলেও হবে। মিনিট দু-তিন হলেই হল, এর ওর সঙ্গে ধাক্কা। কত যে অ্যাক্সিডেন্ট হবে, তাই না?

—ঘুমিয়ে পড়বে?

—কেন ঘুমোবে না বলুন? ওরাও তো মানুষ! তা ছাড়া এরাও তো বেশির ভাগই সবে প্লেন চালাতে শিখেছে। সব ট্রেনি। এখনও অর্ধেক যন্ত্রের ব্যবহার জানে না।

—বলেন কী?

—নয়তো কী! এই তো, আমার এক বন্ধুর ভাই কো-পাইলট। এখনও পাইলট হওয়ার পরীক্ষা পাশ করেনি। নিয়মমাফিক ও চালাতে পারে না। কিন্তু কে দেখতে যাচ্ছে বলুন?

—সে কী? তবে ওদের সঙ্গে অভিজ্ঞ পাইলটও তো থাকে, তাই না?

—হাঃ, হাঃ—। শান্তনু হেসে বলে ওঠে,—বেশি অভিজ্ঞ আর কি!

মিস্টার আগরওয়াল গত পয়ঁত্রিশ বছর এয়ার ইন্ডিয়ার পাইলট। আমার সঙ্গে ব্যাডমিন্টন খেলেন। শাট্‌লই দেখতে পান না। চোখে ছানি। দুদিন শাটল ভেবে আমার মাথায় মেরেছেন। রিটায়ার করেছিলেন। আবার চালাতে হচ্ছে—পাইলট নেই। প্লেনগুলো বসে যাবে।

—নাহ্, এ তো ভারী চিন্তার কথা! ভদ্রলোক প্রায় সোজা হয়ে বসেছেন। ভুঁড়িটা সিটবেল্টের সঙ্গে যুদ্ধ করে যাচ্ছে, হুঁশ নেই।

—আর এসব প্লেনের মেনটেনান্স? জানেন সে কথা? শান্তনু একটু বিজ্ঞের হাসি হেসে বলল,—আজ প্লেনে ওঠার সময় আলিকে দেখলাম। প্লেনের ইঞ্জিনগুলো চেক করছিল।

—তাও ভালো! যাক্, ইঞ্জিনটা তো চেক করেছে।

—ধুর্! ওই আলিকে আমি গত পনেরো বছর ধরে চিনি। আমার বাড়ির কাছে একটা গাড়ির গ্যারেজের মেকানিক ছিল। সেখানে একবার গেলে বার বার যেতে হবে।

—খুব ভালো সার্ভিস বুঝি!

—আরে না-না। ধরুন, আপনার গাড়ির এসিটা কাজ করছে না। গেলেন—এসি কোনওমতে চলল—কিন্তু দুদিন বাদে গাড়ি আবার থামল। কী? না—স্টার্টার খারাপ। ওটা ঠিক করলেন—তো দুদিন যেতে না যেতে ইঞ্জিন খারাপ। বুঝুন, কীরকম মেকানিক! তাও তো সেটা অ্যামবাসাডর গাড়ি ছিল। ও জেট ইঞ্জিনের কী বুঝবে বলুন!

ভদ্রলোক এয়ার হোস্টেসকে ডেকে একটু জল নিলেন। শান্তনু আশ্বস্ত করল,—তবে সবই ভাগ্য। সবসময় যে প্লেন অ্যাক্সিডেন্ট হবেই এ কথা বলা যায় না। হয়তো সেজন্যই আমরা আজ কলকাতা পৌঁছোব।

ভদ্রলোক জলটা শেষ করে বলে উঠলেন,—ঠিকই। সবই ভাগ্য। আমি আবার যখনই যেখানে উঠেছি, সেটাতেই অ্যাক্সিডেন্ট। বাসে করে দীঘা যাচ্ছিলাম—বাস আর ট্রাকে মুখোমুখি ধাক্কা। হাতের হাড় ভাঙল। প্রাণে বাঁচলাম। ট্রেনে পুরী যাচ্ছি—বেলাইন হয়ে চারটে বগি ছিটকে বাইরে পড়ল। জানলা ভেঙে আমাকে বার করা হল। কোনও মতে বাঁচলাম। দু-বছর আগে প্লেনে প্রথম চড়লাম। সেই আবার অ্যাক্সিডেন্ট। শুনেছিলাম পাখি ঢুকে ইঞ্জিন বিকল করে দিয়েছিল, ভাবুন!

শান্তনু এতটা আশা করেনি। ভদ্রলোকের ভয় পাওয়াটা স্বাভাবিক। এরকম ভয়াবহ যার অভিজ্ঞতা। একবার ঢোঁক গিলে ও বলে উঠল,—বেঁচেছেন, এটাই যথেষ্ট। প্লেন অ্যাক্সিডেন্টে কজন বাঁচে বলুন?

ভদ্রলোক এই প্রথমবার বিগলিত ভাবে হাসলেন,—বেঁচেছি কে বলল? কেউই বাঁচেনি, তবে প্লেনে চড়ার শখটা যায়নি। বলে না

অপূর্ণ ইচ্ছা! যখনই কোনও প্লেনের ইঞ্জিন খারাপ হবে জানি, চড়ে বসি।

কথাটা শেষ হতে না হতে শান্তনু হঠাৎ খেয়াল করল—বাইরে যেন কীসের একটা প্রচণ্ড আওয়াজ। হঠাৎ করে প্লেনের ভিতরের আলোগুলো কেঁপে উঠে নিভে গেল। একটা অ্যানাউন্সমেন্ট হল— 'ফাস্ন ইওর সিটবেল্ট...' অ্যানাউন্সমেন্টটা শেষ হল না। চারদিকের আর্ত চিৎকারের মধ্যে শান্তনু বুঝতে পারল প্লেনটা প্রচণ্ড গতিতে নীচের দিকে নামছে। জ্ঞান হারানোর আগে দেখল জানলার ধারের সিটে বসা লোকটা তখনও হেসে যাচ্ছে।

ভূত মানেই চান্স

‘ভূত মানেই চান্স। প্রোবাবিলিটি।’

‘হ্যাঁ, তা ঠিক। ভূত দেখা চান্সই বটে। চেনাজানার মধ্যে কেউ দেখেছে বলে তো শুনিনি।’

‘শুধু দেখা নয়, ভূত হওয়াটাও চান্সেরই ব্যাপার।’

‘মানে?’ প্রশ্নটা করে অবাক হয়ে তাকালাম। কখন যে উটকো একটা লোক আমাদের আড্ডায় এসে যোগ দিয়েছে তা খেয়ালই করিনি। আর দিব্যি কনফিডেন্সের সঙ্গে ভূত নিয়ে পাণ্ডিত্যও ফলাতে শুরু করেছে। কিংশুকের পাশের চেয়ারে বসে একটা পায়ের উপর পা তুলে অন্ধকার জানালার দিয়ে তাকিয়ে লোকটা গম্ভীর স্বরে ফের বলে ওঠে, ‘মানুষ মরে কখন ভূত হয় বলতে পারো?’

সোমনাথ আমার দিকে নির্দেশ করে বলে উঠল, ‘তুমিই বলো। ভূত নিয়ে তুমি তো ভালোই ব্যবসা চালাচ্ছ।’ আমি যে মাঝে মাঝে ভূতের গল্প লিখি তারই দিকে ইঙ্গিত। কথাটা খানিকটা ঠিক তো বটেই।

বলে উঠি, ‘অপঘাতে মৃত্যু—অ্যাক্সিডেন্ট—তাতেই ভূত হওয়ার চান্স বেশি। তাই না!’

‘ঠিকই বলেছ,’ বলে লোকটা আমার দিকে ফিরে ফের বলে উঠল, ‘তা ভূত দেখেছ নাকি কখনও?’

‘না, সে সৌভাগ্য আর হল কোথায়? ভূত নিয়ে গল্পই লিখে চলেছি। অথচ সামনাসামনি ভূত দেখার সৌভাগ্য হয়ে ওঠেনি আজ পর্যন্ত। তা আপনি কোথা থেকে?’

‘এই আমিও তোমাদের মতোই বেড়াতে এসেছি। রেগুলার এখানে আসি, আসতেই হয়।’ বলে দীর্ঘশ্বাস ফেলল লোকটা।

এতক্ষণে ভালো করে তাকালাম লোকটার দিকে। মাঝারি বয়স। মুখটা পুরো গোল। ওজন বেশ খানিকটা বেশির দিকে। গলা আর মুখের নীচের অংশ আলাদা করা যায় না, প্রায় জুড়ে গেছে। চওড়া গোঁফ, চোখে চশমা। ভুঁড়িটা সামনের দিকে ঠেলে দিয়ে বেশ আয়েস করে চেয়ারে বসেছে। দেখলেই বোঝা যায় দু-একটা কথা বলে উঠে যেতে লোকটা আসেনি।

গায়ে পড়ে আলাপ করতে আসা লোকজনদের আমার কেন জানি না একদম সহ্য হয় না। বলা নেই, কওয়া নেই হঠাৎ আমাদের আড্ডায় এসে যোগ দিয়েছে। চিনি না, শুনি না—কোত্থেকে এসে হাজির।

অফিসের ন'জন মিলে গতকাল আমরা উড়িষ্যার কুলডিহা ফরেস্টে এসেছি। এটা শিমলিপালের লাগোয়া জঙ্গল। বালাসোর থেকে আড়াই ঘণ্টার পথ। এসে উঠেছি কুলডিহা ফরেস্ট বাংলোয়। বেশ রিমোট এই জায়গাটা। বেশি ট্যুরিস্টের উপদ্রবও নেই। সারাদিন ঘুরে বেড়াবার পরে সন্ধেবেলা আমরা সবাই মিলে মোমবাতির আলোয় আড্ডা মারছিলাম। বাইরে তারাখচিত আকাশের নীচে ঘুমন্ত জঙ্গল। অন্ধকারে মিশে যাওয়া শাল-সেগুন-জাম গাছের আবছা অবয়ব। আড্ডার বিষয় ভূত—সন্ধের পর জঙ্গলে বেরোনো বারণ। তাই ঘরেই আড্ডা। এরকম পরিবেশে ভূতের গল্পই বেশি জমে। সকলের অনুরোধে আমারই লেখা একটা ভূতের গল্প বলব বলব করছি, এমন সময় কোত্থেকে যে এই ভদ্রলোক এসে উদয় হলেন কে জানে!

টেবিলে রাখা চৌকো করে কাটা আলুভাজা একমুঠো তুলে নিয়ে লোকটা বলল, 'তা তোমরা সব এলে কোত্থেকে?'

বললাম, 'কলকাতা'।

'জঙ্গল কেমন লাগছে?'

পৌলোমী বলল, 'বেশ ভালো, আজ সকালে এখানেই হাতির পাল দেখেছিলাম। অবশ্য তারপর সারাদিন জঙ্গল চষে বেড়িয়েও একটা

ঈগল ছাড়া কিছু চোখে পড়েনি। আর এই বিকেলে এখানে ঢোকার ঠিক আগে একদল বাইসন দেখলাম।'

কিংশুক বাধা দিল, 'কেন? কাল তো আমরা হরিণও দেখলাম। বিকেলে বাংলোর চারদিকের পরিখার বাইরে একটা ময়ূরও দেখেছি, মনে নেই?' কিংশুক বলতে থাকে 'এখন শুধু বাকি রয়েছে ভালুকটাই। আজ জঙ্গলে অনেকটা পথ হাঁটলাম। শুকনো পাতার উপর দিয়ে মস্‌মস্‌ করে হাঁটতে বেশ লাগছিল। আর এদিকটা বেশ পাহাড়ি, চড়াই—উতরাই পথ। ভালোই পরিশ্রম হয়েছে। বেশ কয়েকটা উই-এর ঢিবি আর ভালুকের পায়ের ছাপও দেখতে পেলাম। কিন্তু ব্যস, ওই পর্যন্তই। শীতের এই সময়টাতে তো ওরা বেশি বেরোয় না!'

'তাহলে ভালুক আর ভূত এই দুটো হলেই লিস্ট কমপ্লিট। ঠিক কি না?' লোকটা আবার ফোড়ন কাটল।

গোঁফের ফাঁকে একটু চোরা হেসে ফের বলল, 'তোমাদের একটা গল্প শোনাই। চার বছর আগের কথা। আজকেরই দিনে আমরা চারজন এখানে বসে আড্ডা মারছিলাম—সেই রাতের কথা বলি।'

একটু থেমে আবার লোকটা বলল, 'ভদ্র-চৌধুরী-ইকুয়েশনের নাম শুনেছ?'

আমরা চুপ করে রইলাম। ওরকম কিছু কস্মিনকালেও শুনিনি। নিতান্ত অবজ্ঞাভরে আমাদের দিকে একবার চোখ বুলিয়ে টেবিলের ওপরে রাখা সিগারেটের প্যাকেটটা থেকে একটা সিগারেট নিয়ে ধরিয়ে লোকটা আবার বলল, 'শেয়ার মার্কেটে কোন শেয়ার পরের একসপ্তাহে কতটা উঠতে বা নামতে পারে সেটা এই ইকুয়েশনটা বলে দিতে পারত। স্ট্যাটিস্টিক্যাল মডেল। একেবারে নির্ভুল। তা সে যাকগে। মোদ্দা কথা, ফরমুলাটা জানলে যে-কেউ রাতারাতি কোটিপতি হয়ে যেতে পারে। কারণ ওটা খুব সহজে কম্পিউটারে ক্যালকুলেট করে নেওয়া যেত। আর সেই অনুযায়ী শেয়ারে ফাটকা খেলা যেত।'

'আপনি জানেন ফরমুলা?' তমাল আগ্রহে লোকটার দিকে সরে এসে বলল।

'নাহ্, আগেও শুনিনি, পরেও শুনিনি। প্রয়োজনও হয়নি। শুধু ওইদিনই শুনলাম। কারণ ওই মনীশ ভদ্র আর অসীম চৌধুরী দুজনই ছিল ওইদিনে। আরেকটা লোকও ছিল ওদের সঙ্গে, তার নাম জানি না। দেখেও মনে হচ্ছিল গুন্ডা টাইপের।'

'তা, আপনি ওদের আগে চিনতেন?'

'না, এখানেই আলাপ। তার কয়েকঘণ্টা আগে। খাওয়ার সময়। ভাবলাম একা এসেছি—এদের সঙ্গে একটু আড্ডা মারা যাবে। সেদিনও এরকম মোমবাতির আলোয় বসে গল্প করছিলাম। মনীশ আর অসীম নিজেদের মধ্যে শেয়ার মার্কেট নিয়ে আলোচনা করছিল। কীভাবে লাস্ট কয়েকমাসে শুধু ওই ফরমুলা দিয়ে কোটি কোটি টাকা ওদের লাভ হয়েছে—তারই আলোচনা। ওদেরই আবিষ্কার, এমনিতে হয়তো খোলাখুলি এসব বলত না। কিন্তু পানীয় একটু বেশি পড়েছিল পেটে—তারই সুবাদে ওরা বাইরের লোকের সামনেও সব বলে যাচ্ছিল আর খানিকটা জোর করে হাসছিল মাঝে মধ্যে।

'আমার মনে হচ্ছিল মুখে মিষ্টি মিষ্টি কথা বললেও মনীশ আর অসীমের সম্পর্ক অতটা ভালো নয়। যত রাত হচ্ছিল পানীয়ের মাত্রার সঙ্গে সঙ্গে ওদের সম্পর্কের আসল দিকটা ফুটে উঠছিল। বুঝলাম ওরা একে অপরকে একদম বিশ্বাস করে না। আবিষ্কারটা করেছে দুজনে মিলে, কিন্তু লাভটা দুজনেই একা একশোভাগ চায়।

'অন্য লোকটা কিন্তু সজাগ হয়ে বসে ছিল। কথা বলছিল না। মনে হল অসীমের পার্সোনাল সেক্রেটারি জাতীয় কেউ হবে। গল্প করতে করতে অনেক রাত হয়ে গেল। শেয়ার থেকে রাজনীতি, রাজনীতি থেকে জঙ্গল, জঙ্গল থেকে আমেরিকা-ইরান এরকম বেশ কয়েকটা টপিক হয়ে ঘড়ির কাঁটা তখন ন'টা পেরিয়েছে। আর আমরা রাতের খাবারের কথা ভাবছি—ঠিক তখনই হঠাৎ বাইরে থেকে এক

দমকা হাওয়া এল। মোমবাতির আলোটাকে ছিনিয়ে নিয়ে চলে গেল হাওয়াটা। এক মুহূর্তেই ঘরের মধ্যে নিকষ কালো অন্ধকার। জানালার বাইরের অন্ধকারটা যেন ঘরেও হানা দিয়েছে। হঠাৎ খেয়াল হল আমার হাতঘড়িটা পাশের ঘরে রেখে এসেছি। দামি ঘড়ি—ও ঘরের লাগোয়া বারান্দার দিকের দরজাটাও খোলা রয়েছে। কেউ চুরি করবে না তো অন্ধকারের সুযোগ নিয়ে? ওটা এখনই সরানো দরকার। ভেবে যেই উঠে দাঁড়িয়েছি—হঠাৎ জঙ্গলের নিস্তব্ধতা চিরে খুব জোরে গুলির আওয়াজ। পরে বুঝেছিলাম যে অন্য গুন্ডাটাইপের লোকটা গুলি করেছিল মনীশবাবুকে।'

'সে কী!' আমরা একসঙ্গে বলে উঠলাম।

ভদ্রলোক পাশে কিংশুকের চেয়ারটার দিকে আঙুল দেখিয়ে বলে উঠল, 'এখানে বসেছিল মনীশ।' তারপর আমার দিকে লক্ষ্য করে একটু থেমে আবার বলে উঠল, 'আর তুমি যেখানে বসে আছো, সেখানে ছিল ওই খুনি লোকটা। বুঝতেই পারছ, মাঝে মোটে তিন হাত দূরত্ব। আমি ছিলাম মনীশের ঠিক পাশে, এই চেয়ারে। ভুল হওয়ার চান্স নেই, অন্ধকার হলেও।'

'তা ওখানেই স্পট ডেড?' আমি জিগ্যেস করলাম।

লোকটা শালটা গায়ে আরেকটু জড়িয়ে নিয়ে বলে উঠল, 'হ্যাঁ, স্পট ডেড, তবে ও নয়।'

'মানে? ওইটুকু ডিসট্যান্স। অন্ধকারে মিস হয়ে গেল?'

'আরে না না। ও ছিল পাকা খুনি। ওর আলোর দরকার হয় না। সবই ভাগ্য বুঝলে? জন্মমৃত্যু সবই ভাগ্য। আমরা ভাবি এক হয় আরেক।' একটু থেমে লোকটা সিগারেটের শেষ অংশটা টেবিলের ওপরে রাখা অ্যাশট্রেতে ফেলে দিল।

বাইরে ঘুটঘুট্টি অন্ধকার। দূরে একটা পাখির ডানা ঝটপটানির আওয়াজ পাওয়া যাচ্ছে। আমরা সবাই পাথর হয়ে বসে আছি। মোমবাতির আলোটাই যা একটু ভরসা।

ভাবা যায়, ঠিক এখানেই চারবছর আগে আজকের দিনে একটা খুন হয়েছিল? লোকটা আবার বলে উঠল, 'গল্প কিন্তু এখানে শেষ হয়নি। যা বলছিলাম, গুলিটা মনীশের গায়ে লাগেনি। লেগেছিল আমার বুকে। কারণ, মোমবাতির আলো নিঁভে যাওয়ার সঙ্গে সঙ্গে আমি উঠে ঘড়িটা আনতে যাচ্ছিলাম। হঠাৎ বুকে এসে লাগল গুলিটা। বেঁচে গেল মনীশ।'

'মাই গড। তারপরেও আপনি বেঁচে?' শাশ্বত বলে ওঠে।

কথাটা যেন না শুনেই লোকটা বলে চলল, 'ভাবো তো! কুলডিহাতে আমার আসার কথাই ছিল না। আমি ওদেরকে চিনতাম না, জানতাম না। ওদের সঙ্গে আড্ডায় যোগ দেওয়ারও কোনও কথা ছিল না। নেহাতই পকোড়ার গন্ধে গন্ধে এসে বসেছিলাম। দমকা হাওয়ায় মোমবাতিটা যে হঠাৎ তখনই নিভে যাবে, তা-ই বা কে জানত? আমারও সেই মুহূর্তে না উঠলেই হত। ঘড়িটার আর কত দাম! না উঠলে ওই গুলিটা মনীশের গায়েই লাগত। আমার গায়ে লাগত না। আরও হয়তো চল্লিশ বছর দিব্যি হেসে খেলে কাটিয়ে দিতে পারতাম। পুরোটাই হল চান্স। এজন্যই তো বলছিলাম যে ভূত হওয়াটাই চান্সের ব্যাপার।'

লোকটা একটু থামল। মুচকি হেসে আমার দিকে তাকাল। আমরা সবাই কাঠ হয়ে বসে আছি।

সেদিন তখন রাত ক'টা বেজেছিল জানো? রাত ন'টা দশ। আর এখন? এখনও তাই।'

অট্টহাসি হেসে লোকটা বলে উঠল, 'কী, মুখ শুকিয়ে গেল?'

কথা শেষ হতে না হতেই বাইরে থেকে দমকা হাওয়া এল। মোমবাতির শিখা একবার জোরে কেঁপে উঠে নিভে গেল। আর তখনই কান-ফাটানো বন্দুকের আওয়াজ পেলাম। চমকে উঠলাম। লোকটার হাতে একটা রিভলভার। আর তার থেকেই বেরিয়েছে গুলিটা। যা ভয় করছিলাম, লোকটা ভূত না মাথা! নির্ঘাত একটা

বড় ক্রিমিনাল।

তখন হঠাৎই খেয়াল হল—ঘর তো অন্ধকার। কিন্তু আমি দেখতে পাচ্ছি কী করে। ঘরের মধ্যে স্পষ্ট লালচে আলো ছড়িয়ে পড়েছে। সবার ভয়ে আতঙ্কে জড়সড় হয়ে যাওয়া চেহারা দেখতে পাচ্ছি। সবাই যে-যার জায়গায় আড়ষ্ট হয়ে বসে আছে, একজন বাদে। সে কাত হয়ে চেয়ারে এলিয়ে পড়েছে। বুকের কাছে জামাটায় রক্তের ছোপ। আরে! ওখানে তো আমিই বসেছিলাম। ওটা তো আমি!

লোকটা হেসে আমার দিকে তাকিয়ে বলে উঠল, 'চলো, যাওয়া যাক। প্রতিবছর এই দিন এইসময় আমি আসি। সেদিনের সেই গুণ্ডা লোকটার চেয়ারে যে বসে তার ওপর প্রতিশোধ নিই। রাগটা একটু কমে। তা আজ তুমিই বসেছিলে। তাও আবার দেখো, ঠিক কুড়ি মিনিট আগে অন্য চেয়ার ছেড়ে এখানে এসে বসলে। কী ভাগ্য! তা, বুঝলে তো? ভূত মানেই চান্স, হিঃ হিঃ...' লোকটা আবার বিশ্রীভাবে হেসে ওঠে।

'চলো, লোকজনের চিৎকার শুরু হওয়ার আগে নিভৃতে যাওয়া যাক। অত চিৎকার কানে লাগে। তোমারও লাগবে আজ থেকে।' লোকটা উঠে দাঁড়াল। এগিয়ে গেল দরজার দিকে। আমিও ওর পিছু নিলাম।

দিনটা খুব ইন্টারেস্টিং

জ্যোতিষ জিনিসটাতে কোনোদিনই বিশ্বাস নেই সৌম্যর। জ্যোতিষ মানেই যে বুজরুকি এ ব্যাপারে ও পুরোপুরি নিশ্চিত। তাই পঞ্চগনি শহরের টেব্‌লটপের মতো সুন্দর একটা জায়গাতে গাড়ি থেকে নামতেই যখন এক জ্যোতিষী গোছের লোক এগিয়ে এল—তার ওপর সৌম্য যে প্রচণ্ড বিরক্ত হবে তাতে আর আশ্চর্য কী! লোকটাকে পাশ কাটিয়ে যথাসম্ভব দ্রুতগতিতে এগিয়ে গেল সৌম্য।

'আপকা ভবিষ্যৎ বহোতি ইন্টারেস্টিং হ্যায়। মেরে সে শুন লিজিয়ে,' পিছন থেকে কথাটা কানে এল সৌম্যর। স্ত্রী আর দুই ছেলেকে নিয়ে বেড়াতে এসেছে—তা এখানেও এদের হাত থেকে নিষ্কৃতি নেই। বিরক্ত করে ছাড়ছে। সামনের দিকে তাকাতেই বিরক্তিটা উধাও হয়ে গেল। পাহাড়ের উপরে বিশাল বড় মাঠের মতো সমতল এলাকা। টেব্‌লটপের মতো। এর ওপরেই ওরা দাঁড়িয়ে আছে। দূরে আরও কয়েকটা পাহাড়ের ওপরে এরকমই ন্যাড়া সমতল দেখা যাচ্ছে। দুদিকে গভীর খাঁজ সটান নেমে গেছে। অন্যদিকে পাহাড়ের ঢাল গিয়ে মিশেছে পঞ্চগনি শহরে। এত দূর থেকেই দেখা যাচ্ছে চার্চ, একটা ভারী সুন্দর স্কুল— স্কুলবাড়িটার লাগোয়া বিশাল মাঠ, একটা মন্দিরও। খানিক আগে একপশলা বৃষ্টি হয়েছে। তাই আকাশ বেশ পরিষ্কার। গরমটা কমে গেছে। গাছের পাতায় রোদের অলঙ্কার। সবুজে ঝলমল করছে দূরের পাহাড়।

'স্যার, আপকে বারেমে সবকুছ পতা হ্যায়। শুন লিজিয়ে,' সৌম্যকে রীতিমতো ধাওয়া করেছে লোকটা। ফের অগ্রাহ্য করে

সৌম্য এগোতে থাকে।

অনেক লোক, তবে দার্জিলিং-কালিম্পং-এর মতো ভিড় নেই। বাচ্চাদের ঘোড়া চড়ানোর জন্য বারবার অনুরোধ আসছে। ছেলেদেরকে ঘোড়ায় তুলে দিয়ে বেশ কায়দা করে নিজেও ঘোড়ার পাশে দাঁড়িয়ে বেশ কিছু ছবি তুলল সৌম্য। পুরো জায়গাটার ধার দিয়ে গোল করে একবার ঘুরে এল ঘোড়া। পাত্তা না পেয়ে ওই জ্যোতিষী গোছের লোকটা ইতিমধ্যে উধাও হয়েছে।

আরো মিনিট পনেরো ঘোরাঘুরির পর গাড়িতে উঠতে যাবে— আবার সেই জ্যোতিষী। 'বহোৎ কুছ বোলনা বাকি হ্যায় স্যার। কালকা দিন আপকে লিয়ে বহোৎ-হি ইন্টারেস্টিং হোগা।'

'যাও তো ভাই, ওসব বুজরুকিতে আমি বিশ্বাস করি না।' বিরক্ত হয়ে প্রায় চেঁচিয়ে বলে উঠল সৌম্য। লোকটা বাংলা বুঝল কি বুঝল না কে জানে! কিন্তু সৌম্য যে প্রচণ্ড বিরক্ত এটা অন্তত বোঝাতে পেরেছে আর কি! পঞ্চগনি, মহাবালেশ্বর হয়ে ওরা যখন পুণেতে পৌঁছল তখন অনেক রাত হয়ে গেছে।

পরদিন বিকেলে পুণে থেকে কলকাতায় ফেরার ট্রেন। দশদিন বেড়ানোর পর কলকাতায় ফেরা। পরদিন প্রায় একঘন্টা আগে স্টেশনে পৌঁছে গেল সৌম্য। আধঘণ্টা আগে ট্রেনও এসে গেল প্ল্যাটফর্মে। ওরা উঠে পড়ল ট্রেনে। এসি টু-টায়ার। সিটগুলো ছড়িয়ে-ছিটিয়ে পড়েছে। স্ত্রী আর ছেলেদের সিট এক জায়গায় হলেও সৌম্যর সিট বেশ খানিকটা দূরে, তবে একই কোচে।

ওদেরকে বসিয়ে মালপত্র গুছিয়ে রেখে খানিকবাদে নিজের সিটে এসে বসল সৌম্য। সাইডের সিট। একজন মাঝবয়সি ভদ্রলোক সিটের অন্যপ্রান্তে বসে আছে। দেখে ইউরোপীয়ান বলে মনে হয়। মাথায় ঝাঁকড়া সোনালি চুল, লম্বা জুলফি, বাদামি চোখ, গোঁফ নেই। রোগা-পাতলা চেহারা। একবার সৌম্যর দিকে তাকিয়ে মাথা

ঝুঁকিয়ে হাসল বলে মনে হল। সেটা যখন খেয়াল হল সৌম্যর একটু দেরিই হয়ে গেছে। ফিরতি অভিবাদনটা করা হল না। উলটোদিকে বসে আছে একটা বড় মাড়োয়ারি ফ্যামিলি। তাদের সঙ্গে একবার কথা বলার চেষ্টা করল সৌম্য। যদি বউ আর ছেলেদের সিটগুলো এদের সঙ্গে পালটানো যায়। বৃথা চেষ্টা। এরা বেশ গুছিয়ে-গাছিয়ে, চারদিকে নানান রকম খাবার-দাবার ছড়িয়ে, ল্যাপটপে হিন্দি ফিল্মি গান চালিয়ে বসে আছে। সৌম্য ব্যর্থ হয়ে ফিরে এল।

সিটে ফিরে এসে হিন্দুস্থান টাইমসের পুণে এডিশনটা নিয়ে পড়তে শুরু করল সৌম্য। বাইরে এখনো ভালোই আলো আছে। এদিকের প্রকৃতি বেশ রুক্ষ। ছোট ছোট টিলা-পাহাড়, ছোট ছোট গাছ-আগাছা। বাংলার মাঠ-প্রান্তরের মতো সবুজের সমারোহ নেই। পাশে বসা লোকটা মাথার কাছের আলো জ্বেলে একটা লাল ডায়েরি হাতে নিয়ে পড়ছে, বেশ গোপনীয়তার সঙ্গে। ওটা কি বই? নাহ্, ওপরে কিছু লেখা নেই। তাহলে ডায়েরিই হবে। কিন্তু তাতে সাল-টাল কিছুই লেখা নেই। লোকটার সঙ্গে একবার চোখাচোখি হল। টের পেয়ে লোকটা ডায়েরিটা যেন আরেকটু সাবধানে আঁকড়ে ধরল। একটু লজ্জা পেয়ে আবার খবরের কাগজের দিকে চোখ ফেরাল সৌম্য। বাইরের দেশের লোক কী ভাবল কে জানে? নিশ্চয়ই একটু সতর্ক হয়েই থাকে ওরা—ভারত সম্বন্ধে নানান ধরনের খবর তো রটেই।

এই ক'দিন পুণে, বম্বে, গোয়া, পঞ্চগনি-মহাবালেশ্বর-মাথেরন এসব নানান জায়গায় ঘুরতে গিয়ে কোনো কিছুই খোঁজখবর রাখা হয়নি। গোগ্রাসে তাই খবরগুলো পড়ছিল। হঠাৎ টিকিট চেকার এসে হাজির হওয়ায় বাধ্য হয়ে কাগজটা নামিয়ে টিকিটটা বের করল সৌম্য। ভদ্রলোক বাঙালি।

কোনওভাবে কি আমার ফ্যামিলির সিটগুলোর কাছাকাছি একটা সিট পাওয়া যেতে পারে? ওরা একেবারে অন্যপ্রান্তে।'

'সে আপনাকে প্যাসেঞ্জারদের সঙ্গে কথা বলে দেখতে হবে। আমি বলতে পারব না। এই একটা সিটেই শুধু লোক নেই। বাকি সবই তো ভরতি।' বলে ভদ্রলোক সৌম্যর ওপরের বাঙ্কের দিকে নির্দেশ করলেন।

'আরে! এখানে তো এই খানিক আগেও একজন লোক ছিল। এখানে বসেছিল। আমি ভাবলাম ওপরের সিটটা ওরই। বিদেশি— এই এক্ষুনি ছিল।'

চেকার একটু অবাক হয়ে সৌম্যর দিকে তাকাল। নাহ্, কেউ তো নেই। কোনো লাগেজও নেই।

সত্যিই, ওর নিজের ছোট ল্যাপটপের ব্যাগটা ছাড়া আর কোনো ব্যাগই নেই এখানে। চোখের ভুল? না না, তা নিশ্চয়ই নয়। নির্ঘাত কেউ ভুল কোচে উঠেছিল। পরে ঠিক জায়গায় চলে গেছে। তাও ভালো। আর কেউ না উঠলে বড়ো ছেলে শান্তনুকে এখানে ডেকে নেওয়া যাবে। একটু চেসও খেলা যাবে। সিটের ওপর পা তুলে বেশ আরাম করে কাগজটা খুলে বসল সৌম্য।

পাটা ছড়িয়ে বসতে গিয়েই মনে হল কোনো একটা বই-এর ওপর পা দিয়ে বসেছে। কাগজটা সরিয়ে তাকাল সৌম্য। ডান পায়ের তলায় একটা লাল ডায়েরি—যেটা ওই লোকটা পড়ছিল। ফেলে গেল নাকি? নিছক কৌতূহলে ডায়েরিটা হাতে তুলে নিল সৌম্য। ডায়েরি ঠিক নয়—নোটবুক। কিন্তু মজার কথা হল কোনো পাতাতে কিছু লেখা নেই। দুই মলাটের মাঝে শুধু লাইনটানা ফাঁকা পাতা—এক বিন্দু পেনের দাগও পড়েনি কোথাও। আশ্চর্য! তাহলে লোকটা পড়ছিলটা কী?

ডায়েরিটা পায়ের কাছে নামিয়ে রাখতে গিয়ে আবার থমকে গেল

সৌম্য। পায়ের কাছের আলোটা জ্বলছে। তার তলায় ডায়েরিটা ধরতেই ডায়েরির ওপরে একটা সংখ্যা দেখা যাচ্ছে। রোমান হরফে ১৮০৪, আরে কী কো-ইন্সিডেন্স! ওটাই তো সৌম্যর জন্মদিন, ১৮ এপ্রিল। একবার এপাশ-ওপাশ তাকিয়ে নিল সৌম্য। নাহ্, কেউ লক্ষ করছে না। উলটোদিকের যাত্রীরা পর্দা টেনে দিয়েছে, আর বেশ একটা লারেলাপ্পা হিন্দি গান শোনা যাচ্ছে ওদিক থেকে। তার সঙ্গে তারস্বরে গান জুড়েছে একটি মেয়ে।

অর্থাৎ নিশ্চিন্তে আবার ডায়েরিটা দেখা যায়। টুক করে নিজের দিকের পরদা টেনে নিয়ে আলোর নীচে ডায়েরিটা ধরল সৌম্য। স্পষ্ট ১৮০৪ লেখা ওপরে। ডায়েরির প্রথম পাতা আর ফাঁকা নেই।

তাতে ইংরেজিতে বড় বড় করে শুধু একটা লাইন লেখা, 'তুমি কি নিজেকে ভুলে গেছ?' অবাক হয়ে পাতা ওলটাল সৌম্য—পরের পাতা। আবার একটা লাইন—'তুমি আমাদেরই একজন সৌম্য।'

এসির ঠান্ডা যেন আরো বেশি টের পাচ্ছে সৌম্য। একী, ওর নাম কেন ডায়েরিতে! পরের পাতা—আবার এক লাইন—'ওরা মানুষ, তুমি মানুষ নও।' তার পরের পাতায় অনেক ছোট অক্ষরে অনেকগুলো লাইন—'তুমি আমাদের এক্সপেরিমেন্টের অংশ। আমরা জানতে চেয়েছিলাম যে এ-গ্রহ আমাদের বাসযোগ্য কিনা। এমনিতে অবশ্যই নয়। তাই আমরা আমাদের জিনে সামান্য পরিবর্তন এনে তোমাকে তৈরি করেছিলাম। তারপর নিয়ে এসেছিলাম এখানে। তা এক্সপেরিমেন্ট সফল। আমাদের জিনে সামান্য চেঞ্জ। ব্যস, আমরা এখানে বহাল তবিয়তে থাকতে পারব তোমার মতো। এখানে এত অক্সিজেনে দমবন্ধ হয়ে যাবে না।'

পরের পাতায় আর কিছু না দেখে ডায়েরিটা আবার উলটে-পালটে দেখল সৌম্য। নাহ্, আর কিছু নেই।

ভয়ে গলা শুকিয়ে কাঠ হয়ে গেছে। এসব ভূতুড়ে কথার মানে

কী? লেখাটা কি ঠিক? ও কি সত্যিই পৃথিবীর লোক না? সৌম্য কোনওকালেই পা মুড়ে বাবু হয়ে বসতে পারে না। অথচ একপায়ে দিব্যি আধঘণ্টা দাঁড়িয়ে থাকতে পারে। এটা কি সাধারণ মানুষ কোনওদিন করতে পারে?

'তোমার ভাবনা ঠিক। তুমি অনেকদিক দিয়েই অন্যরকম,' চমকে ওঠে সৌম্য। এত মন দিয়ে ডায়েরির পাতা ওলটাচ্ছিল যে খেয়ালই করেনি, কখন আবার সেই লোকটা পায়ের কাছে এসে বসেছে।

'এই যে তুমি জিভ দিয়ে নাকের ডগা ছুঁতে পারো, ডানহাতের আঙুল দিয়ে পিঠের যে-কোনও অংশ ছুঁতে পারো, কিংবা লোকে আয়নায় কোনও লেখা যেরকম উলটোভাবে দেখে ঠিক সেরকমভাবে যে-কোনও কিছু লিখে ফেলতে পারো—সেগুলো কি সাধারণ মানুষের পক্ষে সম্ভব? কখনোই নয়। এই যে ভয় পেলে তোমার মাথার চুল খাড়া হয়ে যায়, শরীরের চামড়া হলদেটে হয়ে যায়, এই যে দাঁড়িয়ে দাঁড়িয়ে ঘুমিয়ে পড়া, এগুলোও মানুষের পক্ষে সম্ভব নয়।'

সবই সত্যি। লোকটা স্পষ্ট বাংলায় মৃদু স্বরে বলে যাচ্ছে। নেহাৎ লাজুক বলে এ কথাগুলো কখনও কাউকে বলতে পারেনি সৌম্য। এ লোকটার তো কোনোভাবেই জানার কথা নয়। তাহলে কি ওকে পৃথিবী ছেড়ে নিজের গ্রহে ফেরাতেই এসেছে লোকটা?

লোকটা বোধহয় থটরিডার। সঙ্গে সঙ্গে বলে উঠল—'না, তোমাকে পৃথিবী ছেড়ে যেতে হবে না, তুমি এখানেই থাকবে, আমাদের একমাত্র প্রতিনিধি হিসাবে। আমাদের গ্রহ আর বাসযোগ্য নেই।'

সেকী! তাহলে তোমরা!'

'আমরাও আর নেই। একটা সময়ে আমাদের গ্রহ মিল্কি ওয়ে গ্যালাক্সির সব থেকে উন্নত গ্রহ ছিল। তোমরা এখন যেমন, তার

থেকেও কয়েক হাজার গুণ এগিয়ে ছিল, কিন্তু আমরা নিজেরাই নিজেদের ধ্বংস করে ফেললাম।'

'কী করে?'

'জলের অভাবে। বেহিসাবী হয়ে আমাদের গ্রহের সব জল আমরা শেষ করে ফেলেছিলাম। যে সামান্য জলটুকু পড়েছিল তা নিয়ে নিজেদের মধ্যে যুদ্ধবিগ্রহ শুরু হল। সে ভীষণ নিউক্লিয়ার ওয়ার। পরমাণু যুদ্ধ যখন থামল, তখন জলও নেই—প্রাণও নেই,' লোকটা চুপ করে রইল মিনিট দুয়েক। তারপর বলে উঠল—'আর তাই তো তোমাকে সাবধান করতে এসেছি। তোমরাও যদি জলের ব্যাপারে সচেতন না হও, তোমাদেরও অবস্থা একই হতে চলেছে। আজ থেকে কুড়ি বছরের মধ্যে তোমাদের সব পানীয় জল শেষ হয়ে আসবে। জলের স্তর অনেক নেমে যাবে। চাষবাসের জন্যও কোনও জল অবশিষ্ট থাকবে না। আজ যেখানে ধানজমি দেখছ, সেখানে কাল থাকবে মরুভূমি। সামান্য যেটুকু জল থাকবে তা নিয়ে বাড়িতে বাড়িতে ঝগড়া হবে। রাজ্যে রাজ্যে নদীর জল ভাগাভাগি নিয়ে মারামারি হবে। দেশে দেশে যুদ্ধ হবে। যেসব দেশ খুব ধনী—তারাই কোনওমতে চালাতে পারবে। তা সেও বা কদ্দিন!'

'তা আমি কী করব?'

'সবাইকে বলো জল বাঁচাতে। যারা জল নষ্ট করবে তাদেরকে বোঝাবে। তুমি নিজেই তো প্রচুর জল নষ্ট করো।' দেড়ঘণ্টা ধরে গান গেয়ে স্নান করো। গানটাও ভালো করো না। কলটাও ঠিকমতো বন্ধ করো না।'

একটু লজ্জা পেল সৌম্য—'কিন্তু আমি, আমার কথা লোকে শুনবে কেন?'

'হয়তো একদিনে শুনবে না, কিন্তু যখন দেখবে যে তুমি জল নষ্ট করো না, তোমার কথার মধ্যে যুক্তি আছে—তখন আস্তে আস্তে

শুনবে। একজন-দুজন থেকে হাজার। হাজার থেকে লক্ষ লোক। তুমিই পারবে সে পরিবর্তন আনতে। তোমার হাত ধরেই পৃথিবী বাঁচবে।'

'তা এটা বলতেই তুমি এসেছ এখানে?'

'উঁহুঁ, আরেকটা কথা ছিল—অত গুরুত্বপূর্ণ নয়। পৃথিবীকে নিয়ে নয়, তোমাকে নিয়ে। তুমি উঠে গিয়ে উলটোদিকের চেনটা টেনে ট্রেন থামাও। সামনে রেলের লাইনে মাইন পোঁতা আছে। ব্লাস্টে ট্রেন উড়ে যাবে। আমরা চাই না আমাদের শেষ প্রতিনিধি আর তার পরিবার শেষে এক অ্যাক্সিডেন্টে হারিয়ে যাক।'

সৌম্য অবাক হয়ে কয়েক সেকেন্ড বসে রইল। লোকটা ফের বলে উঠল—'কী বিশ্বাস হচ্ছে না? আর কিন্তু ঠিক এক মিনিট বাকি।'

নাহ্, লোকটার কথা অবিশ্বাস করার মতো নয়। এত কিছু যখন ঠিকঠাক বলেছে। লাফিয়ে উঠে পরদা সরিয়ে সৌম্য উলটোদিকে চলে গেল। বাঁ-দিকের উপরের বাঙ্কের একটু ওপরে চেনটা। চারদিকের সবাইকে হতবাক করে দিয়ে লাল হ্যান্ডেল ধরে মারল এক টান।

'আরে ক্যা হুয়া—ক্যা হুয়া' কাকের মতো চিৎকার করে উঠল বিশাল ভুঁড়িওয়ালা মাড়োয়ারি ভদ্রলোক।

কোনও উত্তর না দিয়ে সৌম্য গট গট করে এসি কোচের বাইরের প্যাসেজে বেরিয়ে এল। সাধারণত এখানে সবসময় ট্রেনের একজন অ্যাটেন্ড্যান্ট থাকে, এখন নেই। খানিকক্ষণের মধ্যেই নিশ্চয়ই ট্রেনের লোকজন চলে আসবে। জিগ্যেস করবে কেন চেন টানা হয়েছে। কেন ট্রেন থামানো হয়েছে। তখনই কারণটা বলা যাবে। আপাতত এখানেই অপেক্ষা করা যাক।

বেসিনে একটা বিশাল চেহারার মাস্তান টাইপের লোক হাত

ধুচ্ছে। ধোয়ার পর দিব্যি কলটা খুলে রেখেই চলে যাচ্ছিল। সৌম্য তাকে আটকাল—'ভাই জল নষ্ট করতে নেই,' বলে কলটা বন্ধ করে দিল। লোকটা ঠিক সহজে বোঝার মতো লোক নয়। জোর দেখানোর জন্যেই আবার ফিরে এল। কলটা জোর করে খুলতে গেল। কিন্তু এবার মজাটা হল। কলের জলটা নীচের দিকে না নেমে সোজা ওর জামার দিকে ছুটে এল। লোকটা ভ্যাবাচ্যাকা খেয়ে কোনওরকমে কল বন্ধ করল। কী ভাবল কে জানে! জোরে ঘুঁষি পাকিয়ে সৌম্যকে মারতে এল।

ওই একটা ঘুঁষি সৌম্যর রোগাপাতলা চেহারায় পড়লে আর দেখতে হত না। কিন্তু পড়ল না, কারণ ঘুঁষিটা সৌম্যর মাথার ওপর দিয়ে চলে গেছে আর গিয়ে পড়েছে ট্রেনের বাথরুমের দরজায়। সৌম্য হঠাৎ উচ্চতায় প্রায় একফুট ছোট হয়ে গেছে।

'উহু', বলে লোকটা ওখানেই বসে পড়ে বাঁহাত দিয়ে ডানহাতটা চেপে ধরে কাতরাতে লাগল।

ব্যাপারটাতে সৌম্য যতটুকু অবাক হয়েছিল, তার থেকেও অবাক হল, যখন দেখল যে ও আবার আস্তে আস্তে লম্বা হতে শুরু করেছে। এক মিনিটের মধ্যেই আবার আগের উচ্চতায় ফিরে এল সৌম্য।

ট্রেনের ওই বিদেশি সহযাত্রী এতক্ষণে আবার সশরীরে এসে উপস্থিত। সৌম্যর পাশেই এসে দাঁড়িয়েছে। বলল—'এক্ষুনি লোকজন এসে পড়বে। বলে দিও ঠিক কুড়ি মিটার দূরে রেললাইনে মাইন পোঁতা। ওরা ঠিক খুঁজে পাবে। কী করে জানলে জিগ্যেস করলে আমার কথা বলো।'

'আপনার কী পরিচয় দেব? কে বিশ্বাস করবে আমার কথা?'

'হু, তা ঠিক, বলো ভূত। অ্যালিয়েন বললে—অন্য গ্রহ থেকে এসেছি বললে কেউ বিশ্বাস করবে না। ভূত বললে বিশ্বাস করবে।

আর তা ছাড়া', বলে বসে থাকা মাস্তান লোকটার কাঁদো কাঁদো মুখের দিকে তাকিয়ে বলল, 'অ্যাই, আমি যে ভূত সে ব্যাপারে সাক্ষ্য দিতে পারবি?'

কোনও সাড়া না পেয়ে ফের বলে উঠল, 'তোর গোঁফটা ভারী বিচ্ছিরি। কীরকম গা ঘিনঘিন করছে,' বলে মুখের সামনে হাত নাড়তেই গোঁফ ভ্যানিশ হয়ে গেল।

সাধের গোঁফ হারিয়ে আর এসব ভূতের কীর্তি দেখে লোকটা ইতিমধ্যে ভেউ ভেউ করে কাঁদতে শুরু করেছে।

'নাহ্, গোঁফ সরানোটা ঠিক হয়নি। তোর মাথায় এত ঝাঁকড়া চুল এর সঙ্গে মানাচ্ছে না। চুলটা না থাকলে মানাতেও পারে,' বলে মাথার দু-ইঞ্চি ওপর দিয়ে আরেকবার হাত বোলাল। মুহূর্তে লোকটার কায়দা করা চুল উধাও। চকচকে ন্যাড়া মাথা।

'বাহ্, এবার বেশ লাগছে। ভুরু না থাকলে আরও ভালো লাগবে।' বলে কোনও কথা বলার সুযোগ না দিয়ে আরেকবার মুখের সামনে হাত নাড়াল। এবার ভুরুও উধাও।

লোকটা এবার জ্ঞান হারিয়ে ট্রেনের মেঝেতে পড়ে গেল। দীর্ঘশ্বাস ফেলে অ্যালিয়েনটা বলল, 'দেখলে এখন কেমন ফুটফুটে লাগছে একে। ওখানে আমার একটা সেলুন ছিল।' অ্যালিয়েনটা এবার সৌম্যর দিকে এগিয়ে এসে বলল, 'ওই সে সাক্ষীও পেয়ে গেলে! বলবে যে ভূত এসে তোমাকে ট্রেন থামাতে বলেছে। পৃথিবীর লোকেরা অ্যালিয়েন না মানলেও ভূতকে বেশ মান্যিগণ্যি করে। আর তা ছাড়া অ্যালিয়েন বললে প্রচুর হইচই শুরু হয়ে যাবে। তুমিও ধরা পড়ে যেতে পারো।'

'কিন্তু আপনি তো অ্যালিয়েন—ভূত নন!'

'অ্যালিয়েনও বটে, ভূতও বটে। অ্যালিয়েনরা মরলে কি আর ভূত হয় না, শুধু মানুষ মরলেই ভূত হয়? কত কমন সেন্সের

অভাব দেখো। ভূত হলে তবেই তো এ গ্রহ থেকে ও গ্রহে যাওয়া এত সোজা—জলভাত হয়ে যায়, তাই না!'

'কিন্তু—'

'বললাম না? আমাদের গ্রহ আর নেই। গ্রহের সবাই মারা গেছে। আমিই বা বেঁচে থাকব কী করে? আমি হলাম অ্যালিয়েন মরে ভূত, বুঝলে?'

একটু থেমে ফের বলে উঠল, 'আর জলের কথাটা জলে ফেলো না।' বলে লোকটা সৌম্যর হাঁ-করা মুখের হাঁ-টা আরেকটু বাড়িয়ে দরজার মধ্যে মিলিয়ে গেল।

নাহ্, এবার থেকে জ্যোতিষে বিশ্বাস করবে সৌম্য। আজকের দিনটা অন্য কোনও দিনের মতোই না। খুবই ইন্টারেস্টিং।

শুধু কুড়ি মিনিট

কফির কাপে চুমুক দিয়ে বাইরের দিকে তাকাল জয়ন্ত। আকাশের রং সিগন্যালহীন টিভি-র স্ক্রিনের মতো। তুলোর মতো বরফ বৃষ্টি হচ্ছে। একটা লুফ্‌তহ্যানসার প্লেন পার্কিং থেকে বেরিয়ে রানওয়ের দিকে এগোচ্ছে। হালকা সবুজ জ্যাকেট পরা একটা লোক ফ্ল্যাগ দেখিয়ে প্লেনটাকে এগিয়ে যেতে বলছে।

বিজনেস লাউঞ্জের সোফায় বসে এসব দেখে আরামসে কয়েক ঘণ্টা কাটিয়ে দেওয়া যায়। কিন্তু নাহ্‌, এবার এগোতে হবে। আর কুড়ি মিনিট বাদে বোর্ডিং। গেট খুঁজে ঠিক গেটের সামনে যেতে যেতে আরও দশমিনিট লেগে যাবে। গেটের সামনে বসে অপেক্ষা করাটা বেটার।

প্রায় দেড়মাস হয়ে গেল জয়ন্ত জার্মানি এসেছে। দু-সপ্তাহের জন্যে এসে কাজে আটকে গেছে। কত তাড়াতাড়ি দেশে ফেরা যায়, এখন তারই অপেক্ষা। তারই জন্যে প্রত্যেক সেকেন্ড গোনা। লাউঞ্জ থেকে বেরোনোর আগে ফ্লাইট টাইমিং-এর স্ক্রিনটাতে চোখ রাখে জয়ন্ত।

যাহ্‌, ফ্লাইটটা আধঘণ্টা লেট। বরফ পড়ার জন্যেই হবে হয়তো। বরফ পড়লে প্লেনগুলোকে ছাড়ার আগে ডিআইসিং করতে হয়। অর্থাৎ আরও আধঘণ্টা বাদে বেরোলেই হবে। কিছু আঙুর আর পিয়ার নিয়ে ফের সোফায় এসে বসে জয়ন্ত।

লাউঞ্জের মধ্যের ঘড়িতে পাঁচটা জায়গার সময় দেখানো হচ্ছে টোকিও, হংকং, নিউইয়র্ক, লন্ডন আর মিউনিখ। একদিন হয়তো ভারতের কোনও জায়গাও যুক্ত হবে এই ঘড়ির সারণীতে। বাড়িতে

রন্টু এখন কী করছে তা জানার জন্যে বারবার সাড়ে চারঘন্টা যোগের মেন্টাল ক্যালকুলেশনটাও করতে হবে না। নির্ঘাত এখন কার্টুনের কোনও চ্যানেল দেখছে। আর জয়তী ওকে মাঝেমধ্যে পড়তে বসার কথা বলে যাচ্ছে। একবার ফোন করে জানিয়ে দেওয়া যাক, প্লেন ছাড়তে দেরি করছে।

ফোন করে জয়ন্ত,—'হ্যাঁ, আমি মিউনিখ এয়ারপোর্ট থেকে বলছি। ফ্লাইট ছাড়তে আধঘন্টা দেরি হচ্ছে। মনে হয় সকাল বারোটা নাগাদ কলকাতা পৌঁছোব। সময়মতো এয়ারপোর্টে চলে এসো। রন্টুকে নিয়ে এসো।...

উলটোদিকে জয়তীর কথা পরিষ্কার শুনতে পায় না জয়ন্ত। অন্য কেউ যেন ওর সঙ্গে কথা বলছে। ক্রস কানেক্‌শন। নাহ্, ফোনে নয়। কেউ যেন জয়ন্তর সামনেই কথা বলছে। অথচ সামনে কেউ নেই। অবাক ব্যাপার। বাধ্য হয়ে জয়তীকে সামান্য কিছু কথা বলে ফোনটা কেটে দিল জয়ন্ত। অন্য কথাটা কিন্তু এখনও চলছে। ভাঙা ভাঙা ইংরেজিতে কে যেন ওকে বলে চলেছে। মন দিয়ে শোনার চেষ্টা করে জয়ন্ত।

'তুমি আজকে ইন্ডিয়া পৌঁছোবে না। তোমার সামনে ভীষণ বড় বিপদ।'

আবার সেই কথাটা। উচ্চারণ শুনে মনে হয় ইটালিয়ান। 'আই' কে 'ই'-এর মতো করে উচ্চারণ করছে।

চারদিকে তাকিয়ে দেখল জয়ন্ত। অনেক লোকেই বসে আছে বিজনেস লাউঞ্জে। তবে জয়ন্তর সবথেকে কাছে যে বসে, সেও হাতপাঁচেক দূরে। পঞ্চাশোর্ধ্ব এক ভদ্রলোক। ছোট করে কাটা চুল। চওড়া কপাল। ঠোঁটের উপরে একচিলতে গোঁফ। চোখে গোল লেন্সের রিমলেস চশমা। চোয়ালের পাশ দিয়ে পড়া ভাঁজে মুখের কাঠিন্য অনেক বাড়িয়ে তুলেছে। লোকটা একবার জয়ন্তর দিকে

তাকিয়ে আবার চোখ সরিয়ে নিল।

লাউঞ্জে বেশিরভাগই নিজের মতো কাজ করছে। কেউ কাগজ পড়তে পড়তে কফি খাচ্ছে, কেউ ল্যাপটপে কাজ করছে। ওদিকে কিছু লোক টিভি দেখছে। কিন্তু এ লোকটা কিছুই করছে না। চুপচাপ বসে আছে।

'ঠিকই ধরেছেন। আমিই বলছি। আমার নাম বোলে ফ্যাব্রিজিও। এর বেশি আমি কে, কোথা থেকে এসেছি এ ব্যাপারে কোনও কিছুই বলতে পারব না। শুধু এটুকুই জানবেন যে আমি আপনার ভালো চাই। আর এখন আপনাকে শুধু একটা খবর জানাতে চাই।'

এ এক অদ্ভুত অভিজ্ঞতা! লোকটা কি জাদু জানে! ঠোঁট নড়ছে না। অন্যদিকে তাকিয়ে আছে। কিছু বলছে না। অথচ মনের মধ্যে প্রত্যেকটা শব্দ যেন পরিষ্কার শোনা যাচ্ছে।

'ঘাবড়াবেন না। মন দিয়ে শুনুন। আপনার কাছে ঠিক কুড়ি মিনিট আছে। কুড়ি মিনিট পরে আপনার জীবনে এমন একটা ঘটনা ঘটতে চলেছে যে আপনি আর কোনওদিনই বাড়ি ফিরতে পারবেন না। আপনার ছেলে-বউ-এর সঙ্গে আর দেখা হবে না।'

একটু সময় কথা থামল। তারপর ফের বলে উঠল—'আমার কথায় বিশ্বাস হচ্ছে না—তাই না! আপনার ছেলের নাম রন্টু। ভালো নাম জয়ব্রত। আপনারা থাকেন সল্টলেকের বিসি ব্লকে। ইদানীং রাজারহাটে একটা ফ্ল্যাট কিনেছেন। ঠিক কি না?'

জয়ন্ত বুঝতে পারল, উত্তেজনায় ওর হাত-পা ঠান্ডা হয়ে যাচ্ছে। এতবার যাতায়াত করে, এরকম ঘটনা ওর জীবনে কখনও হয়নি! উঠে লোকটার কাছে যাবে? কী বলতে চায়, পরিষ্কার করে বললেই পারে।

উঠতে যাবে, মনের মধ্যে আবার লোকটার গলা ভেসে এল, 'খবরদার! আমার কাছে আসবেন না। এমন কিছু করবেন না যাতে অন্যরা কেউ এটা টের পায়। যা করার চটপট ভেবে নিন। আর ঠিক আঠেরো মিনিট বাকি আছে।'

আজব ব্যাপার! কী করবে? কী বিপদ? কার থেকে বিপদ? কোনও কিছুই তো জানা নেই! বিপদ কী, না জানলে তার মোকাবিলা করা যায় নাকি? অথচ জিগ্যেসও করা যাবে না।

'আমি আপনাকে বেশি কিছু বলতে পারব না। কারণ এভাবে ভবিষ্যৎ থেকে এসে কিছু বলে বড়রকম কোনও চেঞ্জ করে ফেললে আমি নিজেই বিপদে পড়ে যাব। নেহাতই আপনার ছেলের অনুরোধে আসা। ওর মুখ থেকেই পুরো গল্প শোনা।'

ভবিষ্যৎ থেকে এসেছে? আমার ছেলের অনুরোধে? লোকটা কী সব আজগুবি কথা বলছে!

'বিশ্বাস করুন বা না করুন, আপনার ছেলে হল আমার বন্ধু। আমার বসও বটে। এমন অদ্ভুত লোক খুব কম হয়। এত নামকরা সায়েন্টিস্ট, এত ভালো ব্যবহার, কিন্তু কারুর সঙ্গে মিশবে না। কারুর সঙ্গে মিশতে ভয় পায়। তা একদিন অনেক সাধাসাধির পর কারণটা বলল। তখনই আপনার ঘটনাটা শুনলাম। আপনাকে ছোটবেলা থেকে সবসময় কীরকম মিস করেছে, সব বলেছে। এই ঘটনার পরে হঠাৎ করে এতটা অবস্থার পরিবর্তন, মা'র পক্ষে সবকিছু সামলানো, খরচ কমাতে নামি স্কুল থেকে অনামি স্কুল কিশোর ভারতীতে ভরতি—বাড়ি বিক্রি করে ভাড়াবাড়িতে শিফ্ট —সবকিছু। সবথেকে বড় কথা এখনও ও আপনাকে খুব মিস করে।

'তা আমিই একদিন ওকে বললাম—আমি যদি অতীতে গিয়ে আপনাকে আগে থেকে জানিয়ে দিই, তাহলে এত বড় দুর্ঘটনাটা

হয়তো ঘটবে না। ও তো শুনেই লাফিয়ে উঠল। টাইমট্রাভেল এখন সম্ভব হলেও, পারমিশন পাওয়া যায় না। নিকট আত্মীয় হলে তো কোনওভাবেই নয়।

'নেহাত আপনার ছেলের ইনফ্লুয়েন্সে আমার আসার পারমিশন পাওয়া গেছে। কিন্তু হাজারটা নিয়ম। এটা করা যাবে না, ওটা করা যাবে না। সরাসরি কী হবে, তা বলা যাবে না। কার জন্য হবে, কী জন্য হবে তা বলা যাবে না। তা যা করবার তাড়াতাড়ি করুন। আর মাত্র বারো মিনিট।'

লোকটা যদি সব ঠিক বলে, তা হলেও বা কী করার আছে? কিছুই তো বোঝা যাচ্ছে না। প্লেন ছাড়তে আধঘণ্টা বাকি। প্লেনে উঠবে না! কিন্তু তা তো বারো মিনিটের মধ্যে নয়। লাউঞ্জ থেকে বেরিয়ে যাবে? বাড়িতে ফোন করে জানিয়ে দেবে? উত্তেজনায় মাথা কাজ করে না জয়ন্তর।

কাঁপা হাতে ফোন করে জয়ন্ত, 'হ্যালো জয়তী! হ্যাঁ-বলছিলাম প্লেন দেরি হচ্ছে।...না-না এমনিই আবার ফোন করলাম। সাবধানে থাকবে। কোনও ধরনের প্রবলেম হলে মিলনকে ফোন কোরো।... শোনো রন্টুকে একটু দাও তো।...রন্টুসোনা, মার কথা শুনবে—ভালো হয়ে থাকবে বুঝলে? তোমার উপর অনেক দায়িত্ব। কী আনছি? তোমার জন্য ভালো বই কিনেছি। আচ্ছা তোমার মাকে একটু দাও।..জয়তী, শোনো আমার ব্যাঙ্ক অ্যাকাউন্ট ফাইলে আমার সব অ্যাকাউন্ট পাসওয়ার্ড আছে।...না-না—সব ঠিক আছে। এমনিই বলছি। ফাইলটা কোথায় ঠিক, বুঝতে পেরেছ তো?'

লোকটার কথা আবার ভেসে আসছে। 'আর ঠিক দশমিনিট।' বাধ্য হয়ে ফোনটা রেখে দেয় জয়ন্ত। যাক্, দরকারি কথাটুকু জানানো গেছে অন্তত। এলোমেলো অনেক চিন্তা মাথায় আসে। জয়তী, রন্টুর মুখ খুব বেশি করে মনে পড়ে। যদি সত্যিই কিছু

হয়, কী করে চলবে ওদের? সবকিছুতেই তো ওরা জয়ন্তর ওপর নির্ভর করে। কিছুই জানে না।

'আরে জয়ন্ত না?' পরিচিত গলাটা শুনে চমকে ঘুরে তাকায় জয়ন্ত। তীর্থ। তীর্থ এখানে? দমবন্ধ হওয়া পরিবেশে এক ঝলক হাওয়া।

'তুই, তুই এখানে?'

'আমি কানাডা থেকে ছুটিতে ফিরছি। ছ'ঘণ্টা পরে কানেক্টিং, ফ্লাইট।'

'তা কী করিস কানাডায়?'

'ব্যবসা।'

'কীসের?'

'গারমেন্টস এক্সপোর্ট-ইমপোর্ট। বেশ ভালোই জমে গেছে। তা সে কথা ছাড়়। কতদিন পরে দেখা। সেই স্কুলের পরে। তা কতবছর হল? চব্বিশ-পঁচিশ বছর হবে, তাই তো?'

'ঠিক সাতাশ বছর। মাধ্যমিকের রেজাল্ট বেরোনোর পর তোর মা আমাকে রান্না করে খাইয়েছিলেন। মাসিমা এখন কেমন আছেন রে?'

'মা নেই। চারবছর হল।' তীর্থর গলায় একটু ব্যথার সুর। একটু থেমে ফের বলে ওঠে, 'শোন, আমার সুটকেসটা এখানে থাকল। একটু চোখ রাখিস। আমি একটু বাথরুম ঘুরে আসি।' তীর্থ দ্রুত পায়ে ওয়াশরুমের দিকে এগিয়ে যায়। ওর শরীরটা আড়ালে মিলিয়ে যেতে না যেতে জয়ন্তর আবার লোকটার কথা মনে পড়ে যায়। আর ক'মিনিট বাকি? লোকটা আর আগের জায়গায় নেই। উত্তেজিত হয়ে আগে-পিছনে দেখতে থাকে জয়ন্ত। নাহ্! লাউঞ্জের এদিকটায় অন্তত নেই।

আবোল-তাবোল দুশ্চিন্তা মাথায় আসে। প্লেন ক্র্যাশ? এখানেই

কোনও টেররিস্ট অ্যাটাক? তীর্থকেই একটু খুলে বলা যাক। অবশ্য কী করে বোঝাবে? যে-কেউ শুনে তো পাগল বলবে। তিরিশ বছরের আগের তীর্থ তো আজ অনেকটাই অপরিচিত। উত্তেজনায় এক কাপ ক্যাপুচিনো নিয়ে চট্ করে আবার ফিরে আসে জয়ন্ত। ধুর্, নিকুচি করেছে। বাজে স্বপ্নের মতো চিন্তাটাকে ভুলে যাওয়ার চেষ্টা করে জয়ন্ত। পুরোটাই তো আজগুবি। গিয়েই কোনও সাইকিয়াট্রিস্টকে দেখাতে হবে। জোর করে একটু হাসার চেষ্টা করে।

অদ্ভুত! তীর্থ এত দেরি করছে কেন? ওকে বলতে পারলে একটু হালকা হওয়া যেত। কী যেন বলছিল লোকটা? ওর ছেলে রন্টু নাকি নামি সায়েন্টিস্ট। মনে মনে মুচকি হাসে জয়ন্ত। সারাক্ষণ কার্টুন দেখছে। আর ধৈর্য যা—সায়েন্টিস্ট! লোকটা আরও বলছিল—রন্টু নাকি অদ্ভুত ধরনের। কারুর সঙ্গে মিশতে ভয় পায়। আর সেই প্রসঙ্গেই নাকি জয়ন্তর কথা ওই লোকটাকে বলেছিল। কোনও মাথামুণ্ডুই খুঁজে পায় না জয়ন্ত। ওর মারা যাওয়ার সঙ্গে রন্টুর ওরকম স্বভাবের লিংক কোথায়? কী হতে পারে?

আচ্ছা, তীর্থ এত দেরি করছে কেন? উঠে ওয়াশরুমের দিকে যায় জয়ন্ত। নাহ্, এখানে তো নেই। তা হলে কি শাওয়ার রুমে স্নান করতে ঢুকেছে? শাওয়ার লিস্টের নামের মধ্যে তীর্থর নাম খোঁজে জয়ন্ত। নাহ্, তাতেও তীর্থর নাম নেই। ঘড়ির দিকে নজর পড়ে। আর ঠিক একমিনিট বাকি।

বুকের ভেতর ধুকপুকুনির আওয়াজটা যেন নিজেই টের পায়। হঠাৎ কী খেয়াল হতে জয়ন্ত ছুটে ওর বসার জায়গার কাছে আসে। তীর্থর লাল স্যামসোনাইটের ট্রলিব্যাগটা একবার আড়চোখে দেখে নিয়ে, শুধু নিজের ব্যাগটা নিয়ে জোর পায়ে লাউঞ্জ থেকে বেরিয়ে আসে। প্রায় ছুটতে থাকে জয়ন্ত। এয়ারপোর্টে মাঝেমধ্যেই

এরকম কাউকে না কাউকে ছুটতে দেখা যায়। তাই জয়ন্তর ছোটাটা তেমন অস্বাভাবিক কিছু নয়। কিন্তু বেশিদূর নয়। একটা বিশাল বিস্ফোরণের আওয়াজ শোনে। আওয়াজটা এসেছে লাউঞ্জের দিক থেকে।

২

একমাস পরের ঘটনা। সকালের কাগজে তীর্থর ছবি। মিউনিখ এয়ারপোর্টে বিস্ফোরণের কারণে তীর্থকে ধরেছে জার্মান পুলিশ। শুধু একটা নয়, সেদিন এয়ারপোর্টের তিনটে জায়গায় বিস্ফোরণে মারা গেছে টোটাল আটজন। আহত শতাধিক। জয়ন্ত জানে নিহতের সংখ্যাটা আরও একজন বেশি হত। শুধু ওই লোকটার জন্যেই ও বেঁচে গেছে। শেষ মুহূর্তে জয়ন্ত বুঝতে পারে। লোকটা বলেছিল, 'রন্টু কারোর সঙ্গে মিশতে ভয় পায়।' কেন? সে ধাঁধার উত্তর পেয়ে গেছে জয়ন্ত। জয়ন্ত তার ছেলেবেলার বন্ধুর সঙ্গে দেখা হওয়ার জন্যই মারা গিয়েছিল। সেটাই হতে যাচ্ছিল, যদি না ঠিক এক মিনিট আগে সন্দেহ হত তীর্থের উপরে। কতজনেই তো বন্ধু হয়, কিন্তু আমরা ভালোভাবে চিনি তাদের কতজনকে? আর এই ঘটনার জন্যই রন্টু কারোর সঙ্গে মিশতে ভয় পায়। নাহ্, পায় তো আর বলা যাবে না। বলা যায় ভয় পেত।

রন্টু খাটের উপর বসে হট হুইলের গাড়ি নিয়ে খেলছে। ওর আর জয়তী দুজনেরই মন খারাপ। আগের ভালো দামি প্রাইভেট স্কুল ছাড়িয়ে ওকে পাড়ার এক সাধারণ স্কুলে ভরতি করেছে জয়ন্ত। তাতে না আছে লন টেনিস খেলার জায়গা, না সুইমিং পুল। একদম সাধারণ স্কুল। নাম কিশোর ভারতী।

কেন করেছে? তা জয়ন্তই জানে। যদি বোলে সত্যিই টাইমট্রাভেল করে থাকে, তাহলে রন্টু সায়েন্টিস্ট না হলে সে তো ভারী বিপদে পড়ে যাবে। বোলে সেদিন স্পষ্ট বলেছিল যে রন্টু পড়েছে কিশোর ভারতী স্কুলে।

ভবিষ্যৎ আর পালটানোর ইচ্ছে নেই জয়ন্তর।

নীলকুঠিতে কিছুক্ষণ

পারমাদান দেখেই বাড়ি ফেরার ইচ্ছে ছিল সুজিতের। পারমাদান রিজার্ভ ফরেস্ট। শীতের আমুদে রোদে বেশ ভালোই লাগছিল ঘুরতে। নানান ধরনের গাছ। অনেক গাছই অজানা। নাম হয়তো শুনেছে। কিন্তু দেখার সুযোগ কখনও হয়নি। গাছের উপর নাম লেখা আছে বলে চিনতে পারছিল। এ ছাড়া হরিণও আছে বেশ কয়েকশো। খানিক আগে হরিণদের খাবার খাওয়ানো হচ্ছিল। তখন একসঙ্গে প্রায় সবকটাকে দেখাও গেল।

ঘুরতে ঘুরতে হঠাৎ ঘড়ির দিকে চোখ পড়ল সুজিতের। চারটে বাজে। এখান থেকে কলকাতা গাড়িতে প্রায় আড়াই ঘণ্টার পথ। এখনই না বেরোলে ফিরতে অনেক রাত হয়ে যাবে। শীতের বেলা। এর মধ্যেই ঠান্ডা হাওয়ায় ভর করে গাছের ছায়াগুলো লম্বা লম্বা হাত বাড়িয়েছে। কোণঠাসা রোদ্দুর গাছের কয়েকটা পাতার উপরে দাঁড়িয়ে কাঁপছে। ফেরার জন্য গাড়ির দিকে এগোচ্ছে হঠাৎ একটা রোগামতো বুড়ো লোক ওর দিকে এগিয়ে এল। লোকটার সঙ্গে আগেও দুবার চোখাচোখি হয়েছে, কিন্তু কোনও কথা হয়নি।

—নীল কুঠিতে যাবেন কত্তা?

—সে আবার কোথায়?

—এই মিনিট দশেক লাগবে। সামনেই ডিঙি আছে। নদী পেরিয়ে উলটোদিকে।

—আজ থাক। পরের বার এসে যাব। এখনই তো সন্ধে হয়ে এল। গিয়ে ফিরে আসতে আসতে অনেকক্ষণ লেগে যাবে।

বলে আবার গাড়ির দিকে এগোল সুজিত। যেতে যে একেবারে

ইচ্ছে করছিল না, তা নয়। নীলকুঠি এখন আর কটাই বা আছে! বেশিরভাগই ভেঙে গেছে। দুশো বছর আগের যে ক'টা আছে—তা হাতে গোনা যায়। তা ছাড়া অনেক প্রজন্ম আগে সুজিতের পরিবার নাকি এসব দিকে থাকত। বড় জমিদারি ছিল এদিকে। তা সে অনেকদিনের কথা।

সুজিতের ইতস্তত ভাবটা বোধহয় টের পেয়েছিল লোকটা। বলে উঠল—চলেন কত্তা। আসা-যাওয়া আধঘণ্টা সময়। এখানে এসে ওটা না দেখলে বড় ফাঁক রয়ে যাবে। ক'দিনেরই বা জীবন—না দেখলে পরে—ওই কী যেন বলেন—মেস করে যাবেন!

—ঠিক আছে, চলো। তা তোমার নৌকো ঠিকঠাক আছে তো? জলে ডুবে-টুবে যাবে না তো?

—কী যে বলেন! এ নিয়ে কোনও চিন্তে করবেন না। এই তিরিশ বছর ধরে ইছামতীতে নাও চালাচ্ছি। কখনো মানবমাঝির নাওতে কিছু হয়নি।

লোকটা ঘাটের দিকে এগোল। সুজিতও ওর পিছু নিল। মিনিট দুয়েক হেঁটে ঘাট। ঘাটের সামনেই মানবমাঝির ডিঙিনৌকো ছিল। সরু ডিঙি, মাঝে একটা কাঠ ফেলা। তার ওপর বসতে হবে। সাবধানে উঠে তাতে বসে পড়ল সুজিত। ভালো সাঁতার জানে সুজিত। অবশ্য ইছামতীর জলের যা গভীরতা, তাতে সাঁতার না জানলেও ডোবা শক্ত। নদী বেয়ে মানবমাঝি নিপুণ হাতে নৌকো চালাতে লাগল। কিছু কিছু জায়গায় কচুরিপানায় প্রায় পুরো নদীটাই ঢেকে গেছে। তবু তারই ফাঁক দিয়ে দিয়ে ডিঙি এগিয়ে চলল।

মানবমাঝি অনর্গল কথা বলে যাচ্ছে। ওর ছেলে দুবাইতে কাজ করে। সেখানকার চওড়া ঝক্‌ঝকে রাস্তা—আকাশছোঁয়া বাড়িঘর। তারপর দুবাই ছেড়ে এখানকার গল্প। ট্যুরিস্ট আসে শনি-রবিবার। কিন্তু সপ্তাহের দিনে প্রায় কেউই আসে না। অফ্ সিজনেও লোকজন

প্রায় আসে না, তখন ও মাঝরাতে উঠে নদীতে মাছ ধরে, সে মাছ বাজারে বিক্রি করে, চাষবাস করে সে ফসল বিক্রি করে চালায়। সবমিলিয়ে বেশ আছে।

—বোঝলেন কর্তা, সবই ভাগ্য। আমরা হলাম গিয়ে জলের পোকা, আর আমার মেয়ের ছোট খোকাটা এই জলে ডুবে মারা গেল গত আশ্বিনে। এই যে দ্যাখেন—আপনি এলেন—আমার নাও-তে চড়লেন—না-ও চড়তে পারতেন—আবার চরণ মিঞার ভাঙা নাওতেও চড়তে পারতেন—সবই ভাগ্য, তাই না?'

এসব পাগলের প্রলাপ শুনতে শুনতে সুজিত আশপাশের দিকে তাকাচ্ছিল। পাশের বনে হরিণের দেখা না পেলেও বেশ কয়েকটা মাছরাঙা-ফিঙে-সারস-বকের দেখা মিলল। আরো বেশ কয়েকটা নাম না জানা পাখি।

মিনিট দশেক পরে উলটোদিকের একটা ভাঙা ঘাটে ডিঙি ভিড়িয়ে মানবমাঝি বলে উঠল—উঠে যান কত্তা। ওই বনের মাঝ বরাবর রাস্তা আছে।

—কোথায়? তেমন কোন রাস্তা তো দেখছি না!

—এ কি কত্তা আপনার কলকেতার চওড়া রাস্তা পেয়েছেন! তাও যা ছিল গাছ-আগাছায় বুজে গেছে, আসলে এ কুঠির একটু দুর্নাম আছে তো। তাই লোকে আজকাল আসতে ভরসা পায় না। একটু এগোলেই আপনি টের পাবেন।

সুজিত এমনিতে যথেষ্টই ডাকাবুকো। তবু একথা শুনেই বলল—আগে বলোনি তো! তা কীসের উৎপাত—চোর, ডাকাত না ভূতের?

—কর্তা, লোকে তো কত কীই বলে! আমাকেও তো পাগল বলে! এখানে ভূতের উৎপাত আছে বলে। তা ভূত চেনা হল ভাগ্যির ব্যাপার। কে যে আসল ভূত, আর কে যে নকল ভূত—তা বোঝাই যায় না। কজনের আর ভূত দেখার সৌভাগ্য হয় বলেন! যান, যান

—এগিয়ে যান! যাবেন আর চলে আসবেন।

সুজিত আর দাঁড়াল না। চড়াই পথ বেয়ে ঝোপঝাড় সরিয়ে সরিয়ে উপরের দিকে খানিকটা উঠতেই গাছের ফাঁক থেকে দূরে একটা বড় বাড়ি উঁকি দিল। বাড়ির সামনে বড় একটা চাতাল। চাতালটা পেরিয়ে কাছে যেতেই বাড়ির বার্ধক্যের চেহারাটা ধরা পড়ল।

মানবমাঝি যেরকম বলেছিল, জায়গাটা সেরকম কিছু নির্জন নয়। একটা ছাগলছানা ঘুরে বেড়াচ্ছে। মায়ের খোঁজে মাঝেমধ্যে উদ্বিগ্ন হয়ে চেঁচাচ্ছে। দুটো নেড়ি কুকুর চোখ বুঁজে শুয়ে আছে—আর সবথেকে বড় ব্যাপার হল একটা লোক বাড়ীটার থেকে খানিকটা দূরে চাতালের উপর বসে চপ বিক্রি করছে। ক্রেতা অবশ্য নেই।

সুজিতকে দেখেই লোকটা বলে উঠল—কী চপ খাবেন কত্তা? আলু-বেগুন-লঙ্কার চপ? পেঁয়াজি?

তেলটা কীরকম হবে কে জানে? তবু একটু রিস্কই নিল সুজিত। —দুটো আলুর চপ দেখি।

ভালোই করেছে আলুর চপ। বেশ খেতে। প্রথমটা শেষ করে সবে মুখে দ্বিতীয়টা পুরেছে হঠাৎ লোকটা বলে উঠল—ভাগ্যে বিশ্বাস করেন কত্তা?

—না, তা হঠাৎ করে?

—এই যে আপনি আলুর চপ খেলেন। আপনি নাও খেতে পারতেন। খেলেও বেগুনি খেতে পারতেন—পেঁয়াজি খেতে পারতেন। কিন্তু আলুর চপই খেলেন। আমি না থাকলে কিছুই খেতেন না। তাই না?

একটু অবাক হয়ে সুজিত বলে উঠল—কেন? আলুর চপে কিছু ছিল না কি?

—আরে না, না। আলু আর ব্যাসন। আর লঙ্কা—একটু পেঁয়াজ।

—তা তুমি অমনভাবে বললে! মনে হল...

সুজিত একটু বিরক্ত হয়েই দ্বিতীয় চপটা তাড়াতাড়ি শেষ করে বাড়িটার দিকে এগোল।

সরু সরু লাল ইটের তৈরি বাড়ি। ঘরগুলোর সামনে দিয়ে টানা লম্বা বারান্দা। বেশ কিছু জায়গায় উপরের ছাদ থেকে বড় বড় চাঙড় খসে পড়েছে। কিছু ঘরের দেওয়াল আধভাঙা। থামগুলোর কিছু কিছু অংশ বেশ বিপজ্জনক ভাবে ভেঙে পড়েছে। কী করে যে বাড়িটা দাঁড়িয়ে আছে সেটাই রহস্য। সরকার যদি এগুলো একটু সংস্কার করে সংরক্ষণের ব্যবস্থা করত। কত লোকের মৃত্যুর কারণ যে এই নীলকুঠি! বাড়িটার ভেতর হাঁটতে হাঁটতে এসব ভাবতে ভাবতে শিহরিত হচ্ছিল সুজিত।

—আপনি কি মানিক রায়চৌধুরীর কেউ হন? হঠাৎ প্রশ্নটা শুনে চমকে উঠল সুজিত। মুখ ঘুরিয়ে দেখল একটা কালো মোটা লোক ওর দিকে তাকিয়ে আছে। চওড়া মুখের অনুপাতে চোখদুটো ভারী ছোট—কুতকুতে। মোটা গোঁফ। মোটা নাক। ঠোঁট আর নাকের ফাঁক যৎসামান্য। লুঙ্গির উপরে ছিটের শার্ট। এখনও দিনের আলো আছে বলে বাঁচোয়া। সন্ধের পরে মুখোমুখি হলে সুজিত ঘাবড়ে যেত।

লোকটা ফের বলে উঠল—আপনি কি মানিক রায়চৌধুরীর কেউ হন?

—কেন?

—হুবহু তারই মুখ বসানো। তারই মতো সিড়িঙ্গে নাক। গোল গোল চোখ। কুকুরের মতো কান।

বেশ বিরক্ত হল সুজিত। সবকটা বাজে উদাহরণ। ওকে মোটেও তেমন খারাপ দেখতে নয়। তবু বলে উঠল—কে মানিক রায়চৌধুরী?

—আরে তা জানেন না? মানিক রায়চৌধুরী হলেন এখানকার জমিদার। এখানে যত রায়ত চাষি আছে—সবাই ওনার কথা শুনে চলে। উনি হলেন ওদের বাপ-মা।

—আশ্চর্য, কখনও তো ওনার নাম শুনিনি। আর আজকাল তো জমিদারি বলে কিছু হয় না।

—হাঃ হাঃ হাঃ—বলে লোকটা অট্টহাসি করে উঠল—আপনার পড়াশোনা কদ্দূর? ম্যাট্রিক পাস?

ভারী আস্পর্দা তো লোকটার! সুজিত রেগে বলে উঠল—ইঞ্জিনিয়ার। লোকটা কী বুঝল কে জানে—বেশ বিজ্ঞের মতো বলে উঠল—এ-বাড়িটা কিসের জানেন?

—নীলকুঠি।

—হ্যাঁ, ড্যানিয়েল সাহেবের কুঠি এটা। ড্যানিয়েল হলেন নীলকর সাহেব। কী চেহারা মশাই! আমার থেকেও লম্বা চওড়া। হাতের গুলিগুলো কী! চাবুক নিয়ে দাঁড়ালে আমারও ভয় লেগে যায়। আর তেমন গলার আওয়াজ।

—তা আপনার সঙ্গে ড্যানিয়েলের নিশ্চয়ই খুব আলাপ!

—একটু ইয়ার্কি করেই বলে উঠল সুজিত। দেশ-গাঁয়ে কত ধরনের যে লোক আজও আছে!

—নাহ্, সেরকম আর হল কোথায়? সাহেবসুবো লোক। ওই একদিনেরই দেখা। সবই ভাগ্য বুঝলেন!

'ভাগ্য'—কথাটা শেষ কয়েক ঘণ্টায় সুজিত বেশ কয়েকবার শুনেছে। এখানকার সব লোক দার্শনিক নাকি!

—কিসের আবার ভাগ্য!—বিরক্ত হয়ে সুজিত বলে ওঠে।

—হঃ—লোকটা ছিটের জামাটা ঝাড়তে ঝাড়তে বলে ওঠে—দেখলেই বুঝবেন। এই যে আপনি এ-বাড়িতে এলেন। আজকেই এলেন। তারপরে আবার মানিকবাবুর মতো মুখ চোখ—ভাঙা বেড়ার মতো দাঁত। নাহ্, সবই ভাগ্য।

লোকটা যে একটু ছিটেল, তাতে সন্দেহ নেই। তবু শীতের এই পড়ন্ত বিকেলে এই বাড়িতে একজন সঙ্গী থাকলে নেহাত খারাপ

হয় না।

—তা, কী হয়েছিল নীল সাহেবের?

—শুনেছিলাম ওনাকে আগুনে পুড়িয়ে মারা হয়েছিল। এমন অত্যাচার করতেন যে চাষিরা মিলে নীলকুঠিতে আগুন লাগিয়ে দিয়েছিল। আর তাতেই নীলসাহেব অক্কা পান। তবে সে তো প্রথম বারের কথা। তারপর তো কত বছর গেছে। শেষে কী হয়েছে কে জানে! হেসে উঠল সুজিত—তা বলে তো আর মৃত্যুর কারণটা বদলে যাবে না।

—আজকের দিনটা মনে আছে? বাইশে ডিসেম্বর—গলা খাঁকরে একটু আস্তে আস্তে লোকটা বলে উঠল—আজকের দিনে নীল সাহেব মারা যান। সালটা কত ছিল জানি না, তবে প্রতিবছর ঠিক এই দিনে উনি আবার ফিরে আসেন। থাকুন, দেখতেই পাবেন।

—কী অ্যাবসার্ড।—হেসে উঠল সুজিত। মানে প্রতিবছর আজকের রাতে ড্যানিয়েল ফিরে আসেন! খুব পছন্দের জায়গা ছিল বুঝি? আর তাই দেখতে আমরা সব আসি! আর ওই দিনের মতোই নীলচাষিরা এসে বাড়িতে আগুন দিয়ে দেয়, তাই তো?

—তাহলে তো হয়েই ছিল। প্রতিবছর এখানে উনি আসেন বটে। তবে, প্রতিবছর...নাহ্, সেসব কথা যাক, কাজ আছে, এগোই। আপনার মতো তো আর ট্যুরিস্ট নই। বলতে বলতে লোকটা ঘরের ভাঙা দেওয়ালটার দিকে এগিয়ে গেল। আর ফাঁক দিয়ে পাশের ঘরে গিয়ে ঢুকল।

—শুনছেন!—সুজিত সাড়া না পেয়ে এগিয়ে যায়—শুনছেন? লোকটা যেন হঠাৎ করে ভ্যানিশ হয়ে গেছে। সুজিত পাশের ঘরে সবে ঢুকেছে, হঠাৎ একটা প্রচণ্ড আওয়াজ—আর একইসঙ্গে প্রচণ্ড জোরে কেউ যেন সুজিতের মাথায় বাড়ি মারল। জ্ঞান হারানোর আগের মুহূর্তে সুজিত বুঝতে পারল ঘরের সিলিং থেকে একটা বড়

চাঙড় ভেঙে পড়েছে।

জ্ঞান ফিরতে সুজিত একটা জিনিস খেয়াল করল। মাথার উপরের ছাদের অনেকটা অংশ ভেঙে চারদিকে ছড়িয়ে পড়েছে। যে ফাঁক দিয়ে দোতলার ছাদের কড়ি বরগা দেখা যাচ্ছে। ঘরটার ভাঙা দেওয়ালের ফাঁক দিয়ে সামান্য আলো আসছে। মাথায় হাত বোলাল সুজিত। এখনও রক্ত চুঁইয়ে পড়ছে। তবে চাঙড়ের মূল বড় অংশটা হাতখানেক দূরে পড়ে আছে। ওটা মাথায় পড়লে আর দেখতে হত না। নির্ঘাত ওরই একটা ছোট টুকরো মাথায় পড়েছে। তাড়াতাড়ি বাইরে যেতে হবে।

কোনওরকমে উঠে দাঁড়াল সুজিত। দেওয়ালে ভর দিয়ে আস্তে আস্তে বাইরে বেরিয়ে এল। রাত অনেক হয়েছে। কতক্ষণ অজ্ঞান হয়েছিল কে জানে! কাল পূর্ণিমা। চাঁদের বদান্যতায় চারদিক মোটামুটি স্পষ্ট দেখা যাচ্ছে। বেশ হাওয়া। দূরের গাছগুলো হাওয়াতে কেঁপে কেঁপে উঠছে।

হঠাৎ সুজিতের মনে হল ও একা নেই। কাদের যেন অস্পষ্ট কথা শোনা যাচ্ছে। কাছাকাছি বাড়িঘর আছে হয়তো। কিন্তু না, সেরকম আওয়াজও নয়। কেউ যেন কানের পাশেই কথা বলছে—অথচ ভালো করে শোনা যাচ্ছে না। কথাগুলো হারিয়ে যাচ্ছে। আর ওগুলো কী? সামনের চাতাল জুড়ে বেশ কয়েকটা ছায়া ছায়া অবয়ব দেখা যাচ্ছে। মাঝে মাঝে কেঁপে উঠে সরে যাচ্ছে। বারান্দায় জোছনার আলো। কিন্তু ছায়াগুলো কাদের? সেরকম কিছু তো আশপাশে নেই—যার ছায়া ওভাবে নড়বে।

নাহ্, এ হতে পারে না। মাথার চোটের জন্যই নিশ্চয়ই ভুল দেখছে—মনকে বোঝাল সুজিত। যত তাড়াতাড়ি সম্ভব এখান থেকে বেরিয়ে ভালো কোনও ডাক্তারের কাছে যেতে হবে। কিন্তু এত রাত! এদিকে জনবসতি না থাকলে নদী পেরোতে হবে। মানবমাঝি নিশ্চয়ই

অপেক্ষা করে বসে নেই কিন্তু কাউকে জানিয়েছে কি? আর এই যে এতক্ষণ অজ্ঞান হয়ে পড়েছিল—কেউ কি দেখেনি? এরকম বিপদে সুজিত আগে কখনও পড়েনি। মাথার মধ্যে সব কিছু কেমন যেন তালগোল পাকিয়ে যাচ্ছে।

হঠাৎ দুটো ছায়ামূর্তি ওর দিকে এগিয়ে এল। দু-হাত ধরে যেন কে হঠাৎ টান দিল। আটকানোর ক্ষমতা ছিল না সুজিতের। সামান্য চেষ্টা করে বুঝল যে যারা টানছে, তাদের গায়ের জোর বহুগুণ বেশি। সিঁড়ি দিয়ে ওকে হেঁচড়াতে-হেঁচড়াতে উপরে টেনে নিয়ে যাচ্ছে। দোতলার লম্বা বারান্দা। মেঝের উপর দিয়ে টানতে টানতে সুজিতকে ওরা নিয়ে চলল। তারপর বারান্দার মাঝামাঝি এসে ওর হাতটা ছেড়ে দিল। ছিটকে গিয়ে মেঝেতে বসে পড়ল সুজিত।

টুকরো টুকরো চাঁদের আলো বারান্দায় ছড়িয়ে। পাশের কাঁঠাল গাছটার পাতার ফাঁক দিয়ে এসে পড়েছে। তবু এই ছায়াময় বারান্দায় স্পষ্ট ও টের পেল আরেকটা দীর্ঘ ছায়া ওর দিকে এগিয়ে আসছে। আর আশপাশ থেকে অস্পষ্ট কিছু কণ্ঠস্বর—নালায়েক, দেওয়ান... মানিক...

হঠাৎ বুকের উপর একটা ভারী বুটের আঘাত। আর্তনাদ করে উঠল সুজিত। যেন দমবন্ধ হয়ে গেল খানিকক্ষণ। কোনওমতে সামলে নিয়ে উঠে বসতে যাবে। হঠাৎ একটা চাবুকের আঘাত, ওর হাতের উপর। চামড়া কেটে যেন বসে গেল। কিছু বুঝে ওঠার আগেই আবার চাবুক আছড়ে পড়ল। সুজিতের চিৎকারে চারদিকে নিস্তব্ধতা কেটে গেছে। তারই মাঝে আরও কার যেন উত্তেজিত কণ্ঠস্বর স্পষ্ট শোনা যাচ্ছে। কয়েকটা কথার পর হারিয়ে যাচ্ছে, আবার শুরু হচ্ছে। যেন টুকরো টুকরো শব্দ নিয়ে বাতাস খেলা করছে।

সাহেবি ভারী গলায় কে যেন বলে যাচ্ছে—আমার দাদন, সব মিছে, পাজি-নেমকহারাম-বেইমান! আমার নামে ম্যাজিস্ট্রেটের কাছে

নালিশ! রাসকেল—আজকের মধ্যে তুই ষাট বিঘা দাদন লিখিয়া দিবি—নচেৎ এই শ্যামচাঁদ তোর মাথায় ভাঙিব। গোস্তাকি! তোর দাদনের জন্য দশখানা গ্রামের দাদন বন্ধ রহিয়াছে। দস্তুর মোতাবেক না দিলে তোর চামড়া খুলিয়া নিব।

পাশ থেকে আরেকজনের গলা শোনা গেল—হুজুর, সব রায়তকে মানিকবাবু খেপিয়েছে, তারা কেউ নীলের দাদন নিচ্ছে না।

আবার সাহেবের গর্জন শোনা গেল।

হঠাৎ কথাগুলো থেমে গেল। মনে হল ছায়ামূর্তির উলটোদিক থেকে আরেকটা ছায়ামূর্তি এগিয়ে আসছে। ভারী চটির আওয়াজ। কাঁপা গলায় সাহেব যেন বলে উঠল—দেওয়ান, এ ব্যাটা তাহা হইলে কে?

গম্ভীর গলা উলটোদিক থেকে ভেসে এল—আমি মানিক সাহেব। তুমি ভুল লোককে মানিক ভাবিয়াছ। অনেক সহিয়াছি, আর নয়। অন্য ছায়ামূর্তির হাতে ধরা একটা বন্দুক গর্জে উঠল। সাহেবের ছায়ামূর্তি মাটিতে বসে পড়েছে। আবার দু-দুটো বন্দুকের গুলির আওয়াজ। সাহেব মাটিতে শুয়ে পড়ল। স্বপ্ন যে দেখছে না সুজিত পাশের গাছের একটা পাখির ডানা ঝাপটানো তা প্রমাণ করে দিল।

সামনেই দু-ফুট দূরে সাহেবের ছায়ামূর্তি পড়ে আছে। চাবুকাঘাত বন্ধ হয়েছে, ভারী চটির শব্দ কাছে এগিয়ে আসছে। কিন্তু উঠে দাড়াবার ক্ষমতা নেই সুজিতের। চোখের সামনে হঠাৎই সব ফের অন্ধকার। জ্ঞান হারাল সুজিত।

—কেমন আছেন কত্তা?

ঘোলাটে দৃষ্টিটা স্পষ্ট হতে সুজিত লক্ষ করল যে ও একটা সাধারণ হাসপাতালের বেডে শুয়ে আছে। পাশে একটা টুলের উপর মানবমাঝি। পরনে লুঙ্গি-হাফশার্ট। ওর নিজের হাতে-পায়ে-মাথায়-ব্যান্ডেজ। স্যালাইন চলছে।

মানবমাঝি বলতে থাকে—কী বলেছিলাম কত্তা! সবই ভাগ্য! তা না হলে আপনার মাথাতেই চাঙড় ভেঙে পড়ে আর নীলকর সাহেবও আপনাকে দেখে মানিকবাবু বলে অমন ভুল করে! তবে ভুল হবারই কথা। আমার খেয়াল হয়নি আগে। খালি ভাবছিলাম আপনাকে অমন চেনা চেনা লাগে কেন! ওই নীলকুঠিতে একটা ছবি ছিল—ঠিক তারই মতো আপনার মুখটা। তা কত্তা, এসব কথা পাঁচকান করবেন না। এই আমি দু-একটা কথা বলি বলে সবাই আমাকে পাগল বলে। আপনিই বলেন, আমি কি পাগল?

একটু থেমে আশপাশে দেখে নিয়ে মানবমাঝি মুখটা সুজিতের কানের কাছে নিয়ে এসে বলে উঠল—তা শুনলাম সবাই এবার ভারী খুশি। আপনার জন্যই একবছরের জন্য লালমুখো বদ সাহেবটাকে জব্দ করা গেছে। নীলচাষ সব বন্ধ হয়ে গেছে। মানিকবাবু নাকি আপনার দেখা পাবার জন্য বাচ্চার মতো ছটফট করছে। যাকগে, সে না হয় আপনার হাত-পাগুলো একটু জোড়া লেগে গেলে আমিই নিয়ে যাবখন, আমার নাও ছাড়া ওখানে যাবার তো জো নেই। ভাগ্য কত্তা—সব ভাগ্য!

তাজমহল

নাহ্, লোকটার পছন্দ ছিল বলতে হবে।

—কার বিশ্বজিৎদা?

—খুররম শিয়াউদ্দিন মহম্মদের।

—সে আবার কে?

—আরে গাধা, শাহজাহানের কথা বলছি। শাহজাহানেরই আরেক নাম খুররম। রুচি না থাকলে ও জিনিস বানানো যায়!

—তুমি কি তাজমহলের কথা বলছ?

—না, সল্টলেক স্টেডিয়ামের কথা বলছি।

—অন্য কিছুও তো হতে পারে।

—থাম তো। মুখে-মুখে তর্ক করিস না। একটু থেমে বিশ্বজিৎদা ফের বলে ওঠে,—তাজমহলের সঙ্গে অন্য কিছুর তুলনাই চলে না। মুখে শোনা, আর চোখে দেখার মধ্যে অনেক ফারাক। সামনে দাঁড়ালেই কেমন যেন শিহরণ হয়।

—সে কী! আগ্রা গিয়েছিলে না কি!

—হ্যাঁ, আগের সপ্তাহে দিল্লি গিয়েছিলাম। টুক করে আগ্রা ঘুরে এসেছি। আগ্রা বলতে অবশ্য শুধুই তাজমহল। সেদিন আবার পূর্ণিমা ছিল। পূর্ণিমার আলোয় তাজমহলকে যা লাগছিল না—কী বলব! কোনও বিশেষণই যথেষ্ট নয়। রাত বাড়ছিল, আর সাদা শ্বেতপাথরের রংও বদলাচ্ছিল। বিকেলের দিকে যা ছিল ধবধবে সাদা, সন্ধে হতেই তা রং বদলে সোনালি হয়ে গেল। দেখতে দেখতে চার-পাঁচ ঘণ্টা কীভাবে কেটে গেল টেরই পেলাম না।

—দুশো বছর হয়ে গেল, তবু তাজমহলের মতো আরেকটা সৌধ তৈরি হল না! সাগ্নিক বলে ওঠে।

—অ্যাই দুশো কীরে! সাড়ে তিনশো বছর হয়ে গেছে। ১৬৫৪ কাজ শেষ হয়। ইতিহাসের জ্ঞান তো একেবারে জিরো দেখছি। বিশ্বজিৎদা ধমকে বলে ওঠে।

—১৬৩২-এ কাজ শুরু হয়েছিল। প্রায় কুড়ি হাজার শ্রমিক মিলে—। মিলন জ্ঞান জাহির করতে গিয়ে থেমে যায়। অনিলিখাদি।

অনিলিখাদি ঘরে ঢোকে। আমাদের শনিবারের আসরে অনিলিখাদি এখন কলকাতার শীতের মতো অনিয়মিত হয়ে এসেছে। কাজের জন্য মাঝেমধ্যেই বিদেশে যায়। শেষ দেখা মিলেছিল দেড়মাস আগে। ছোবড়ার দাঁত বার করা সোফাটায় বসেই বলে উঠল,—কী বিশ্বজিৎ, তাজমহলের ওপরে ওদের আবার কী বলছিলে?

অপ্রস্তুত বিশ্বজিৎদা কিছু বলে ওঠার আগেই অনিলিখাদি শুরু করে,—তা মিলন, কারা যেন তাজমহল করেছিল?

—কেন, ওই যে বললাম না, কুড়ি হাজার শ্রমিক। ওদেরকে তাজমহলের জন্য দেশ-বিদেশ থেকে আনা হয়েছিল।

অনিলিখাদি মৃদু হেসে বলে ওঠে,—পুরো ধারণাটাই ভুল। ঐতিহাসিক ভুল। তাজমহলে এমন অনেক কিছু আছে যেটা তখনকার লোকেদের পক্ষে করা সম্ভব ছিল না।

—আনবিলিভেবল অনিলিখা, তুমি তো দেখছি এবার ভারতের ইতিহাসই পালটে দেবে! বিশ্বজিৎদা উত্তেজিত হয়ে বলে ওঠে।

—আমাকে বলতে দাও। তাজমহলে পারসি, অটোমান, ভারতীয় আর ইসলামিক স্থাপত্যের মিশ্রণ দেখা যায়। তবে মূলত পিয়েত্রা দ্যুরা স্টাইল ব্যবহার করা হয়েছে, যা তার আগে বা পরে কখনও ব্যবহার করা হয়নি। ওই সময়ের অন্য সব স্থাপত্যে ব্যবহার করা হয়েছে লাল বেলেপাথর। তাজমহলে ব্যবহার করা হয়েছে রাজস্থানের মাকরানা শ্বেতপাথর। আঠাশ ধরনের মূল্যবান পাথর নানান দেশ থেকে আনা হয়েছে। প্রশ্ন উঠতেই পারে, সুদূর দেশ থেকে এসব পাথর আনা কি তখন সম্ভব ছিল? সেখানেই শেষ নয়। এসব নানান

সাইজের আর রঙের পাথর দিয়ে নিখুঁতভাবে জ্যামিতিক আকারে সাজানো হয়েছে। তিন সেন্টিমিটার জায়গার মধ্যে পঞ্চাশটার মতো ছোট-ছোট পাথর এমনভাবে বসানো আছে যে প্রত্যেকটার মধ্যে গ্যাপ একদম এক। এক মিলিমিটারের এক-দশমাংশ অবধি কোনও ভুল নেই।

—তা তুমি কী বলতে চাইছ?

—এরকম শিল্পকর্ম রোবোটিক্সের সাহায্য ছাড়া অসম্ভব।

—রোবোটিক্স। তখনকার দিনে রোবোটিক্স! বিশ্বজিৎদা উত্তেজিত হয়ে পায়চারি করতে-করতে বলে,—ইতিহাস এরা যেটুকু জানত, সেটুকুও ভুলে যাবে।

—চোখে না দেখলে আমিও ওটা বিশ্বাস করতাম না।

দুর্গেশের আনা চায়ের ট্রে থেকে এক কাপ তুলে নিয়ে অনিলিখাদি আবার বলতে শুরু করে। অনিলিখাদির পরবর্তী দেড়ঘণ্টার বিবরণ হুবহু তুলে ধরার চেষ্টা করছি। ঠিক না ভুল সে বিচারের দায়িত্ব তোমাদের ওপরেই ছেড়ে দিলাম।

দুই

তোরা তো জানিসই গত দেড়বছর ধরে আমাকে মাঝেমধ্যে ডাবলিন যেতে হচ্ছে। ডাবলিন, আয়ার্ল্যান্ডের রাজধানী। ডাবলিনের উত্তর দিকে সোর্ডস বলে একটা জায়গা আছে। দমদম যেমন কলকাতার মধ্যে চলে এসেছে, সোর্ডসও সেরকম বলা যায় ডাবলিনের মধ্যেই। ডাবলিনে গেলেই সোর্ডসের লাইব্রেরি আমার প্রিয় জায়গা। ছুটির দিনগুলো ওখানেই কাটাতাম।

আয়ার্ল্যান্ডে একটা রীতি আছে। বেশিরভাগ বই প্রকাশ হয় লেখকের স্থানীয় লাইব্রেরিতে। কিছুদিন আগে থেকে চারদিকে

পোস্টার পড়ে যায়। প্রকাশের দিনে উৎসাহী সব পাঠকরা লাইব্রেরির একটা অংশে জড়ো হয়। তাদের সামনে লেখক সামান্য দু-চার কথা বলে বইয়ের উদ্‌ঘাটন করেন। তা হঠাৎ একদিন পোস্টার দেখলাম ব্রায়ান ওয়াইল্ড-এর নতুন বই 'হোয়েন টাইমট্রাভেল ইজ পসিবল' প্রকাশিত হবে। লেখককে না চিনলেও টপিকটা খুব ইন্টারেস্টিং। বই প্রকাশের দিন লাইব্রেরিতে হাজির হলাম। অন্যদিনের থেকে ভিড় বেশ বেশি। অবশ্য তাদের মধ্যে বুড়ো-বুড়ি আর বাচ্চাই বেশি।

ঠিক সময়মতো প্রফেসর ব্রায়ান এসে ওনার জন্য রাখা চেয়ারে বসলেন। ছোটখাটো চেহারা। টাকমাথা। চোখে চশমা। পাকা দাড়ি। খুব উজ্জ্বল চোখ। বয়স ষাটের আশেপাশে হবে। লাইব্রেরির তরফ থেকে একজন প্রফেসর ব্রায়ানের সংক্ষিপ্ত পরিচয় দিলেন। শুনলাম ট্রিনিটি কলেজের এই প্রফেসারের বেশ কিছু মৌলিক গবেষণা আছে। বই যদিও এই প্রথম।

প্রফেসার মোড়ক কেটে বইটা বার করে তুলে ধরলেন। তারপর ডান হাতের বুড়ো আঙুলটা তুলে বাকি আঙুলগুলো মুষ্টিবদ্ধ করে বলে উঠলেন—টাইমট্রাভেল ইজ পসিবল।

পরবর্তী আধঘণ্টায় যা বললেন তা আমারই বোধগম্য হল না, তো অন্যদের মাথায় কী ঢুকল জানি না! হোয়াইটহোল-ব্ল্যাকহোলকে জুড়লে কীভাবে বহুকোটি আলোকবর্ষ দূরের দুই ব্রহ্মাণ্ড কাছে চলে আসতে পারে, কীভাবে এই ঘূর্ণায়মান ব্ল্যাকহোলের মধ্যে দিয়ে যাতায়াত করা যেতে পারে, কীভাবে এদের সাময়িকভাবে তৈরি করা যেতে পারে—এসব নানান তথ্য দিয়ে গেলেন। যেটা বুঝলাম তা হল সম্পূর্ণ বিচ্ছিন্ন দুই ব্রহ্মাণ্ডের মধ্যে যাতায়াত করতে পারলে আমরা সময়ের আগে বা পরে যেতে পারব।

বই প্রকাশের অনুষ্ঠানের পরে এগিয়ে গিয়ে প্রফেসর ব্রায়ানের সঙ্গে কথা বললাম। এ বিষয়ে যে আমার দারুণ আগ্রহ আছে তা

জানিয়ে ওনার সই করা একটা বই নিয়ে নিলাম।

এর পরে আরও কয়েকদিন ওনার সঙ্গে লাইব্রেরিতে, রাস্তায় দেখা হয়েছে। দেখা হলেই গবেষণা কীভাবে এগোচ্ছে—কী সমস্যা হচ্ছে এসব নিয়ে দু-চার কথা বলে যান। তা একদিন দেখি ঝড়ের বেগে সোর্ডস রোড ধরে হেঁটে যাচ্ছেন, চোখ-মুখ উত্তেজিত। তিন-চারবার ডাকার পর ঘাড় ঘোরালেন। কথায় কথায় বললেন ওনার টিম নাকি সৌরজগতের খুব কাছে একটা ব্ল্যাকহোলের সন্ধান পেয়েছেন। তার মাধ্যমে নাকি টাইমট্রাভেল সম্ভব।

—তা অসুবিধেটা কী?

—কস্ট। টাইমট্রাভেল টেস্ট করতে গেলে অনেক-অনেক টাকার দরকার। বলে প্রফেসর আর দাঁড়ালেন না।

তিন

এরপরে বহুদিন আর প্রফেসার ব্রায়ানের সঙ্গে কোনও দেখাসাক্ষাৎ নেই। এর মধ্যে আমি বেশ কয়েকবার আয়ার্ল্যান্ড আসা-যাওয়া করেছি। একদিন কৌতূহলবশত লাইব্রেরিয়ানকেও ওনার কথা জিগ্যেস করলাম। ওরা ওনার লাইব্রেরি কার্ড কম্পিউটারে দেখে বলল উনি নাকি গত তিনমাস লাইব্রেরিতে আসেননি। ওনার নেওয়া কয়েকটা বই ফেরত দেওয়ার দিন বহুদিন হল পেরিয়ে গেছে, অথচ ওনার কোনও পাত্তা নেই।

বয়স্ক লোক। শরীর খারাপ হল না তো! লাইব্রেরি থেকে ওনার বাড়ির ঠিকানা পাওয়া গেল। ১৬, ক্লনটার্ফ রোড, ম্যালহাইড। ম্যালহাইড জায়গাটা সমুদ্রের ধারে। অভিজাত এলাকা।

পরের রবিবার খুঁজে-খুঁজে গেলাম প্রফেসারের বাড়িতে। বিচ থেকে মিনিট পাঁচেক হাঁটা। নীচু পাঁচিল। গেট খুলে ঢুকলে ঘাসের

লম্বা লন। বেশ কয়েকটা নানান আকারের ঝাউগাছ। ঘাসগুলো অযত্নে অনেক বড় হয়ে উঠেছে। গাছগুলোও অনেকদিন ছাঁটা হয়নি। একতলা বাড়ি। টালির ছাদ। বাড়ির দরজার পাশে কলিংবেল। অনেকবার টিপেও সাড়াশব্দ পেলাম না। এবার দরজার গায়ে লেটার বক্সের দিকে চোখ পড়ল। বেশ কয়েকটা চিঠি ফাঁকেই আটকে গেছে। হাত ঢুকিয়েই বুঝতে পারলাম একগাদা চিঠিপত্রে মুখটা বন্ধ হয়ে গেছে। প্রফেসর নিশ্চয়ই বেশ কিছুদিন বাড়িতে নেই।

পাশের বাড়িতে একজন বৃদ্ধ ঢুকছিলেন। তাঁকে প্রফেসার ব্রায়ানের কথা জিগ্যেস করলাম। বললেন, উনি নাকি দীর্ঘদিনের জন্য আফ্রিকায় বেড়াতে গেছেন। কবে ফিরবেন কেউ জানে না।

এরপরে আমি আমার চাকরির ব্যাপারে এত ব্যস্ত ছিলাম যে প্রফেসার ব্রায়ানের কথা ভাবার আর সময় পাইনি। সেদিন ছিল শনিবার। শীত পুরোদমে পড়ে গেছে। একগাদা গরম পোশাক পরে গ্র্যাফটন স্ট্রিট দিয়ে হাঁটছি। গ্র্যাফটন স্ট্রিট ডাবলিনের সবথেকে নামকরা কয়েকটা রাস্তার মধ্যে পড়ে। এখানে গাড়ি ঢোকা নিষেধ। শুধু পথচারীদের জন্য লাল ইটের রাস্তা। ডাবলিনের সবথেকে নামিদামি দোকানগুলো এই রাস্তায়। হাঁটতে-হাঁটতে হঠাৎ কী খেয়াল হল, 'ওয়্যারস জুয়েলার্স' বলে একটা ঘড়ির দোকানে ঢুকলাম। দোকানের ভেতরে বেশ ভিড়। রোলেক্সের নানান মডেলের ঘড়ি দেখছি, হঠাৎ শুনি পাশের কাউন্টারে পরিচিত গলা। প্রফেসার ব্রায়ান। সঙ্গে আরেক বৃদ্ধ। দুজনে মিলে ঘড়ি দেখছেন।

আমি ব্রায়ানের সঙ্গে কথা বলার জন্য এগোচ্ছি, হঠাৎ চোখ পড়ল প্রফেসার ব্রায়ানের সঙ্গীর ওপর। ভদ্রলোক পকেট থেকে অদ্ভুত স্বচ্ছ এক ইঞ্চি লম্বা একটা কার্ড বের করে একঝলক কী যেন দেখে নিয়ে আবার পকেটে ঢুকিয়ে দিলেন। খানিকবাদে এদিক-ওদিক তাকিয়ে কেউ দেখছে কি না দেখে নিয়ে ওই কার্ডটা পকেট থেকে বের করে হাতের তালুতে নিলেন। আমার যেন মনে হল

কার্ডটা হাতের তালুর সঙ্গে মিশে গেল। আমি সামনের কাচের মধ্যে পুরো ঘটনাটা দেখতে পেলাম। ওই ভদ্রলোক টেরও পেলেন না।

প্রফেসার ব্রায়ান আমাকে দেখে প্রথমে চিনতে পারলেন না। তারপরে লাইব্রেরির কথা বলতে খেয়াল করতে পারলেন। জানালেন আফ্রিকা থেকে কয়েকদিন আগে ফিরে এসেছেন। ওই বাড়িতেই আছেন। কিন্তু সঙ্গের ভদ্রলোকের সঙ্গে আমার আলাপ করালেন না। আমিও কার্ড হাতে মিশে যাওয়ার অদ্ভুত ব্যাপারটার কোনও উল্লেখ করলাম না। ওনারা কুড়ি হাজার ইউরো দিয়ে একটা রোলেক্স ঘড়ি কিনে দোকান থেকে বেরিয়ে গেলেন। আমি নিজেও ঘড়ি দেখছিলাম। যদিও অত দামের নয়। কাচের কাউন্টারের ওপর হাত রাখতে হঠাৎ মনে হল কাচের একটা জায়গা খুব গরম। আশপাশের জায়গা থেকে অনেক বেশি গরম। খেয়াল হল প্রফেসারের সঙ্গী ভদ্রলোক ঠিক ওই জায়গায় হাত রেখেছিলেন। কেন জানি না কীরকম একটা রহস্যের গন্ধ পেলাম। মুহূর্তের মধ্যে ঠিক করে ফেললাম যে ওনাদের পিছু নেব। কোথায় যান দেখব। 'ওয়্যারস' থেকে বেরিয়ে এলাম।

গ্র্যাফটন স্ট্রিটের ভিড়ে কাউকে খুঁজে পাওয়া খুব শক্ত। দেশ-বিদেশের ট্যুরিস্টের ভিড়। রাস্তায় এক জায়গায় একজন ব্যান্‌জো বাজাচ্ছিল। তাকে ঘিরে অনেক লোকের ভিড়। সেই ভিড়ের মধ্যেই একঝলক দেখা পেলাম প্রফেসর ব্রায়ানের। খানিকবাদে বাজনা থামাতে ওনারা সেন্ট স্টিফেন্স গার্ডেনের দিকে হাঁটতে শুরু করলেন। গ্র্যাফটন স্ট্রিটের শেষপ্রান্তে দৃষ্টিনন্দন স্টিফেন্স গ্রিন শপিং কমপ্লেক্স। তার পাশেই ওনাদের গাড়ি পার্ক করা ছিল। গাড়ি নিয়ে ওনারা ও'কোনেল স্ট্রিটের দিকে রওনা দিলেন।

আমার গাড়ি গ্র্যাফটন স্ট্রিটের অন্যদিকে রাখা। তাই একটা ট্যাক্সি ধরলাম। ও'কোনেল স্ট্রিট, ন্যাসাও স্ট্রিট ধরে ওদের গাড়ি ফিনিক্স পার্কের দিকে এগিয়ে চলল। ওদিকটা আমার বিশেষ চেনা নয়।

আমার ট্যাক্সি শুধু এ-রাস্তা ও-রাস্তা হয়ে ওই গাড়ির পিছন পিছন চলল।

প্রায় একঘণ্টা পরে গাড়িটা একটা জর্জিয়ান স্টাইলের বাড়ির সামনে এসে দাঁড়াল। বড়-বড় কাচের জানলা। লাল ইটের বাড়ি। জানলার ওপরে আর্চ।

আমার ট্যাক্সিটা এমন একটা জায়গায় দাঁড় করালাম যাতে ওনাদের চোখে না পড়ে। ভাড়া মিটিয়ে বাড়িটার দিকে এগোলাম। ওনারা ইতিমধ্যেই বাড়িতে ঢুকে গিয়েছিলেন। বাড়ির দরজার কাছে পৌঁছে কী করব ভাবছি। হঠাৎ দরজাটা খুলে গেল। প্রফেসর ব্রায়ান বেরিয়ে এসে বললেন,—এসো অনিলিখা, তোমার জন্যই অপেক্ষা করছিলাম। শুধু-শুধু খরচ করে ট্যাক্সিতে এলে। আমাদের সঙ্গেই আসতে পারতে।

খানিকটা অপ্রস্তুত হলেও আমি সামলে নিয়ে বললাম,—আপনার সঙ্গে আরেকটু কথা বলার সুযোগ ছাড়তে পারলাম না।

—আর মিঃ রুপেলের সঙ্গে? মুচকি হেসে ব্রায়ান আমাকে নিয়ে বাড়ির ভেতরে ঢুকলেন। ঢুকেই বাঁ-দিকে বড় ড্রয়িংরুম। সেখানে ঢুকেই 'ওয়্যারস'-এর সেই ভদ্রলোকের দেখা পেলাম। লেদারের সোফায় বসে একটা ছোট বই-এর সাইজের ল্যাপটপে কীসব কাজ করছেন।

ভদ্রলোকের বয়স ব্রায়ানের মতোই হবে। মাথায় পাকা চুল। চোখ-মুখ তীক্ষ্ণ, কিন্তু মুখটা ভাবলেশহীন। আমাকে দেখে উঠে দাঁড়িয়ে করমর্দন করলেন। প্রফেসার ব্রায়ান ফায়ার প্লেসটা জ্বেলে দিয়ে আমার আর রুপেলের জন্য সামান্য রেড ওয়াইন নিয়ে এসে সোফায় বসলেন।

—মিঃ রুপেলকে দেখে কি মনে হয় যে ওনার বয়স ১৪০?

—একশো চল্লিশ! ওনার বয়স সত্তরের বেশি বলে তো মনে হয় না! একশো চল্লিশ কী করে হবে? সবথেকে বেশি বয়সি জীবিত

যিনি আছেন তাঁরই বয়স তো একশো দশ।

ব্রায়ান হেসে উঠলেন,—মিঃ রুপেল কিন্তু তোমার থেকে বয়সে অনেক ছোট।

মিঃ ব্রায়ান আমার সঙ্গে সমানে হেঁয়ালি করছেন দেখে অবাক হলাম। বললাম,—মিঃ রুপেলের বয়স তাহলে কত?

—যে দুটো কথা বললাম, দুটোই ঠিক। ওনার জন্ম ২৫২৫ সালে।

আমার হাত থেকে ওয়াইনের গ্লাসটা প্রায় পড়েই যাচ্ছিল। ইতিমধ্যে মিঃ রুপেল একটা অদ্ভুত কাজ করলেন। ডান হাত দিয়ে বাঁ-হাতের মধ্যমা ছুঁয়ে বলে উঠলেন,—লুক্।

সঙ্গে সঙ্গে দেখলাম আমাদের প্রত্যেকের বসার পজিশন আর ঘরের আসবাব পরিবর্তিত হয়ে গেল।

মিঃ ব্রায়ান বলে উঠলেন,—এক্ষুনি রূপেল যেটা দেখাল সেটা ভার্চুয়াল রিয়ালিটির নিপুণ উদাহরণ। একটা পরিবর্তিত ছবি আমাদের অনুভূতি কেন্দ্রগুলোর ওপর জোর করে চাপিয়ে দেওয়া হল। ওরা আজকাল এভাবে হাসপাতালে বাড়ির পরিবেশ তৈরি করে। বাড়িতে নকল অতিথিদের ডেকে এনে এভাবে আড্ডা মারে। বিজ্ঞান যে কত এগিয়ে গেছে না দেখলে বিশ্বাস করতাম না।

অবিশ্বাসী চোখে মিঃ রুপেলের দিকে তাকিয়ে আছি দেখে ব্রায়ান ফের বলে উঠলেন,—বলেছিলাম না টাইমট্রাভেল একদিন সম্ভব হবে। তা রুপেল, কবে তোমরা টাইমট্রাভেল প্রথম আয়ত্ত করলে? তোমার ল্যাঙ্গোয়েজ ট্রানস্লেটার ব্যবহার করে আমাদের সমসাময়িক ইংরেজিতে বলো। বলে আমার দিক ফিরে ফের বলে উঠলেন,—ওদের ভাষা এখন অনেক সংক্ষিপ্ত ও সাংকেতিক হয়ে গেছে। ওদের ইংরেজি কিছুই বোধগম্য হবে না।

মিঃ রুপেল সহজবোধ্য ইংরেজিতে আস্তে আস্তে বলতে শুরু করলেন,—২৫২০ সালে টাইমট্রাভেলের পরীক্ষা প্রথম সফল হয়।

একজন ভারতীয় বিজ্ঞানী টাইমট্রাভেলের জন্য যন্ত্র আবিষ্কার করেন তার পনেরো বছর পরে। ওই যন্ত্রের সাহায্যে দুজনের টিম দশবছর অতীতে যাওয়ার চেষ্টা করেন। কিন্তু সেখানেই বিপত্তি। তাঁদের যাত্রা সফল হয়। কিন্তু অতীত থেকে তাঁরা যখন ফিরে আসেন, তখন তাঁদের কল্যাণে বর্তমানই গেছে পালটে। এরপর টাইমট্রাভেল নিয়ে ফের নানারকম গবেষণা, পরীক্ষানিরীক্ষা চলে। ২৫৫০ সালে এ সমস্যার সমাধান হয়। ফের চালু হল টাইমট্রাভেল।

—তা সমস্যা সমাধান হল কী করে?

—মূল সমস্যা ছিল অতীতে গিয়ে কোনও কিছু পরিবর্তন করে দিলে, যেখান থেকে যাত্রা শুরু, সেখানে আর ফেরা যায় না।

—তাই এই যে আপনি রোলেক্স ঘড়ি কিনলেন, তার জন্যও তো ভবিষ্যৎ পরিবর্তিত হয়ে গেল। তাই না!

—না, অত সহজে সবকিছু পালটে যায় না। তবে হ্যাঁ, আমি যদি ঘড়ি চুরির দায়ে ধরা পড়তাম, তাহলে হয়তো যেখান থেকে এসেছি সেখানে ফিরতে পারতাম না। তবে অতীতে গিয়ে যাতে বড় ধরনের কোনও পরিবর্তন না ঘটাই, তার জন্য একটা যন্ত্র আবিষ্কার হয়। আজকাল টাইমট্রাভেলে কেউ গেলে তার হাতে বাধ্যতামূলকভাবে ওই যন্ত্র লাগিয়ে দেওয়া হয়। বলে রুপেল হাত থেকে একটা কার্ড বের করে আনলেন। এই কার্ডটাই আমি দোকানে দেখেছি।

ফের বলে ওঠেন,—দেখে মনে হবে সামান্য কার্ড, কিন্তু এর মধ্যেই মানবসভ্যতার যাবতীয় ইতিহাস, খুঁটিনাটি তথ্য ঢোকানো আছে। যখনই এই কার্ড দেখে যে টাইমট্রাভেলের জন্য নথিভুক্ত ইতিহাস পালটে যাচ্ছে, তখনই কারেকটিভ অ্যাকশন নেয়। ইতিহাস যাতে না পালটে যায়। তা না হলে ফিরে দেখা যাবে বর্তমানই পালটে গেছে।

এবার মিঃ ব্রায়ান বলে ওঠেন,—মিঃ রুপেল কিন্তু বিজ্ঞানী নন।

উনি নামকরা ঐতিহাসিক। ওনার যাত্রার উদ্দেশ্য ইতিহাসকে যাচাই করে ঠিকভাবে রেকর্ড করা। আর সে উদ্দেশ্যেই উনি অতীতের বিভিন্ন সময়ে বিভিন্ন জায়গায় যাচ্ছেন। ওই তথ্যই ঢুকে যাবে ওই কার্ডের পরবর্তী আপগ্রেডে। এর আগে উনি নীরোর রোমে গিয়েছিলেন। এখানে আসার উদ্দেশ্য আমার সঙ্গে দেখা করা। আমার বইতে লেখা সূত্রের ওপরেই টাইমট্রাভেলের গবেষণা সফল হয়।

—প্রফেসর ব্রায়ানকে আমাদের সময়ে সবাই চেনে। পাঁচশো বছর আগে উনি যে এসব ভেবেছিলেন তা ভাবাই যায় না।

খানিক থেমে মিঃ রুপেল ফের বলে ওঠেন,—এই গবেষণার প্রথম বড় পদক্ষেপ মিঃ ব্রায়ানের পার্টিকল অ্যাকসিলেটারের সূত্র। তবে তাতে অনেক পদ্ধতিগত সমস্যা ছিল যার জন্য পাঁচশো বছর তার প্রয়োগ করা হয়নি।

এবার আমি আর প্রশ্ন না করে পারি না,—টাইমমেশিন ঠিক কীরকম হয় তা নিয়ে আমার খুব কৌতূহল আছে। টাইমমেশিন মানেই তো মহাকাশযান। তা অত বড় জিনিস তো আর বাড়িতে রাখা সম্ভব নয়।

—কে বলল সম্ভব নয়? যদি বলি এ বাড়িতেই রাখা আছে! বলে মিঃ রুপেল ঘরের কোণের দিকে অঙ্গুলি নির্দেশ করলেন। ছোট একটা ৬ বাই ৬ ফুটের কাচের ঘর। মধ্যে তিনটে সিট। অত্যন্ত ছোট-ছোট যন্ত্রপাতি, প্যানেল, সুইচ।

—এটা এখন গ্যারেজে রাখা আছে। একধরনের পার্টিকল অ্যাকসিলেটার। এর সাহায্যে আমরা কৃত্রিম ওয়ার্মহোল তৈরি করে তার মাধ্যমে অতীতে বা ভবিষ্যতে যাতায়াত করি। ন্যাচারাল ব্ল্যাকহোলের ওপর নির্ভর করতে হয় না।

আমার দিকে খানিকক্ষণ তাকিয়ে মিঃ রুপেল ফের বলে উঠলেন, —তা তুমি কি এতে যেতে চাও? অতীতে যেতে পারো। তবে

একটাই শর্ত। তোমার ভূমিকা হবে শুধু দর্শকের।

—অবশ্যই, আমি সব শর্ত মানতে রাজি।

—তা তুমিই বলো কোথায় কোন বছরে যেতে চাও?

—আগ্রা, ১৬৫৩ সাল।

—সেখানে কী আছে?

—তাজমহল। পৃথিবীর সর্বকালের সেরা স্থাপত্যের মধ্যে একটা। ১৬৫৩ সালে তাজমহল তৈরি প্রায় শেষ হয়ে এসেছিল।

—তা এত কিছু থাকতে হঠাৎ তাজমহল?

—তাজমহলের শিল্পকর্ম স্থাপত্য ছোটবেলা থেকেই আমাকে খুব আকর্ষণ করে। তা ছাড়া, মুঘল সাম্রাজ্যের ওই সময়ের হাল-হকিকতও দেখা যাবে। আর ইতিহাসে দেখার মধ্যে তো যুদ্ধ-বিগ্রহ। ওসবের মধ্যে গিয়ে টেনশন বাড়িয়ে কী লাভ!

—ঠিক বলেছ। এমনিতেই তাজমহলে যাওয়া আমার এজেন্ডার মধ্যে ছিল। একজন ভারতীয়কে সঙ্গী পাব আশা করিনি। ধর্মের জন্য, রাজনৈতিক কারণে আমাদের ইতিহাস এত বিকৃত হয়ে গেছে যে ঠিক কী ছিল তা জানতেই আমার আসা। অতীতকে সঠিকভাবে না ধরে রাখতে পারলে কী করে বুঝতে পারব যে আমরা অতীতকে পরিবর্তন করে ফেলছি না!

—তাহলে আর কী! কালই যাওয়া যাক। শুভস্য শীঘ্রম্। ব্রায়ান বলে উঠলেন।

চার

পরের দিন অবশ্য যাওয়া হয়নি। পুরোদিন যাওয়ার প্রস্তুতিতেই কেটে গেল। মুঘল আমলের পোশাক জোগাড় করতে হয়েছে। ল্যাঙ্গোয়েজ ট্রানস্লেটর লাগিয়ে তৎকালীন পারসি ভাষা একটু প্র্যাকটিস করতে

হয়েছে। এর মাঝে মিঃ রুপেল কী একটা যন্ত্র আমার মাথায় লাগিয়ে দিলেন। বললেন, ইতিহাস-জ্ঞান হবে। যন্ত্রটা একমিনিট পরে খুলে নেওয়া হল। তখনই মনে হল আমি ওই সময়ের জীবনযাত্রা, তাজমহল, শাহজাহান, তৎকালীন লোকাচার-সুফি চিন্তাভাবনা সম্বন্ধে অনেক ওয়াকিবহাল হয়ে গেছি। যেমন দিল্লির তৎকালীন নাম ছিল শাহজাহানাবাদ। শাহজাহান শাহজাহানাবাদকে রাজধানী ঘোষণা করেন ১৬৪৮ সালে। তাজমহলের মূল স্থপতি ছিলেন পারসি স্থপতি ইসা খান এফেন্দির ছাত্র ওস্তাদ আহমেদ লাহোরী। বুঝলাম, এরকম বেশ কিছু বিক্ষিপ্ত ঐতিহাসিক তথ্য আমার মাথায় পুরে দেওয়া হয়েছে।

মিঃ রুপেল দেখি বিড়বিড় করে বলে যাচ্ছেন,—আর্জুমান্দ বায়ুকোম। মুমতাজের আসল নাম।

পরদিন সকাল ন'টায় আমরা যাত্রা শুরু করলাম। সুইচ অন করার সঙ্গে-সঙ্গেই মনে হল অকল্পনীয় গতিতে কোথায় ছুটে চলেছি। তারপরেই আর কিছু মনে নেই—জ্ঞান হারিয়ে ফেলেছিলাম।

যখন জ্ঞান ফিরল, সারা গায়ে ব্যথা। টাইমমেশিনের মধ্যেই একটা ধানখেতের মধ্যে এসে পড়েছি। ভোর হচ্ছে। টাইমমেশিন থেকে বেরিয়ে এলাম।

—তুমি ১৬৫৩-তে এসে গেছ অনিলিখা। মাথার ওপরের এই আকাশ, এই ধানখেত, দূরে যে মাটির বাড়ি দেখছ—সব ১৬৫৩-র। আমরা ঠিক একঘণ্টা এখানে থাকব।

—যন্ত্রটার কী হবে?

—ওটা নিয়ে চিন্তা কোরো না। ওটা গিরগিটির মতো রং পরিবর্তন করে ধানখেতের মধ্যে মিশে যাবে। চলো, তাজমহলের দিকে এগোনো যাক।

মিনিট পাঁচেক হাঁটার পরে ধানখেত ছেড়ে মাটির রাস্তায় উঠলাম। চারদিকে ফাঁকা মাঠ। দূরে দূরে দু-একটা মাটির বাড়ি। আরও মিনিটপাঁচেক হাঁটার পরে একজন চাষির সঙ্গে দেখা হল।

আমরা মুমতাজের সমাধিক্ষেত্র কোথায় তৈরি হচ্ছে বলতে পরিষ্কার বুঝিয়ে দিল। চারক্রোশ পথ আধঘণ্টা লাগবে। টাইমমেশিনে অক্ষাংশ-দ্রাঘিমাংশ দিতে সামান্য ভুল হয়েছিল নিশ্চয়।

ভাগ্য ভালো খানিকবাদে একটা ঘোড়ার গাড়ি দেখতে পেলাম। ওটা নাকি কোন এক খানাজাদের গাড়ি। খানাজাদ বলতে সরকারি কর্মচারী বোঝায়। ভাড়া পেলে আমাদের নিয়ে যেতে রাজি। বুঝলাম দুর্নীতি তখন থেকেই ছিল। সরকারি গাড়ি ভাড়ায় খাটাচ্ছে। আমরা কিছু বলার আগেই বিশুদ্ধ পারসিতে বলে উঠল,—তাজমহল তো?

ও কী করে বুঝল জিগ্যেস করতে দৃপ্তভাবে বলে উঠল,—সব ট্যুরিস্ট তো ওখানেই যায়।

মিঃ রুপেল অযাচিতভাবে আমাদের পরিচয় জানালেন। আমরা নাকি মুঘল সম্রাটের আমন্ত্রিত ফ্রেঞ্চ জুয়েলার ট্যাভারনিয়ার-এর বন্ধু। বলে ট্যাভারনিয়ার-এর গুণকীর্তন শুরু করলেন। বুঝলাম মিঃ রুপেল ওনার সদ্যলব্ধ ইতিহাসের জ্ঞান জাহির করছেন।

আমিও খানিকক্ষণের মধ্যে পারসি ভাষায় কোচোয়ানের সঙ্গে আলাপ জুড়ে দিলাম। পাঁচশো বছর আগের কারুর সঙ্গে কথা বলার সুযোগ তো আর বারবার আসে না। তা কথাপ্রসঙ্গে জানলাম সম্রাট কান্দাহার নিয়ে যুদ্ধে খুব ব্যস্ত। ওদিকে আহমেদনগরে বিদ্রোহ শুরু হয়েছে। বাংলার পোর্তুগিজরা মাথাব্যথার কারণ হয়ে দাঁড়াচ্ছে। মনসবদারের বাড়ি-বাড়ি গিয়ে হানা দিচ্ছে। সমর্থ লোক দেখলেই সেনাদলে ভরতি করে নিচ্ছে। চাষবাসের অবস্থা তাই খুব খারাপ। ওদিকে আবার সম্রাটের নানারকম শখ। লালকেল্লা, আগ্রাদুর্গ, জুম্মা মসজিদ—তৈরি করতে, যুদ্ধ-বিগ্রহের খরচ চালাতে গিয়ে রাজকোষ ফাঁকা হয়ে গেছে। তাই নানান ধরনের ট্যাক্স বসানো হয়েছে।

এসব কথার মধ্যে দেখি উলটোদিকের রাস্তা দিয়ে অনেকগুলো ঘোড়সওয়ারি আসছে। সামনের ঘোড়ায় সুসজ্জিত এক সৈনিক। অবাক হলাম আমাদের দেখে বিন্দুমাত্র কৌতূহল প্রকাশ করল না।

চলে যাওয়ার পরে কোচোয়ান আলিমর্দন খান বলে উঠল,—এখানকার ফৌজদার। এখানকার সরকারের প্রধান।

বলতেই 'আইন-ই-আকবরি'-র কথা খেয়াল হল। অনেকগুলো গ্রাম মিলে মহল আর অনেকগুলো মহল মিলে সরকার। ফৌজদার তাই বড়রকমের সরকারি পোস্ট। এখানকার ডিস্ট্রিক্ট ম্যাজিস্ট্রেট।

ব্রায়ান বলে উঠলেন, —তা আমাদের খেয়াল করেনি? আমাদের দেখে তো বিদেশি মনে হওয়া উচিত।

আলিমর্দন বলে উঠল,—আপনাদের দেখে ট্যুরিস্ট ভেবেছেন।

—ট্যুরিস্ট?

—তাজমহলের তো টাকার অভাবে তৈরিই বন্ধ হয়ে গিয়েছিল। নানান দেশ থেকে যেসব শ্রমিক, কারিগর, শিল্পীরা এসেছিল—তারাও ফেরত চলে গিয়েছিল। মূল সমাধি গড়ার কাজ অবশ্য শেষ হয়ে গিয়েছিল। কিন্তু তারপর মাকরানা মার্বেল আর আরও সব দামি পাথর কিনতে গিয়ে রাজকোষ প্রায় ফাঁকা। বছরদশেক কাজ বন্ধ ছিল। তারপর ট্যুরিস্ট আসতে শুরু করল। আপনাদের মতো দেখতে। ধীরেসুস্থে হাঁটে—মিনমিন করে কথা বলে। গায়ে জোর নেই। প্রথমেই সবাই এসে জিগ্যেস করত 'তাজমহল কোথায়'? খুব সুন্দর পারসিতে কথা বলে ওরা। আমরা অত ভালো বলি না। তা তাজমহল তো তখন প্রায় ফাঁকা মাঠ! তারপর ওরাই খরচ করে ওদের যন্ত্র দিয়ে কাজ শুরু করল। কোন মুলুক থেকে ওসব যন্ত্র আমদানি করে কে জানে? সেসব আজব যন্ত্র। এখন আবার কাজ ভালোই এগোচ্ছে। শেষ হলে দেখার মতো জিনিস হবে। সম্রাট অবশ্য ফরমান দিয়েছেন ট্যুরিস্টদের সঙ্গে কাজের বাইরে একদম মেলামেশা না করতে।

মিঃ রুপেলকে বিশুদ্ধ ইংরেজিতে বলতে শুনলাম,—ও মাই গড! আর মিনিটখানেকের মধ্যেই আমরা তাজমহলের কাছাকাছি পৌঁছে গেলাম। দূরে তাজমহলের গম্বুজে সোনার কাজ চলছে। কোমাৎসু

কোম্পানির এক্সক্যাভেটর তার বিশাল-বিশাল রোবোটিক্স হাত বাড়িয়ে মাটি খুঁড়ছে। মাকড়সার মতো দেখতে কয়েকটা রোবট মিনারগুলোর গা বেয়ে উঠে পাথর পালিশ করছে। কিছু রোবট আবার চারদিকের বাগানের জন্য মাটি উঁচু করার কাজ করছে। আমাদেরই মতো অনেক লোক হাতের তালুর সাইজের ওয়্যারলেস ল্যাপটপ নিয়ে ঘুরে বেড়াচ্ছে। মিঃ রুপেল বললেন ওগুলো দিয়েই সব রোবট নিয়ন্ত্রণ করা হচ্ছে। তবে সবাই যে ওদের মতো তা কিন্তু নয়। বেশ কিছু লোককে দেখলেই বোঝা যায় যে তারা ওই সময়ের। আলিমর্দনের মতো পোশাক-আশাক, চেহারা। একজন সুসজ্জিত দাঁড়িওয়ালা রাজবেশী লোককে দেখে ব্রায়ান বলে উঠলেন,—শাহজাহান?

আলিমর্দন হেসে বলে উঠল,—সম্রাট এভাবে এখানে আসবেন? উনি হলেন পারস্যের হস্তলিপি বিশারদ আমানত খান। সব লেখা খোদাইয়ের কাজ উনিই দেখছেন।

বুঝলাম বিশেষ কিছু কাজে এখানকার লোকেরা নিযুক্ত আছে। আর ট্যুরিস্টরা হল টাইমট্রাভেল করে ভবিষ্যৎ থেকে আসা লোকজন। তাজমহল দেখতে এসে আটকে পড়েছে। তাজমহলের কাজ শেষ না করে বেরোতে পারছে না। অতীতকে ঠিক মতো না তৈরি করতে পারলে ওদের আর ফেরা সম্ভব হবে না। কারণ ওদের গায়ে লাগানো কার্ড ফিরে যাওয়া অ্যালাউ করবে না। কার্ডের হিসেবে তাজমহল আছে সত্যিকারে যদিও নেই।

আমরা বেশিক্ষণ থাকিনি। ঠিক একঘণ্টা বাদেই ফিরে এসেছিলাম ২০০৬-এ। আসার পরে মিঃ রুপেল বলেছিলেন,—তাজমহলের কথা একইরকম রেখে দেব। অতীতের তো একটা ভিত্তি থাকতে হবে।

খানিকক্ষণ থেমে অনিলিখাদি ফের বলে উঠল,—ভালোই করেছ বিশ্বজিৎ, তাজমহল দেখে এসেছ। তোরাও তাড়াতাড়ি দেখে আসিস। বলা যায় না, কালকে যদি ওরা অন্যরকম কিছু করার কথা ভাবে।

বিশ্বজিৎদা খুক্‌খুক্‌ করে কেশে মুচকি হেসে বলে ওঠে,—অনিলিখা, আজ তোমার চালে সামান্য ভুল হয়ে গেছে। গল্পটায় একটা বড় মিস্‌টেক করে বসে আছ। আচ্ছা, সবাই ভবিষ্যৎ থেকে গিয়ে আটকে পড়ে গেল যাতে নথিবদ্ধ ইতিহাস পরিবর্তিত না হয়ে যায়। অথচ তোমরা গেলে ড্যাংড্যাং করে, আবার বহাল তবিয়তে ফিরে এলে। তোমারও তো তাজমহল তৈরিতে হাত লাগানো উচিত ছিল। বলে আমাদের দিকে তাকিয়ে বিশ্বজিতদা ফের বলে উঠল,—তাজমহল কে করেছে? দ্য লেডি আর্কিটেক্ট অনিলিখা।

অনিলিখাদি সপ্রতিভভাবে উত্তর দিল,—বুদ্ধিমান কাউকে যে এতটা বুঝিয়ে বলা দরকার, জানা ছিল না! আচ্ছা, যারা ইতিহাস লিখতে যায়, তারা কি কখনও ওরকম কার্ড নিয়ে ট্রাভেল করে! মিঃ রুপেল তো ইতিহাস রচনা করতে গিয়েছিলেন, নিশ্চিত না হয়ে উনি কি এমনভাবে ট্রাভেল করবেন যাতে উনি নিজেই আটকে যান! আর তাজমহল? আমিই বলেছিলাম তাজমহলের বর্ণনাটা হুবহু একইরকম রেখে দিতে।

সেদিক থেকে বিশ্বজিৎ তুমি ভুল বলোনি। আমি একরকমভাবে তাজমহলের আর্কিটেক্ট।

প্রতিবেশী

সেটা বোধহয় নভেম্বরের পাঁচ কি ছয় তারিখ। সোমবার। পেটখারাপ, তাই অফিস যাইনি। অন্য অনেকের মতো আমারও পেটখারাপে ফুচকা খাওয়া বন্ধ হয় না, চিংড়ির মালাইকারিও গোল বাটিতে করে পাতে আসে। বন্ধ হয় একটাই—তা হলো অফিস যাওয়া। আর দিদির বাড়িতে রোববার গেলে, সোমবার অফিসিয়ালি পেটখারাপ প্রায় নিশ্চিত। যাদের বিবাহিত দিদি ও অফিসে কাজের অভিজ্ঞতা আছে, তারা নিশ্চয়ই আমার কথা বুঝবে।

তখন দুপুর দুটো হবে। শীতের রোদ আমার ঘাড়ে আর পিঠে। জানালার দিকে পিঠ ফিরিয়ে সবে মাংসের কষাটা টেষ্ট করছি, হঠাৎ বেল বাজল। অদ্ভুত ব্যাপার, আমি আসছি জানলেই, দিদির বাড়ির কাজের লোকটার সিক-লিভ। সুতরাং মাংসের কষা ছেড়ে আমাকেই নীচে নামতে হয়।

তিনতলায় খাবার ঘর। বেরিয়ে প্রায় মুখ থেকেই সিঁড়ি। সিঁড়ি শেষ হয়েছে দোতলার বারান্দায়। চওড়া লম্বা বারান্দা। এক, দুই, তিন—তিনটে ঘর ছেড়ে বারান্দাটা ডানদিকে বাঁক নিয়েছে। তার পরে গেট। আর ওই গেটের ওপারে দাঁড়িয়ে একটা লোক। মাঝবয়সি। মাথার চুল সব পাকা। আজকাল সাদা চুল-সাদা দাড়ি আভিজাত্যের চিহ্ন। মাঝবয়সি হলে তো কথাই নেই। তাই একটু সন্দেহের চোখে চুলটা দেখলাম।

নাঃ, আসলই মনে হচ্ছে। চোখ-মুখ কাটাকাটা। শর্ট হাইট, চেহারার মধ্যে আভিজাত্যের ছাপ।

—সোমনাথবাবু বাড়ি আছেন?

সোমনাথ ঘোষ—আমার জামাইবাবু।

মাথা নেড়ে না জানাই।

—কখন আসবেন?

—ঠিক বলতে পারছি না, তবে দুটোর মধ্যে ফিরে আসার কথা। আপনি একটু বসে যান।

—না, আমি কাছেই থাকি। পরে আসবখন।

খাবার ফেলে আমি আবার বেশিক্ষণ থাকতে পারি না। তাই ভদ্রলোকের কথা শুনে খুশিই হলাম। ওপরে উঠি। ফের থালার সামনে বসে হঠাৎ খেয়াল হল, ভদ্রলোকের নামটাতো জানা হয়নি।

খেয়ে উঠে একটা লম্বা ঘুম। ঘুম ভাঙল পাঁচটা নাগাদ। ঘর অন্ধকার। বারান্দার দুই প্রান্তের দুটি ল্যাম্পও নিষ্প্রভ। পাশের বাড়ির আলো তার খানিকটা অংশ বারান্দার গ্রিলের ফাঁক দিয়ে ধার দিয়েছে।

চোখ মুখ ধুয়ে ড্রয়িংরুমে এসে বসলাম। ভোল্টেজ খুব লো। টিউবলাইটটা বারবার জ্বলে ওঠার চেষ্টা করছে, কিন্তু এই ভোল্টেজে স্টার্ট নিতে পারছে না।

পাশের বাড়ি থেকে ভেসে আসছে—'অন্তরে তুমি আছো চিরদিন ওগো অন্তরযামী।' বাগেশ্রী রাগ। এ রাগটাই সম্প্রতি শিখছি। গান শেখার ফলে আমি আজকাল একটু-আধটু রাগ চিনতে পারি। তবে আমার গলায় গাওয়া রাগ অন্য কারুর পক্ষে চেনা শক্ত। বিশেষত তাদের পক্ষে, যাদের ভালো মতো রাগ পরিচয় আছে।

হঠাৎ ক্রিং, ক্রিং, ক্রিং। আবার কলিং বেল। দরজা খুলি। অন্ধকারের মধ্যে যে ভদ্রলোকের মুখ উদ্ধার করলাম, তাঁকে ঘণ্টা তিনেক আগে একবার দেখেছি। ফের এসেছেন।

সোমনাথবাবু আসেননি?

—এসেছেন বোধহয়, দেখছি।...দিদি, জামাইবাবু ফিরেছেন?

যারা দেখতে পায় না, তাদের শ্রবণশক্তি নাকি বেশি হয়। প্রমাণ পেলাম। অন্ধকারে দিদি কোথায় টের না পেলেও একটা গলা ভেসে এল,—এক্ষুনি বেরিয়ে গেল।

ভদ্রলোক বেরিয়েই যাচ্ছিলেন। হঠাৎ মনে পড়ে গেল।

—আপনার নাম?

—মনোতোষ। উনি নাম বললেই চিনতে পারবেন।

—কখন আসবেন বলুন, ওনাকে থাকতে বলব।

—আমি এখানেই থাকি। পরে আসবো।

ভদ্রলোক চলে গেলেন। আমি একটা ইতিহাসের বই নিয়ে ড্রয়িংরুমের টিমটিমে আলোয় বসলাম।

কিছুক্ষণের মধ্যেই ঘাড়ে একটা নতুন কাজ চাপলো। দিদির ছেলেকে সামলানো। দিদির ছেলেকে যারা চেনে না, তারা, 'বাঃ কী মিষ্টি', 'কী সুন্দর' ইত্যাদি ভালো ভালো কথা বলে নেয়। আর মিনিট পাঁচেক বাদেই বাড়ি ফেরার তাড়া দেখায়। আর আমার মতো অসহায় ও অভিজ্ঞ লোকেরা তাড়া না খেলে ওকে নেয় না। কিন্তু সময় এত খারাপ, ওকে নিতেই হল। দুধ ছাড়া ও পৃথিবীর সবকিছু খায়। চাদর, বেডকভার, পেনসিল—এমনকী এই মুহূর্তে 'গ্লিম্পসেস অব্ ওয়ার্লড হিস্ট্রি' বইটাতেও দেখলাম বেশ আগ্রহ। কোল থেকে নামালে, সোফা থেকে মাটিতে পড়ার উদ্যোগ করে।

শেষ পর্যন্ত ওকে ঠান্ডা মেঝেতে নামিয়ে দিলাম। জিরো পোটেনশিয়াল এনার্জি। যা ফেলে ফেলুক। কিন্তু তাও হবার নয়। নামানোর সাথে সাথে। ওঁ...য়াঁ...

ভয়ে কোলে তুলে নিই। এরকম অবস্থা হবে আগেভাগে জানলে অফিসেই যেতাম।

এভাবে আরো আধঘণ্টা কাটে। ছোট হয়ে আসা টিভির স্ক্রিনটা হঠাৎ মীরকাশিমের মতো একবার বিদ্রোহ করে চলে গেল।

ড্রয়িংরুমের বাইরে আবছা অন্ধকার। তা বাড়তে বাড়তে তিনতলার সিঁড়ির দিকটা প্রায় অদৃশ্য করে তুলেছে। ভাগনেকে কোলে নিয়ে সিঁড়ির দিকে এগোই। অন্ধকারে ভয়, তবে ভাগনেতে ভয় আরো বেশি।

দোতলার দ্বিতীয় ঘরটার সামনে দিয়ে হাতড়াতে হাতড়াতে যাচ্ছি, হঠাৎ একটা শিহরণ।

ঘরের পর্দাটা হাওয়াতে উড়ছিল। একপলক দেখে মনে হল, ঘরে কে যেন বসে। কিন্তু 'দিদি' বলে ডাকতে সাড়াটা এল ওপর থেকে। দাঁড়িয়ে না থেকে ওপরে পা বাড়াই। ভাগ্য যা দেখছি, তাতে শেষ পর্যন্ত চোরের হাতেও না পড়তে হয়!

দিদি ওপরে রান্নাঘরে। কড়ার বাঁ-দিকটা সাঁড়াশি দিয়ে ধরে একমনে চেপে খুন্তি নেড়ে যাচ্ছে।

দিদিকে নীচের কথাটা বললাম। দিদি কিন্তু হেসে উড়িয়ে দিলে না। গম্ভীরভাবে বলল,—ঠিক দেখেছিস?

—সেই রকমই তো মনে হল।

—যা তো ফের দেখ। ওকে আমার কাছে দে।...দাঁড়া, এই টর্চটা নিয়ে যা।

সিঁড়ির মাঝ বরাবর এসে বুঝলাম পেছনে দিদি-ও আসছে। ওই ঘরের পরদা সরাতেই একটা ঠান্ডা হাওয়া ওদিকের জানলার পরদা উড়িয়ে পাশের বাড়ির পেয়ারাগাছের দিকে চলে গেল। ঘরে কেউ নেই। অন্তত মনুষ্যশ্রেণিভুক্ত। দিদির ঘরের ইঁদুর আর আরশোলা বহুদিন আগে থেকেই আমাদের আউট নাম্বার করে বসে আছে। ওই ঘরের এক ইঁদুরের কাছে কানমলা না কামড় কি একটা খাওয়ার পর বাড়ির পোষা কুকুরও আর ওখানে ঢুকত না।

ঘরের মেঝেতে ঘোরাফেরা করছে টর্চের আলো। দিদি উবু হয়ে বসে খাটের তলায় সমীক্ষা চালাচ্ছে। খানিকবাদে দিদি বলে উঠল

—জানিস তো, সেদিনও কে যেন একই কথা বলেছিল।

আমি হেসে উড়িয়ে দিই। মাঝে হঠাৎ টর্চের আলোটা নিভে যেতে বুঝলাম হাসিটা অজান্তে হারিয়ে গেছে।

এর ঘণ্টা খানেক বাদে আলো ফিরে এলো। আরো মিনিট দশেক বাদে জামাইবাবু। সঙ্গে একটা চোদ্দো-পনেরো বছরের মেয়ে। নতুন কাজের লোক। কিছুক্ষণ পর আমি বললাম মনোতোষবাবুর কথা।

জামাইবাবু নাম চেহারা কোনওটাই খেয়াল করতে পারলেন না। মনোজ, মনোরম এরকম কয়েকটা 'মনো' যুক্ত নাম বলে গেলেন, যাদের সঙ্গে জামাইবাবুর আলাপ আছে। কিন্তু কারুর চেহারার বর্ণনাই ওই ব্যক্তির সঙ্গে মিলল না।

এখানে দিদিদের এই বাড়িটার কথা একটু বলা দরকার। আইভরি রঙের সিমেন্ট ওয়াশ করা তিনতলা বাড়ি। বাড়িটা দিদির খুড়শ্বশুরের। আজীবন অবিবাহিত ছিলেন। আদরের ভাইপোর নামে বাড়িটা উইল করে দিয়ে গেছেন।

একসময় ওনার ঘড়ির দোকান ছিল। ব্যবসা রমরমা হতে এই বাড়িটা কিনেছিলেন এক মুসলমান পরিবারের কাছ থেকে। কিন্তু ওনার বয়স তখন চুল পাকিয়েছে। দিয়েছে দু-পাটি বাঁধানো দাঁত আর কোঁচকানো গাল। তবু রাত ন'টায় নিয়ম করে বারান্দায় দাবার আসর বসত। আশপাশের বাড়ি থেকে আরো বুড়োর দল এসে জুটত।

লাঠিতে ভর দিয়ে খেলার রোমন্থন করতে করতে রাত বারোটা নাগাদ বেরিয়ে যেত দাবাড়ুরা।

এরকম বেশ কিছু সন্ধ্যা কাটিয়ে একদিন অসুস্থ হয়ে খুড়শ্বশুর মারা গেলেন। দিদির শ্বশুর ফ্যামিলি নিয়ে আগের বাড়ি ছেড়ে এবাড়ি চলে এলেন।

অবশ্য আসা থেকেই একটা না একটা অঘটন লেগে আছে। হঠাৎ

সেরিব্রাল অ্যাটাকে দিদির শাশুড়ি মারা গেলেন। দিদির ননদ স্টোভের আগুন লেগে পুড়ে মারা গেলেন। বাড়ির পোষা কুকুরটা হঠাৎ একদিন বমি করে মারা গেল। তা এই হল বাড়িটার ইতিহাস।

সেবার এক সপ্তাহ বাদে ফের হাবড়ায় গিয়েছিলাম। জামাইবাবুর সঙ্গে গাড়ি কেনা নিয়ে আলোচনা করছি, হঠাৎ জামাইবাবু একটা বেখাপ্পা প্রশ্ন করে বসলেন।

আচ্ছা, যে ভদ্রলোক আমার খোঁজে এসেছিলেন, তার নাম কী বল তো?

—কেন? আপনাকে বললাম না, মধুতোষ না মনোতোষ কী একটা।

জামাইবাবু একটু গম্ভীর হয়ে গেলেন,—কীরকম দেখতে বল তো?

—এই সাড়ে পাঁচ ফুট হাইট, ফরসা, টিকলো নাক, মাথাভরতি পাকা চুল, মাঝবয়সি।

—কেন? খেয়াল করতে পারছেন—কে?

—না—মানে আমি চিনতে পারিনি। পাশের বাড়ির অন্যত্রবাবু বলছিলেন—

—কী বলছিলেন?

—না, উনি তো এখানকার অনেক দিনের বাসিন্দা! উনি বলছিলেন, কাকাবাবুর আগে নাকি এখান থাকত এক মুসলমান পরিবার। তার-ও আগে থাকত এক মিত্তির পরিবার। স্বামী-স্ত্রী, সুখের সংসার, ভদ্রলোক ছিলেন খুব হুল্লোড় টাইপের। হঠাৎ একদিন রাতে আর বাড়ি ফিরলেন না। থানায় ডায়েরি করা হল। চারদিকে খোঁজাখুঁজি চলল। অনেকদিন কেটে গেল, ওনার আর খোঁজ পাওয়া গেল না। বাড়িটা বিক্রি করে স্ত্রী বাপের বাড়ি চলে গেলেন।...তা ওনার নাম মনোতোষ মিত্র। আর দেখতেও নাকি অবিকল ওরকমই।

—তাহলে?...ভদ্রলোক এখনো জীবিত?

—না ভদ্রলোক বেঁচে নেই। অন্যত্রবাবুর স্ত্রীর মুখে শোনা ভদ্রলোকের ডেডবডি নাকি পানুদের পুকুরে পাওয়া গিয়েছিল।

তাহলে?—জামাইবাবুর দিকে দেড় হাত সরে আসি।

—এজন্যই নাকি মুসলমান ওই ফ্যামিলি এ-বাড়ি ছেড়ে চলে যায়। তখনও এই ভদ্রলোক মাঝে মাঝে খোঁজ করতে আসতেন। অন্যত্রবাবুর ভাষায় অতৃপ্ত আত্মা। আর আসা মানেই নাকি কারুর মৃত্যুর পরোয়ানা। ওদেরও বেশ কয়েকজন পর পর অপঘাতে মারা যায়।

তুই যাবার পর আর একবার উনি এসেছিলেন। আমার অ্যাবসেন্সে। ঝুমু—মানে আমাদের কাজের মেয়েটা দরজা খুলেছিল। কোথায় থাকেন জিগ্যেস করতে তখনো কিছু বলেননি।

এমন সময় হঠাৎ দিদি এসে ঢোকে।

—দেখেছ কী বিপদ! ঝুমু কিছুতেই দরজা খুলতে চাইছে না। প্রায় পাঁচমিনিট কলিংবেল বাজছে। দুধওয়ালা। তবু ও নামবে না। বলে, গতকাল সন্ধ্যায় দরজা খুলে দেখেছে কেউ নেই। যখন ফিরছে, একটা পায়ের শব্দ নাকি ওর সাথে সাথে আমাদের ঘরের দিকে এগিয়ে এসেছে! ঘরে আলো জ্বেলে ও কিছুই দেখতে পায়নি।

—তা, এসব কথা আমাকে তো কিছু বলোনি।

—তোমায় কী বলব? আমিই কি জানতাম! এখন ও বলছে। কাল থেকে ওর তাই কীরকম অ্যাবনর্মাল-অ্যাবনর্মাল হাবভাব।

—নাঃ, এখানকার ব্যাপার-স্যাপার ঠিক সুবিধের লাগছে না। কালকে যখন বাথরুমে গেলাম ঘরে আলো জ্বলছিল। বেরিয়ে দেখি আলো নেভানো। ঝুমু নেভায়নি, তোমরাও নেভাওনি। ঘরে ঢুকে দেখি সব ঠিকঠাক আছে। কিন্তু বিছানার চাদরটা মনে হল গরম। সামান্য কোঁচকানো। কেউ যেন এই মাত্র বিছানা ছেড়েছে। অথচ—

সেদিন রাতে আমারও ভালো ঘুম এল না। ভোরে চোয়া ঢেঁকুর নিয়ে দিদির বাড়ি ছাড়লাম।

এর মাসখানেক বাদে দিদিরা ওবাড়ি ছেড়ে দিল। উপদ্রব বাড়ছিল। ঝুমুও পাগলের মতো হাবভাব শুরু করেছিল। অন্যত্রবাবুই দিদিদের অন্যত্র থাকার ব্যবস্থা করে দিয়েছেন। কলকাতার উপকণ্ঠে। আটতলায় ফ্ল্যাট। বাসের শব্দ ছাড়া কারো পায়ের শব্দ শোনার উপায় নেই। দিদির শ্বশুর-ও কলকাতায় ব্যবসাপত্র গুটিয়ে চলে এসেছেন। বাড়িটা প্রায় জলের দরে বিক্রি হয়েছে। বাড়ির যা সুনাম—এমনি খদ্দের পাওয়া মুশকিল।

এর বছরখানেক বাদে হাবড়া যেতে হয়েছিল। মেডিক্যাল রিপ্রেজেন্টেটিভের কাজ। কিছু ডাক্তারকে মুখ দেখিয়ে আসা। হাতে বেশ খানিকটা সময় ছিল। ভাবলাম দিদির বাড়ির দিকটা একবার ঘুরে আসি। দেখে আসি দিদিদের পরবর্তী হতভাগ্য মালিকের অবস্থা। পারলে অন্যত্রবাবুর সঙ্গেও দেখা করব। ওরকম একটা উপকার করলেন।

জায়গাটার সামনে গিয়ে থমকে দাঁড়াই। চেনাই যায় না। একটা বহুতল ফ্যান্সি মার্কেট। সামনের দোকানে জিগ্যেস করি,—আচ্ছা, এখানে যে বাড়িগুলো ছিল, সেগুলোর কি হলো?

—কেন, অনেকদিন বাদে এলেন বুঝি? এখানকার পাঁচ-ছ'টা বাড়ি ভেঙেই তো এই মার্কেটটা তৈরি হয়েছে।...তা বছরখানেক হবে।

—কিন্তু এখানে যাঁরা ছিলেন?

—প্রায় সবই তো অন্যত্র মিত্রদের ছিল। একটা-দুটো বাড়ি যা ছিল না, তাও আস্তে আস্তে কিনে নিয়েছিল। ওদেরই তো এই বিশাল মার্কেটটা। ওপরের তলায় ওরা থাকে। ওনার ছেলে তো ওই সামনের কাচের ঘরটার বসে।...যান!

এগোতে গিয়ে থমকে দাঁড়াই। ঘরটাতে চা নিয়ে ঢুকল যে মেয়েটি, তাকে আমি ভালো করেই চিনি—ঝুমু। আর অন্যত্রবাবুর ছেলে যার সঙ্গে কথা বলছেন—তিনিও আমার বেশ চেনা। কয়েক মুহূর্তের আলাপ হলে-ও!

চশমা এবং অপ্রস্তুতবাবু

ভৌতিক অলৌকিক—৭

সেই ছোটবেলা থেকে চশমার শখ। বড় দিদি চশমা পরত। বেশ লাগত। চশমার দৌলতেই আলাদা একটা গাম্ভীর্য ফুটে উঠত মুখে। কিন্তু শখ থাকলেই তো হল না। চোখটা তো খারাপ হতে হবে তবে তো চশমা।

তা সেটার জন্যে কোনও চেষ্টার ত্রুটি রাখেননি অপ্রস্তুতবাবু। শুয়ে শুয়ে বই পড়া, এমন অ্যাঙ্গেল থেকে দেখা—যাতে চোখে লাগে, কম আলোতে পড়া, কাছ থেকে টিভি দেখা, সূর্যের দিকে মাঝে মাঝে তাকিয়ে চোখ ঘুরিয়ে নেওয়া। কিন্তু কিছুতেই কিছু কাজ হয়নি। মাঝেমধ্যেই আশা নিয়ে ডাক্তারের কাছে যান আর হতাশ হয়ে ফিরে আসেন। চোখে এখনও পাওয়ার হয়নি। আর জিরো পাওয়ার লেন্স পরে ঘোরাটাও ওনার পছন্দ নয়।

অফিসে পাশের টেবিলে বসেন বিভাসবাবু। বয়সে ওনার থেকে বছর দশেক ছোট। সেদিন অফিসে গিয়ে ওনার দিকে তাকিয়ে মন একেবারে ভেঙে গেল অপ্রস্তুতবাবুর। বিভাসের চোখেও চশমা। বেশ দেখাচ্ছে।

তা শেষ পর্যন্ত ভগবান যে ওনার দিকে মুখ তুলে তাকাবেন, ভাবতে পারেননি অপ্রস্তুতবাবু। দু-তিনদিন বই পড়ার পর একটু মাথা ধরছিল ওনার। যথারীতি চোখের প্রতিই প্রথম সন্দেহ হল অপ্রস্তুতবাবুর। পাড়ার নতুন ডাক্তার অনিন্দ্য বসাককে বেশ পছন্দ। ওনার কাছে যাওয়াই মনস্থ করলেন। বাড়ি থেকে মিনিট পাঁচেকের হাঁটা পথ। অফিসে আজ না হয় একটু দেরি করে যাবেন। অফিসের বড়সাহেবের শালির বিয়ে। এ ক'দিন একটু দেরি করে অফিসে আসবেন উনি। তাই সেদিক দিয়ে কোনও চিন্তা নেই।

অনিন্দ্যবাবুর চেম্বারে মোটে একটাই লোক ছিল। তারপরেই ডাক পড়ল অপ্রস্তুতবাবুর।

—পড়তে পারছেন ওই নীচের লাইনটা? বাঁ-চোখ বন্ধ রাখুন, খালি ডান চোখে।

—না, কিছুই পড়তে পারছি না।

—আবার চেষ্টা করুন।

—না, কিছুই বোঝা যাচ্ছে না।

—তার উপরের লাইনটা, বাঁদিক থেকে।

৩,৪,৮,৯।—মন থেকে যা আসে বলে গেলেন অপ্রস্তুতবাবু।

—আরেকবার দেখে বলুন।

২,৮,৪,৫।—ভয়ে ভয়ে বলে উঠলেন অপ্রস্তুতবাবু। দু-একটা মিলে গেলেই হল। বুক ঢিপঢিপ করতে লাগল ওনার।

—নাহ্, আপনার চোখ বেশ খারাপ হয়েছে, দেখছি। দেখুন তো এই লেন্সটার মধ্যে দিয়ে, কীরকম পাওয়ার হল দেখি।

আরও মিনিট পাঁচেক পরে অনিন্দ্যবাবু সিদ্ধান্ত নিলেন। প্লাস ১, মাইনাস ২।

ডাক্তারের পাওয়ার লেখা কাগজটা বুকপকেটে সযত্নে রেখে চশমার দোকানের উদ্দেশ্যে বেরোলেন অপ্রস্তুতবাবু। অফিস চুলোয় যাক্। মহৎকাজে দেরি করতে নেই। বৌবাজারে অনেকগুলো নতুন পুরোনো চশমার দোকান। বহুদিন ট্রামে যেতে যেতে দীর্ঘশ্বাস ফেলেছেন উনি। আজ উনি বীরদর্পে দোকানে ঢুকে ফ্রেম দেখতে শুরু করলেন।

কিন্তু সবকটাই কেমন কেমন যেন! কোনওটার ডান্ডিটা খারাপ তো কোনওটার লেন্সের জায়গাটা বিশাল বড়। কোনওটাই পছন্দ হয় না। একটা দোকান থেকে বেরিয়ে আরেকটাতে ঢুকলেন। কিন্তু লাভ হল না কিছু। একটা দোকানের ছোকরা সেল্সম্যান তো বলেই বসল, —আপনি চশমা কিনছেন না গাড়ি-কিনছেন মশাই। গাড়িও কেউ

এত বাছবিচার করে কেনে না। শেষ পর্যন্ত না কিনেই ফিরতে হবে।

কোনও উত্তর দিলেন না অপ্রস্তুতবাবু। চশমাকে যারা উপযুক্ত সম্মান দিতে পারে না তাদের সঙ্গে কথা বলতেও ওনার ইচ্ছে করে না।

তবে ছোকরার কথাই ঠিক হল। শেষ পর্যন্ত অপ্রস্তুতবাবু খালি হাতেই দোকান থেকে বেরোলেন। ভাদ্রমাসের ভ্যাপসা গরম। চশমা না পেয়ে মাথাটা আরও গরম হয়ে উঠেছে। ডালহৌসীর একটা ট্রাম আসছিল। চলন্ত ট্রামের পাদানিতে লাফ দিয়ে ওঠার সময় হঠাৎ ওনার খেয়াল হল—নতুন চশমার দোকানগুলোর পাশে পুরোনো চশমার একটা দোকান আছে। ওই দোকানটা তো দেখা হয়নি।

ট্রাম থেকে ফের নেমে অপ্রস্তুতবাবু ওই দোকানটায় ঢুকলেন। দোকানটার ভেতরে বেশ অন্ধকার। ভেতরে এককোণে এক বৃদ্ধ বসে আছেন। নিস্পৃহভাবে। চোখেও বেশ কম দেখেন মনে হল। অপ্রস্তুতবাবুর মতো লম্বা-চওড়া একজন লোক যে ওনার দোকানে ঢুকেছে সে বিষয়ে বৃদ্ধের কোনও হুঁশই নেই। দোকানে সব পুরোনো ব্যবহৃত ফ্রেম রাখা আছে। তবে বেশ ভালো স্টক। কিছু নতুন ফ্রেমও আছে। অপ্রস্তুতবাবুর পুরোনো একটা ফ্রেম পছন্দ হল।

দাম জিগ্যেস করতে বৃদ্ধ বলে উঠল,—সত্যিই আপনার চোখ আছে। আর পাঁচজনের কাছে এ ফ্রেমটা পছন্দই হত না। আমার কিন্তু এটা প্রিয় ফ্রেম।...আপনাকে আরেকটা দেখাই। দেখুন পছন্দ হয় কিনা। দাম একটু বেশি।

—দামের জন্য চিন্তা করবেন না। চশমা তো বারবার কিনব না। একবারই কিনব।

বৃদ্ধ খুব উৎসাহিত হয়ে বলে উঠল,—ঠিক বলেছেন। এই যে আমি পঞ্চাশবছর দোকানে বসছি, একি শুধু লাভের জন্যে! একটা চশমা একটা মানুষের চেহারা বদলে দিতে পারে। আর এ তো জামাকাপড় নয় যে বারবার চেঞ্জ করবেন। সুকুমারবাবু লিখেছিলেন

না—চশমার আমি, চশমার তুমি—একদম হক্ কথা।

—উঁহু সেটা বোধহয় গোঁফ নিয়ে। তা সে যাক্ গে, আপনি কোন ফ্রেমটা দেখাবেন বলছিলেন!

বৃদ্ধ মিনিট পাঁচেক খোঁজাখুঁজির পরে একটা চশমা আলমারির ভেতর থেকে বার করে এনে দিল। আর সেটা দেখামাত্রই অপ্রস্তুতবাবু বুঝতে পারলেন যে ঠিক এরকমই একটা চশমা উনি এতক্ষণ খুঁজছিলেন। কোনওরকম দরাদরি করলেন না। বৃদ্ধের হাতে ছ'শো টাকা দিয়ে দোকান থেকে বেরিয়ে এলেন। দুদিন বাদে পাওয়ার অনুযায়ী লেন্স বসানো হলে চশমাটা উনি নিয়ে যাবেন।

অফিসে একটা হালকা হিন্দিসিনেমার গানের সুর ভাঁজতে ভাঁজতে ঢুকলেন অপ্রস্তুতবাবু। দেড়টা। লাঞ্চ খেয়ে সবাই ফিরে এসেছে। যে যার সিটে বসে কাজ করছে। কী ব্যাপার? বড়বাবু অফিসে আছেন নাকি?

বুকটা ভয়ে একটু টিপটিপ করে উঠল। বিনাশব্দে চেয়ারটা পিছনে সরিয়ে জায়গা করে সিটে এসে বসলেন অপ্রস্তুতবাবু। আর বসা মাত্রই ঠিক যে কথাটা শোনার ভয় ছিল, সেটাই পাশ থেকে ফিসফিসিয়ে বলে উঠল তপন রায়,—বড়বাবু, তিন-তিনবার খোঁজ করে গেছেন।

—উনি শালির বিয়েতে যাননি?

—আরে, কী দরকারি কাজ পড়েছে, তাই বর্ধমান যাওয়া ক্যানসেল করে আজ আরও তাড়াতাড়ি কাজে এসেছেন। আর তেমনই তিরিক্ষে মেজাজ।

তপন খারাপ খবর শোনাতে ওস্তাদ।

খানিকক্ষণের মধ্যেই অপ্রস্তুতবাবুর ডাক পড়ল। বড়বাবুর ঘরে। ওনার নাম অমিতোষ ব্যানার্জি। বছর চল্লিশেক বয়স। শিবপুরের ইঞ্জিনিয়ার। এমনিতে শান্ত, তবে খেপলে আর দেখতে হয় না। তখন কাছে-পিঠে যেতে কেউ সাহস পায় না। আর যাকে ধরেন, তাকে শুধু মারধোর করতেই বাদ রাখেন। আজকে ওনার ঘরে ঢুকে মুখের দিকে একনজর তাকিয়েই অপ্রস্তুতবাবু বুঝতে পারলেন, কপাল

নেহাতই খারাপ।

মিনিট খানেক বাদে নীরবতা ভাঙলেন বড়বাবু,—ব্লক ওয়ান-এ কেব্‌ল লেয়িং-এর কাজটা কদ্দূর? শেষ হতে আর ক'দিন?

—না, মানে আর্লিস্টেজে এভাবে বলা মুশকিল। তা ছাড়া লোকেদের সমস্যা তো আছেই। মনে হয় আরও মাসখানেক লেগে যাবে।

—মাসখানেক? একমাস আগেও তো একই কথা শুনেছি। না, না, এরকমভাবে কাজ করলে চলবে না। আপনি নিজেই আসছেন একটার সময়, তো আপনার আর কাজ দেখার সময় হবে কী করে? আমি বুঝি না মাসে মাসে মাইনে নেবার সময় আপনার একটুও লজ্জা হয় না? কেন?

আরও মিনিট কুড়ি বাদে অপ্রস্তুতবাবু যখন ঘর থেকে বেরোলেন, তখন কান লাল, কপালে বিন্দু বিন্দু ঘাম। এমন বকুনি আগে কোনওদিন খাননি। সত্যি চশমার জন্যই কত বিপত্তি!

তবে এত সহজে অপ্রস্তুতবাবু ভয় পান না, হাজার হোক তিরিশবছর কেরানির চাকরি করছেন। কাজ না করার জন্য বকুনি খাওয়া, সুযোগ বুঝে ফাঁকি দেওয়া, ঠিক সময়মতো আবার বড়সাহেবকে খুশি করা—এ সবই অপ্রস্তুতবাবুর কাছে নিতান্ত পরিচিত।

তাই পরের দিন বিকেল তিনটের সময় আবার অপ্রস্তুতবাবুকে দেখা গেল বৌবাজারের ফুটপাথ ধরে হাঁটতে। অফিসে বলেছেন ভাগ্নির শরীর খারাপ। দেখা করতে হাসপাতালে যাচ্ছেন। সব বাজে কথা। ভাগ্নিই নেই, তো তার আবার শরীর খারাপ! ইচ্ছে আছে চশমা নিয়ে অনাদি কেবিনে গিয়ে মোগলাই-কষামাংস খেয়ে একটা সিনেমা হলে ঢুকবেন। বাছাবাছির কোনও ব্যাপার নেই, সব সিনেমাই ওনার ভালো লাগে। আজ আবার চশমা পরে!

এসব ভাবতে ভাবতেই দশমিনিটের পথ পাঁচমিনিটেই পেরিয়ে এলেন।

চশমার দোকানে সেই ভদ্রলোকই ছিলেন। চশমাটাও রেডি ছিল। পরে দেখে নিলেন অপ্রস্তুতবাবু। হ্যাঁ, পাওয়ার একদম ঠিক। সবকিছু আরও স্পষ্ট হয়ে চোখে ধরা দিচ্ছে। মনটা ফুর্তিতে ভরে উঠল।

অনাদি কেবিনের দিকে পা বাড়ালেন উনি।

পনেরো মিনিট এই গরমে হাঁটা! কথাটা মনে হতেই বাসস্ট্যান্ডে গিয়ে দাঁড়ালেন। দুটো ওই রুটের বাস চলে গেল। বড় ভিড়। শেষে একটা ট্যাক্সি ডেকে চেপে বসলেন,—অনাদি কেবিন।

ট্যাক্সিতে উঠে বসার মিনিটখানেকের মধ্যেই ওনার মনে হল— ছিঃ ছিঃ, অফিসটাইমে কাজ ফাঁকি দিয়ে রেস্টুরেন্টে খেতে যাওয়া! সিনেমা দেখতে যাওয়া! লজ্জায় মাটিতে মিশে গেলেন। ট্যাক্সিকে ফের পথ বদলাতে বললেন,—ডালহৌসী চলো।

অফিসে ঢোকার মুখেই অতনু, সনাতনদের সঙ্গে দেখা। রাস্তায় দাঁড়িয়ে সিগারেট খাচ্ছে আর খোশগল্প করছে। অপ্রস্তুতবাবুকে হন্তদন্ত হয়ে অফিসে ঢুকতে দেখে সনাতনই বলে উঠল,—অ্যাই কী ব্যাপার! ছুটির সময় অফিস ঢুকছিস?—আরে! চোখে ওটা কী? নতুন চশমা।

—চোখে পাওয়ার হয়েছে। নতুন করালাম। কেমন হয়েছে?

দেখতে তো দারুণ, তবে এত সুন্দর চশমা আমাদের মতো ছাপোষা লোকদের মানায় না।—একটু থেমে সনাতন ফের বলে উঠল ঃ চ, চা খেয়ে আসা যাক।

না, আজ অনেক কাজ আছে।—বলে উত্তরের অপেক্ষা না করে অপ্রস্তুতবাবু লিফ্টের দিকে এগিয়ে গেলেন। মনের মধ্যে রীতিমতো অনুশোচনা হচ্ছে অফিস ফাঁকি দিয়ে চশমা নিতে যাওয়ার জন্য।

নানা ধরণের ছুতোয় অপ্রস্তুতবাবু বহুদিন অফিস পালিয়েছেন। কোনওদিন ক্রিকেট খেলা দেখার জন্য, কোনওদিন সিনেমা দেখার জন্য, তো কোনওদিন নিছকই আড্ডা মারতে। কিন্তু আজকের এ অনুভূতি আগে কখনও হয়নি। অফিস ঘরে ঢুকেই চেয়ারে বসে কাজ শুরু করে দিলেন।

হুঁশ ফিরল উপেনবাবুর ডাকে,—কী মশাই। হঠাৎ করে এত কাজ দেখাচ্ছেন। ইনক্রিমেন্টের চিঠি পাওয়ার সময় তো এখনও হয়নি।

অপ্রস্তুতবাবু বিব্রত হয়ে ঘড়ির দিকে তাকালেন। সত্যি সওয়া ছ'টা বেজে গেছে। আশেপাশের টেবিলে কেউ বসে নেই। অন্যদিন সাড়ে পাঁচটার সময় উঠে পড়েন। আজ কীরকম কাজের নেশায় পেয়ে বসেছে। বেশ ভালোও লাগছে কাজ করতে।

বাড়ি ফিরেও সন্ধ্যেটা অন্যভাবে কাটল অপ্রস্তুতবাবুর।

অন্যদিন কাজের লোকটাকে চা-জলখাবারের বন্দোবস্ত করার হুকুম দিয়ে টিভির সামনে গিয়ে বসেন। একা মানুষ, আর করারই বা কী আছে। আটটা নাগাদ কয়েকজন বন্ধুবান্ধব এসে হাজির হয়, নয়তো উনিই গিয়ে তাদের কারওর বাড়িতে হানা দেন। তাসের আড্ডা বসে। চলে রাত দশটা-এগারোটা অবধি। তারপরে রাতের খাওয়া আর ঘুম।

আজ কিন্তু রুটিনটা একেবারে পালটে গেল। বিভিন্ন ঘটনা-দুর্ঘটনায় উনি যে বইগুলো পেয়েছিলেন—দীর্ঘদিন যা বইয়ের আলমারির শোভাই বাড়াচ্ছিল শুধু, তারই একটা নিয়ে সোফায় বসে গেলেন। বই পড়তে পড়তে এমন মজে গেলেন যে আটটার সময় ফোন করে জানিয়ে দিলেন যে আজ আর ওনার তাসের আড্ডায় যাওয়ার কোনও ইচ্ছে নেই।

ন'টা নাগাদ বইটা শেষ হলে গান শুনতে টেপ চালালেন। টেপের মধ্যে যে ক্যাসেটটা ছিল সেটা বাজতেই ওনার গা রি রি করে উঠল। বেসুরো চিৎকার। যেমন কথা তেমনি সুর! কোনও একটা সিনেমার গান। ক্যাসেটের তাকটা হাতড়ালেন। সবই সিনেমার নিম্নমানের গানের ক্যাসেট। কী করে যে এসব গান এতদিন শুনেছেন, সেটা ভেবে নিজেই বেশ অবাক হলেন।

অবশেষে উপরের তাকের পিছনের দিক হাতড়ে রবিশঙ্করের সেতারের একটা ক্যাসেটের খোঁজ মিলল। বাঁচোয়া। কালকেই বেশ কয়েকটা পছন্দসই ক্লাসিকাল গানের ক্যাসেট কিনে আনতে হবে।

বাড়ির চাকর গণেশ একবার বলতে এসেছিল,—বাবু, টিভিতে একটা জবর সিনেমা দিয়েছে। দেখবেন?

তাতে অপ্রস্তুতবাবু এমনভাবে ওর দিকে তাকালেন যে গণেশ আর দ্বিতীয়বার বলার সাহস পেল না। অন্যদিন বাবু তড়াক করে লাফিয়ে উঠে টিভি দেখতে ছুটে আসেন।

বাবু যে আজ একেবারে অন্যরকম হয়ে গেছেন, ক্ষণে ক্ষণে তার প্রমাণ পেতে থাকল গণেশ। খেতে বসে কষা মাংস'র দিকে একনজর তাকিয়েই অপ্রস্তুতবাবু চমকে উঠলেন,—অ্যা! দিনকে দিন একী শুরু করেছিস! এতে তো দুদিনেই শরীর স্বাস্থ্য ভেঙে যাবে। এত তেল মশলা! যা, দুটো মাংস ধুয়ে এনে দে। তাই দিয়ে খাই।

গণেশ একবার বলতে গিয়েছিল,—বাবু আপনি রোজ রোজ বলেন—তাই তো—

কিন্তু বাবুর কঠিন মুখের দিকে তাকিয়ে ওর মুখের কথা মুখেই আটকে গেল। বাবু আজকে সত্যিই কেমন হয়ে গেছেন! মুখের উপর আবার ইয়া শেয়ালপণ্ডিত মার্কা চশমা। অফিসে খুব বকুনি খেয়ে মাথা গন্ডগোল হয়নি তো!

পরের দিন গণেশের বিশ্বাস আরও দৃঢ় হল। সকালে ও যখন বাজার থেকে ফেরে, বাবু তখন ব্যাজার মুখ করে সোফায় বসে টুথব্রাশ চিবোতে চিবোতে ঝিমোয়। অফিসে যেতে যেতে আরও দু'ঘণ্টা। আজ গণেশ যখন ফিরল, তখন অপ্রস্তুতবাবু অফিসের জামাকাপড় পরে সকালের জলখাবার খেতে বসে গেছেন। পোশাক— তাও আবার কেমনতরো যেন! সুট, টাই—কস্মিনকালেও বাবু এসব পরতেন না।

আর মিনিট দশেকের মধ্যেই অফিসের উদ্দেশ্যে বেরিয়ে গেলেন। ব্যাজার মুখে নয়, হেলতে দুলতে নয়, বেশ উৎফুল্লভাবে গটগট করে হেঁটে।

অপ্রস্তুতবাবু যখন অফিসে পৌঁছোলেন, তখন ন'টা বাজতে দশ।

দশেশ্বর বেয়ারা চেয়ার-টেবিলের ধুলো পরিষ্কার করছে। পুরো অফিস খাঁ-খাঁ করছে। দশেশ্বর তো অবাক হয়ে বলেই ফেলল,—সার, আপকা তবিয়ত তো ঠিক হ্যায় না! ইতনে জলদি!

ঠিক ন'টার সময় বড়সাহেব এসে ঢুকলেন। অপ্রস্তুতবাবুকে এত তাড়াতাড়ি আসতে দেখে এতটাই অবাক হয়ে গেছেন যে ঘাড় ঘুরিয়ে দেখতে গিয়ে আরেকটু হলে দেওয়ালের সঙ্গে ধাক্কা খেতেন।

সওয়া দশটার সময় বড়সাহেবের চেম্বারে ডাক পড়ল অপ্রস্তুতবাবুর। আজ কিন্তু ওনার সেই জড়সড় ভয়-ভয় ভাব নেই। কাজের হাল জিগ্যেস করা মাত্রই দৃপ্তভঙ্গিতে সুশৃঙ্খলভাবে বলতে শুরু করলেন। এত গুছিয়ে এত সুন্দর ইংরেজিতে কথা বলতে পারেন সেটা ওনারই জানা ছিল না।

সকাল থেকে বসে একটা প্রোজেক্ট প্ল্যান করেছেন। তাতে কবে কী কাজ হবে, কোনদিন কী কী চেক করতে হবে—যাবতীয় উল্লেখ আছে। মিঃ ব্যানার্জি এতটাই চমৎকৃত যে অন্যদিনের মতো ধমক-ধামক কিছুই তো করলেন না, উলটে অন্য একটা প্রোজেক্টের কাজও ওনার হাতে তুলে দেবেন জানালেন।

আজ উনি মাত্র একবার সিগারেট খেতে বাইরে গেলেন। লাঞ্চটাইমের আড্ডাটা ঘণ্টাদুয়েক না হয়ে মাত্র আধঘণ্টার হল।

অফিসের শেষে ইউনিয়নের মিটিং-এ অপ্রস্তুতবাবুকে চিরকালই যেতে হয় বলে যান। এককোণে বসে চুপচাপ শুধু শুনে যান। সেখানে শিকদার, অতনু—এসব ইউনিয়নের বড় বড় পান্ডাদের সামনে কোনও ব্যাপারই মুখ খুলতে চান না। কিন্তু আজ যেভাবে মিটিং চলাকালীন শিকদারকে থামিয়ে—দ্যাট্স নট ইন আওয়ার এজেন্ডা। লেট আস কনসেনট্রেট অন রিয়াল ইস্যুস।—বলে বসলেন, তাতে বাকিরা তো অবাক হলেনই, কিন্তু সব থেকে অবাক উনি নিজে।

এভাবে দিন পনেরো চলল। ওনার রুটিন এখন একেবারে বদলে গেছে। আগের অপ্রস্তুতবাবুর সঙ্গে এখনকার অপ্রস্তুতবাবুর অনেক

তফাত। বলতে গেলে আলাদা মানুষ। এ ক'দিনেই উনি বড়বাবু মিঃ ব্যানার্জির প্রিয়পাত্র হয়ে উঠেছেন। কাজের মানুষ হিসেবে নাম ছড়িয়ে পড়েছে। অবশ্যই সবই যে ভালো হয়েছে তা নয়। অফিসের বেশির ভাগ বন্ধুই এখন ওনার ওপর হাড়ে চটা। ওনার এই ভারিক্কি মেজাজ, হঠাৎ কাজের আগ্রহের তলায় অনেক কিছুরই সম্ভাবনা ওরা খুঁজে পেয়েছে। ঢলা জামা ছেড়ে স্যুট-টাই, এগারোটার বদলে ন'টায় অফিসে ঢোকা, সময়মতো কাজ করা, আড্ডা না মারা—সবই অফিসের কর্মসংস্কৃতির বিরোধী। আড়ালে তাই ওনাকে নিয়ে সবসময় আলোচনা চলে। কেউই সেধে কথা বলতে চায় না। এককথায় আগের সঙ্গীসাথিরা ওনাকে একঘরে করেছে। সবথেকে বড় অসুবিধে বাড়ির চাকর গণেশের। বাড়িতে কেব্‌ল-লাইন বন্ধ করে দিয়েছেন অপ্রস্তুতবাবু। তাই তার সিনেমা দেখা বন্ধ। আগে হিন্দি সিনেমা দেখতে দেখতে গুনগুন করে গান করত ও। এখন বাবুর দাবড়ানিতে সেটাও বন্ধ। সময় মেপে মেপে কাজ। ঠিক রাত সাড়ে ন'টায় টেবিলে রাতের খাবার, ঠিক রাত সাড়ে দশটায় সব আলো নেভানো, ঠিক সকাল ছ'টায় ওঠা, ঠিক সকাল সাড়ে সাতটায় জলখাবার দেওয়া—সবকিছুর আগেই ঠিক-ঠিক-ঠিক। একটু নড়ন-চড়ন হলে বাবু একেবারে খেপে লাল।

গণেশকে একটা হাতঘড়ি কিনে দিয়েছেন অপ্রস্তুতবাবু। এমনিতে পরতে বেশ ভালোই লাগে গণেশের। বাজারে ঘড়ি পরে গেলে বেশ একটা বাবু বাবু ভাব আসে। কিন্তু ঘড়ি দেখে ছুটতে ছুটতে এর মধ্যেই হাঁফিয়ে উঠেছে গণেশ। ঠিক করেছে দেশে ফিরে গিয়ে চাষ-বাস নিয়ে থাকবে, আর এ চাকরি নয়।

এ ক'দিনে অপ্রস্তুতবাবুর খরচও বেশ বেড়েছে। আগের মতো ভিড় বাসে চড়তে কি হেঁটে যেতে আর ওনার ইচ্ছে করে না। দু-বেলা ট্যাক্সি করে অফিস যাতায়াত করেন। ছোটখাটো দোকানে গিয়ে চপ-কাটলেট না খেয়ে পার্ক স্ট্রিটের রেস্টুরেন্টে গিয়ে খেয়ে আসেন।

বাড়ির দেওয়াল দামি-দামি পেন্টিংয়ে ভরিয়ে দিয়েছেন। প্লাস্টিকের চেয়ারগুলো বাতিল করে সেগুন কাঠের চেয়ারের অর্ডার দিয়েছেন।

সেদিন অফিস থেকে বেরোতে বেরোতে সন্ধে সাতটা হয়ে গেল। মি. ব্যানার্জি বেশ কয়েকটা গুরুত্বপূর্ণ কাজের দায়িত্ব ওনার উপর তুলে দিয়েছেন। মিঃ ব্যানার্জি একটু দেরি করে বেরোন। বেরোনোর সময় উনি লিফ্ট দিতেও চাইলেন। কিন্তু অপ্রস্তুতবাবুর তখনও কিছু কাজ বাকি। এ ক'দিনে পরিস্থিতি অনেকটা সামলালেও গত কয়েক বছরের কৃতকর্মের ফল ওনাকে ভোগ করতে হচ্ছে। কোনও কাজই ঠিকভাবে করা নেই।

আজ অফিস থেকে যখন বেরোলেন, রাস্তা ফাঁকা। অফিসপাড়ায় যত চাঞ্চল্য সন্ধে সাড়ে ছ'টা অবধি। তারপরে আর কে থাকে? অফিসের বাইরে থেকে একটা ট্যাক্সি নিলেন।

আবেগ আলী লেন। নিউ আলিপুর। অন্যমনস্কভাবে বলে উঠলেন।

বলার খানিকবাদে ওনার নিজেরই মনে হল 'নিউআলিপুর' বললেন কেন? উনি থাকেন তো ৬৩ নম্বর পাঁচুমিত্তির লেন, লিচুবাগান, দমদমে। হঠাৎ করে ওই ঠিকানাটা বলতে গেলেন কেন? কপালে হাত রাখলেন। নাহ্, শরীর ঠিক আছে। জ্বরের বিকারে ভুল বকারও চান্স নেই। তবে কি কোনও আত্মীয়ের ঠিকানা? ফট্‌ করে মুখে এসে গেছে? না, তাও নয়। কেমন যেন অদ্ভুত রহস্যের গন্ধ পাচ্ছেন বলে ওনার মনে হল। আর কিছু না বলে বসেই রইলেন। দেখা যাক না, কোথায় নিয়ে যায়। ওই নামের কোনও সত্যিকারের রাস্তা আছে কিনা দেখা যাবে।

আধঘণ্টা বাদে হঠাৎ নীরবতা ভেঙে আবার ট্যাক্সি ড্রাইভারকে বলে উঠলেন,—ব্যস, ব্যস, ডানদিক করে দাঁড় করাও।

ভাড়া মিটিয়ে নামার পর ওনার আবার অবাক হওয়ার পালা। রাস্তাটার নাম আবেগ আলী লেনই বটে। বেশ পরিষ্কার। প্রশস্ত রাস্তা। দুপাশে সুদৃশ্য ফ্ল্যাটবাড়ির সারি। রাস্তায় দু-একটা লোক দেখা যাচ্ছে।

নির্ঘাত বেশ বড়লোকদের পাড়া। এতক্ষণে ওনার খেয়াল হল—হঠাৎ করে এখানে নামতে গেলেন কেন? রাস্তার নামটা তো আর নামার আগে খেয়াল করেননি।

ঘাড় ঘুরিয়ে ডানদিকের আটতলা ফ্ল্যাটবাড়িটার দিকে তাকিয়েই বুঝলেন ওখানেই ওনাকে যেতে হবে। কিন্তু কেন? কার সঙ্গে দেখা করতে?—এসব প্রশ্নের উত্তর ওনার জানা নেই।

বাইরের আধখোলা লোহার গেট পেরিয়ে তিন ধাপ উঠে মার্বেল ঢাকা বিশাল হলঘরে প্রবেশ করলেন। এটাই এ বাড়ির রিসেপশান। মাঝে গোল মার্বেলের টেবিলে এক দারোয়ান বসে আছে। তাকে কিছুই জিগ্যেস না করে উনি ডানদিকের লিফটের দিকে এগিয়ে গেলেন। এত সাবলীল ভঙ্গিতে এগিয়ে গেলেন যে দারোয়ানটা অপরিচিত লোক দেখেও কিছু বলল না।

লিফ্‌টে ঢুকে চারতলার স্যুইচ টিপে দিলেন। চারতলার লিফ্‌ট থেকে নেমেই সপ্রতিভাবে ৪০২ নম্বর ফ্ল্যাটটার দিকে এগিয়ে গেলেন। দরজায় বড় বড় তিনটে নাম্বার লক ঝুলছে। ফিরেই আসছিলেন অপ্রস্তুতবাবু, হঠাৎ করে ৩৮৯, ৫৪২, ২০১—সংখ্যা তিনটে ওনার মাথায় এসে গেল। অন্য এক সম্পূর্ণ অচেনা ব্যক্তির ফ্ল্যাটের তালা খুলে ঢোকা যে কত বড় অপরাধ তা জেনেও অপ্রস্তুতবাবু আর কৌতূহল সামলাতে পারলেন না। সংখ্যা তিনটে পর পর তিনটে তালার উপর প্রয়োগ করতেই তালা তিনটে খুলে গেল। নিজেই নিজের মনের হদিশ পাচ্ছেন না—এরকম মনে হল অপ্রস্তুতবাবুর। কোনও জাদুক্ষমতা পেয়ে যাননি তো! কত অবাক কাণ্ডই তো ঘটে!

মনের ভয় দ্বিধা একমুহূর্তে কোথায় উবে গেল। সামনের শ্বেতশুভ্র মার্বেলের মেঝে যেন ওনার পদক্ষেপের অপেক্ষাতেই রয়েছে। বিশাল ড্রয়িংরুম। মাঝে কুড়ি বাতির ঝাড়লণ্ঠন। চারদিকের দেয়ালে কাঠ, পোড়ামাটির আর কাচের অনবদ্য কাজ। মাঝে দামি লেদারের সোফাসেট। তার উপরেই গিয়ে বসলেন উনি। ভাবখানা এমন, যেন

কেউ আপ্যায়ন করে ওনাকে ডেকে এনেছে। দেওয়ালে লাগানো ছবিগুলো ঘাড় ঘুরিয়ে ঘুরিয়ে দেখতে লাগলেন। দুর্বোধ্য সব ছবি।

কিছুক্ষণ দেখার পর ওনার অবশ্য ছবিগুলো চেনা চেনা লাগল। এমনকী কোন পেন্টারের কোন গ্যালারি থেকে কেনা—সেসবও ওনার মনে পড়তে লাগল। তবে ওনার চোখ আটকে গেল ড্রয়িংরুমের বেসিনের উপর লাগানো ছবিটার উপর। একদৃষ্টে তাকিয়ে রইলেন উনি। স্যুট-টাই পরা ভদ্রলোক। ফ্রেঞ্চকাট দাড়ি। চোখে চশমা। আর চশমাটা অবিকল ওনারটারই মতো। সোনার জলে রং করা চশমার ফ্রেমটা অবিকল একরকম। ভদ্রলোকের মুখে অদ্ভুত এক আভিজাত্যের ছাপ। কী যেন এক আকর্ষণে অপ্রস্তুতবাবু ওই ছবির দিকে তাকিয়েই বসে রইলেন।

বেশ খানিকক্ষণ বাদে অপ্রস্তুতবাবু ফ্ল্যাট থেকে বেরিয়ে নিচে নামার লিফ্টের স্যুইচ টিপলেন। নিচে নেমে রিসেপশানের সামনে দিয়ে ধীর পদক্ষেপে এগিয়ে চলেছেন, হঠাৎ দারোয়ানের ডাক শুনলেন,—সাহেব, আপনি কবে এলেন? আপনাকে ঢুকতেও তো দেখিনি। সত্যি কত সব আজব কথাই না শোনা যায়। এই তো সেদিন মল্লিক সাহেব বলছিল আপনি নাকি আমেরিকায় কার অ্যাক্সিডেন্টে মারা গেছেন। যাক সে কথা, সাহেবকে অনেকদিন পরে দেখে দারুণ ভালো লাগল। তা খবর সব ভালো তো?

অপ্রস্তুতবাবু অবাক হয়ে কিছুই না বুঝে দারোয়ানের দিকে মুচকি হেসে তাকালেন। তারপর ফ্রেঞ্চকাট দাড়িতে একবার হাত বুলিয়ে আরও অবাক হয়ে গেটের দিকে এগিয়ে গেলেন ট্যাক্সির খোঁজে। এরকম দাড়ি তো ওনার ছিল না!

প্রফেসার ইয়াকোয়ার মৃত্যুরহস্য

কলকাতায় জানুয়ারি মানেই বইমেলা। আমাদের শনিবারের আসরে তাই সবার মুখেই বইমেলা। দীর্ঘনিঃশ্বাস ফেলে মিলন বলল,—বইয়ের যা দাম হচ্ছে, তাতে গল্পের বই আর কেনা যাবে না।

আমরা সবাই তাতে সায় দিলাম।

বিশ্বজিৎদা বলে উঠল,—এক অনিলিখাই আমাদের ভরসা।

আমরা সবাই হেসে উঠলাম। অনিলিখা বিন্দুমাত্র ভ্রূক্ষেপ না করে বলে উঠল,—তবে আজ আর কোনও গল্প নয়। আজ প্রফেসার ইয়াকোয়ার কথা বলব।

—প্রফেসার ইয়াকোয়া?

—সে কী! ইয়াকোয়ার নাম শুনিসনি? ইয়াকোয়া জেনেটিক ইঞ্জিনিয়ারিং-এ পৃথিবীর প্রথম সারির একজন বিজ্ঞানী। সারা পৃথিবী ওনাকে চেনে।

ইয়াকোয়ার সঙ্গে আমার প্রথম আলাপ হয় রোজারম্যানের সূত্রে। হার্ভার্ডে আমাদের ইকনমিক্সের ক্লাস নিতেন রোজারম্যান। ইয়াকোয়ার বাড়ি ছিল আমার হোস্টেল থেকে মিনিট পাঁচেক দূরে। ওনার বাড়িতে ছিল বিশাল ল্যাবরেটরি। কেন জানি না, আমার ওই ল্যাবরেটরিতে যেতে খুব ভালো লাগত। যদিও পরীক্ষা-নিরীক্ষার কিছুই বুঝতাম না, তবুও ভালো লাগত।

লোক হিসাবে ইয়াকোয়ার কোনও তুলনা হয় না। প্রচণ্ড আপনভোলা লোক। কোনও কিছুতেই লক্ষ নেই। শুনেছি, একবার হার্ভার্ডে পথ ভুলে পদার্থবিজ্ঞানের ক্লাসে গিয়ে হাজির হয়েছিলেন। শুধু তাই নয়, সেখানে জেনেটিক ইঞ্জিনিয়ারিং-এর ক্লাস নিয়ে চলে এসেছিলেন।

ইয়াকোয়ার অ্যাসিস্ট্যান্ট ছিল ডলসম্যান। ডলসম্যানও কথাবার্তায়, আচার-আচরণে খুবই অমায়িক। ইয়াকোয়ার সব কাজে সহকারী হিসাবে থাকতেন ডলসম্যান। অথচ আমি গেলেই ডলসম্যান কোথায় উধাও হয়ে যেতেন।

সেদিনও ইয়াকোয়ার বাড়িতে গেছি। রাত তখন আটটা হবে। দেখি ইয়াকোয়া আর ডলসম্যান খুব মনোযোগ দিয়ে একটা ছোট টিউবের ভেতরের তরল ইলেকট্রন মাইক্রোস্কোপে দেখছেন।

আমি 'গুড ইভিনিং' বলতেই প্রফেসার ইয়াকোয়া আমার দিকে না তাকিয়েই বলে উঠলেন,—এটা একধরনের ব্যাকটেরিয়া যা কোনও গাছে নিজের জিন ইনজেক্ট করে জীবনধারণ করে। আমরা এর সাহায্যে একটা সলিউশন তৈরি করেছি, যা যে-কোনও গাছে স্প্রে করলে সেই গাছে ফুল ফুটবে।

—সে আবার কী করে সম্ভব? ঝোপঝাড়েও ফুল ফোটাবেন নাকি?

ইয়াকোয়া ঘাড় ঘুরিয়ে বললেন,—হ্যাঁ, ঠিক তাই। লিফি আর অ্যাপাটেলা ওয়ান বলে দুধরনের জিন আছে, যা যে-কোনও গাছে ফুল ফোটাতে সাহায্য করে। এই জিন ফুল ফোটে না এমন কোনও গাছে ঢোকালে, সে গাছেও ফুল ফুটবে। তাই আমি ব্যাকটেরিয়ার মাধ্যমে ওই জিন গাছে ইনজেক্ট করে দেখব। আমার পরীক্ষার গাছ কোনটা জানো তো? ওই দেখো।

বলে ইয়াকোয়া ল্যাবরেটরির এককোণে রাখা একটা গাছের চারার দিকে আঙুল তুলে দেখালেন।

ওটার নাম সান-ডেসমোডিয়াম গাইরান্স—অর্থাৎ এক বিশেষ ধরনের টেলিগ্রাফ প্ল্যান্ট যাতে ফুল ফোটে না। ইয়াকোয়া ফের বললেন।

—তা আপনি এ গাছটা পছন্দ করলেন কেন?

--খুবই সেন্সিটিভ গাছ হওয়ার জন্য এর প্রতিক্রিয়া অন্যান্য

গাছের তুলনায় তাড়াতাড়ি হবে আশা করি।

ইয়াকোয়ার কথার মধ্যে চা নিয়ে বাড়ির চাকর চ্যাপম্যান ঢুকল। ইয়াকোয়া আমাকে বললেন,—যাও, চ্যাপম্যানের সঙ্গে গল্প করো।

বুঝতে পারলাম ইয়াকোয়ার কাজে অসুবিধা হচ্ছে। আমি আর কী করি, চ্যাপম্যানের সঙ্গে খানিকক্ষণ কথা বলে বাড়ির উদ্দেশে পা বাড়ালাম।

এর দিন দশেক পরে একদিন ইউনিভার্সিটিতে গিয়ে শুনি সেদিন সকালে ইয়াকোয়াকে পুলিশে ধরে নিয়ে গেছে। বিস্তারিত যা শুনলাম তা হল, কয়েকদিন আগে ইয়াকোয়ার কাছে এক বৃদ্ধা ভদ্রমহিলা আসেন। ওনার দূর সম্পর্কের এক আত্মীয়া। ইয়াকোয়া এমনিতে ডাক্তার। তাই ওনার কাছে ওই ভদ্রমহিলা এক বিশেষ অসুখের চিকিৎসার জন্য আসেন।

ভদ্রমহিলার হঠাৎ করে স্মৃতিশক্তি কমে গেছে। বুদ্ধি, চেতনা, অনুভূতিও একই সঙ্গে প্রচণ্ড মাত্রায় কমে গেছে। স্নায়ুকোষের হঠাৎ করে নষ্ট হয়ে যাওয়াই এর কারণ। এককথায় একে 'অ্যালজাইমার ডিসিস' বলে।

ইয়াকোয়া কি একটা ইঞ্জেক্‌শন দেন, এবং দেবার আধঘণ্টার মধ্যেই ভদ্রমহিলা মারা যান। ইয়াকোয়ার ছ'মাস সশ্র কারাদণ্ড হয়েছে। নেহাত অত নামকরা বিজ্ঞানী, তাই আদালত অপেক্ষাকৃত হালকা শাস্তি দিয়েছিল।

কেন, ভুল চিকিৎসাতেই যে মারা গেছে তার প্রমাণ কী? ইয়াকোয়ার ছ'মাস সশ্রম কারাদণ্ড বিনা বিচারেই ঠিক হল নাকি?—সুরজিৎ বলে ওঠে।

—না, সেটা আদালত থেকেই ঠিক হয়েছিল। ওখানে বিচার অনেক তাড়াতাড়ি হয়। তা ছাড়া ইয়াকোয়া অকপটে নিজের অপরাধ স্বীকার করে নিয়েছিলেন।

পরে আমি জেলে ওনার সঙ্গে দেখা করি। উনি বলেন যে উনি

দুটো সলিউশন তৈরি করেছিলেন—একটা গাছের ফুল ফোটানোর জন্য, অন্যটা ওই বৃদ্ধা ভদ্রমহিলার স্নায়ুকোষ উজ্জীবিত করার জন্য। ভুলবশত দুটোর প্রয়োগ উলটে যায়। অর্থাৎ গাছের জন্য তৈরি করা দ্রবণটা উনি ইনজেকট্ করেন ভদ্রমহিলার শরীরে। এবং তাতেই ওঁর মৃত্যু হয়। আরেকটা জিনিস জেনেছিলাম, সলিউশন দুটো ইয়াকোয়ার হাতে ওনার সহকারী ডলসম্যানই তুলে দিয়েছিলেন।

এর পরের ছ'মাস ইয়াকোয়ার ল্যাবরেটরিতে আমি আর যাইনি। আসল লোকই নেই, তো কার জন্য যাব?

ইয়াকোয়া ছাড়া পাবার পরেরদিন আমি আবার ওনার বাড়ি যাই। আমাকে দেখেই ইয়াকোয়া স্বভাবসুলভ হাসিঠাট্টা শুরু করলেন। কথায় কথায় উনি সেই গাছের কথা তুললেন। গাছের ওপরেও তো ভুল ইঞ্জেকশান প্রয়োগ করা হয়েছিল। গাছটা কিন্তু বেঁচে গেছে। বলে উনি আঙুল তুলে ঘরের কোণে রাখা টবটার দিকে দেখালেন।

সত্যিই, গাছট বেশ বড় হয়ে গেছে। বেশ সবল, সতেজ চেহারা। পাতার রঙ লালচে সবুজ। সাত-আটটা ডাল মাথা উঁচু করে দাঁড়িয়ে আছে। ডলসম্যান দরজার কাছে দাঁড়িয়ে ছিলেন। ইয়াকোয়া ডেকে পাশে বসালেন।

আজ ইয়াকোয়ার কাজের ব্যস্ততা নেই। মার্কটোয়েন থেকে শুরু করে পিকাসোর আঁকার সম্বন্ধেও আলোচনা হল। খালি একটা জিনিস লক্ষ করলাম, মাঝে-মাঝেই ইয়াকোয়া উঠে গাছটার কাছে গিয়ে দাঁড়াচ্ছেন। আবার ফিরে আসছেন।

খানিকক্ষণ বাদে আমি যে প্রশ্নটা করব ভাবছিলাম, ডলসম্যানই সেটা করে বসলেন,—কী দেখছেন স্যার?

—এ গাছটাকে আমি আসা থেকেই লক্ষ করছি। ইতিমধ্যে কতকগুলো আশ্চর্য জিনিস আমার নজরে এসেছে। গাছটা কিছু আশ্চর্য ক্ষমতার অধিকারী হয়েছে...তোমাদের চোখে পড়েনি?

—সে আবার কীরকম?

আমার মনে হচ্ছে গাছটার বুদ্ধি আছে। বোঝার ক্ষমতা আছে। আর সেটা এর ডাল-পাতার মধ্যে প্রকাশ পাচ্ছে। এখন গাছটা মনোযোগ দিয়ে আমাদের কথা শুনছে। পাতাগুলো তাই শান্তভাবে রয়েছে। খানিকক্ষণ আগে আমার কথায় তোমরা যখন হাসছিলে, তখন আমি গাছটার দিকে তাকিয়েছিলাম। অদ্ভুতভাবে ডালগুলো দুলছিল। সেতারের তারে টান দিলে যেরকম কম্পন সৃষ্টি হয়, ঠিক সেরকমই হাসির তরঙ্গ ছড়িয়ে পড়ছিল ডালের একপ্রান্ত থেকে আরেক প্রান্তে।

কালকে আমি একটু অন্যমনস্ক হয়ে একটা ডাল ধরে মচকাচ্ছিলাম। হঠাৎ চোখ পড়ল গাছটার দিকে। সারা গায়ে যন্ত্রণার চিহ্ন। কুঁচকে ওঠা গাছের পাতায় অভিমানের ছাপ। আধমচকানো ডালটায় বেশ খানিকক্ষণ হাত বোলালাম। মনে হল গাছটা আমার ভুল বুঝতে পেরেছে।

হেসে উঠে বলে উঠলাম,—প্রফেসার, এটা কিন্তু আপনার সম্পূর্ণ মানসিক ব্যাপার। আমি তো এ গাছে অসাধারণ কিছু—

কথা থেমে গেল গাছের দিকে চোখ পড়তে। সত্যি সত্যিই গাছের পাতায় যেন একটা তরঙ্গের ছোঁয়া।

প্রত্যেকটা জিনিস লক্ষ করার জন্য একটু ধৈর্য ধরতে হয়।— ইয়াকোয়া একটু যেন অসন্তুষ্ট হয়েই বলে উঠলেন।

সেদিন আরো খানিকক্ষণ গল্পগুজব চলল। জেলের অন্যান্য কয়েদিদের সঙ্গে দিন কাটানোর অভিজ্ঞতা, জেলের খাওয়াদাওয়া, কীভাবে ওখানে সময় কাটত—সেসব নিয়ে কথা হল। আমার চোখ ছিল গাছের ওপর। টিউবলাইটের আলোয় মাঝে মাঝে দু-একটা পাতা চকচক করা ছাড়া দেখার মতো আর কিছুই চোখে পড়ল না।

এরপরে আমি যখনই গেছি, প্রফেসারকে দেখতাম হয় কোনও পরীক্ষা-নিরীক্ষা করছেন, না হয় ওই গাছের পাশে বসে আছেন। মাঝে মাঝেই বলতেন,—তুমি আসলে গাছটা বেশ খুশি হয়।

আমি যতটা সম্ভব গম্ভীর হয়ে ওনার কথা শুনতাম। কথার বিষয়বস্তু খালি একটাই—তা হল ওই গাছ।

ডলসম্যান ওই গাছ নিয়ে প্রফেসারের মাতামাতিটা আদৌ পছন্দ করতেন না। গাছের কথা উঠলেই দেখতাম উনি প্রসঙ্গ পরিবর্তন করতে চাইছেন।

ওদিকে ইয়াকোয়া আর ইয়াকোয়ার গাছ সবার আলোচনার বিষয়বস্তু হয়ে দাঁড়িয়েছিল। প্রফেসার ক্লাস নিতে না এলে ছাত্ররা বলত,—স্যার, গাছে জল দিচ্ছেন। গাছের সঙ্গে কথা বলছেন।

রাস্তায় জোরে হাঁটতে দেখলে প্রতিবেশীরা বলত,—বোধ হয় গাছের ভারী খিদে পেয়েছে। উনি তাই বাজারে চলেছেন।

কথাগুলো অবশ্যই অতিরঞ্জিত, তবে এটা ঠিক যে ইয়াকোয়ার বেশির ভাগ সময়ই কাটত ওই গাছটাকে নিয়ে। আমাকে আর ডলসম্যানকে ডেকে ডেকে দেখাতেন কীভাবে গাছের পাতায় পাতায় রাগ ফুটে ওঠে, কীভাবে খুশিতে দুলে ওঠে, কীভাবে পাতা ধরে টানলে বিরক্তি প্রকাশ করে। এমনকি পাশের আরেকটা গাছে জল দিলে কীভাবে ওই গাছে ঈর্ষার ভাব ফুটে ওঠে, তাও উনি দেখাতেন। আমিও আশ্চর্য হয়ে তাই দেখতাম। বেশ সময় কেটে যেত।

এর কয়েকদিন বাদে ইয়াকোয়া হঠাৎ আমার হোস্টেলে এসে হাজির। মুখে-চোখে উত্তেজনার চিহ্ন। ঘটনা এই যে ইয়াকোয়া ওই গাছের ক্রোমোজোম সংখ্যা ৪৬ পেয়েছেন। এ-ব্যাপারে ওনার বক্তব্য, কি উদ্ভিদ—কি প্রাণী, যে-কোনও দুই ভিন্ন জীবের ক্রোমোজোম-সংখ্যাও ভিন্ন হতে বাধ্য। মানুষের দেহে ক্রোমোজোম-সংখ্যা ৪৬, তা আমরা সবাই জানি। কাছাকাছি ক্রোমোজোম-সংখ্যার উদ্ভিদ বলতে, সোলানাম টিউবারসাম, যার ক্রোমোজোম-সংখ্যা ৪৮। আর কফি অ্যারাবিকা—যার ক্রোমোজোম সংখ্যা ৪৪। তাই ৪৬ ক্রোমোজোম-সংখ্যা বিশিষ্ট এই গাছ ওনার মতে বিজ্ঞানের কাছেও এক বিস্ময়। এ ছাড়া উনি এও বললেন যে ৪৬ ক্রোমোজোম-সংখ্যা বিশিষ্ট

উদ্ভিদও যে মানুষের মতোই বুদ্ধিমান হবে, এতে আর আশ্চর্য কী!

আচ্ছা অনিলিখা, গাছের ক্রোমোজোম-সংখ্যা কীভাবে গোনা হয়?—বিশ্বজিৎদা প্রশ্ন তুলল।

—প্রফেসার ইয়াকোয়া থাকলে আমি কাল-পরশুর মধ্যে ব্যাপারটা জেনে বলতে পারতাম। এটা তো আর আমার সাবজেক্ট নয়।

—থাকলে মানে? ইয়াকোয়া মারা গেছেন বুঝি?

—হ্যাঁ, এর কয়েকদিনের মধ্যেই হঠাৎ ইয়াকোয়া মারা যান। স্বাভাবিক মৃত্যু। যেদিন মারা যান, তার আগের দিনই ওনার বাড়ি থেকে ঘুরে এসেছি। বেশ হাসিখুশি-সুস্থ দেখে এসেছি। তবে কারুর জীবনে কখন যে কী হয় বলা মুশকিল। তবু আমার মন মেনে নিতে পারছিল না মৃত্যুটাকে।

ইয়াকোয়ার বাড়ি গিয়ে দেখি সেখানে অনেক লোক। বিশ্বের বহু বিখ্যাত বিজ্ঞানীর সমাবেশ ঘটেছে। প্রত্যেকের মুখেই এক কথা— ইয়াকোয়াকে হারানো সারা বিশ্বের কাছে এক অপূরণীয় ক্ষতি।

ডলসম্যান ঘরের এককোণে মাথা নীচু করে বসে আছেন। খুব ভেঙে পড়েছেন। হাজার হোক বহুদিন ইয়াকোয়ার অ্যাসিস্ট্যান্ট হিসাবে কাজ করেছে। ওনাকে সান্ত্বনা দিলাম।

ওনার সঙ্গে কথা বলছি, এমন সময় চোখ পড়ল গাছটার ওপর। এতক্ষণ গাছটার কথা ভুলেই গেছিলাম। গাছটার পাতায় পাতায় পরিষ্কার একটা মুষড়ে পড়া ভাব। গাছের পাতাগুলো যেন কীরকম রাগত চোখে আমাদের দিকে তাকিয়ে আছে। অন্তত ইয়াকোয়া থাকলে তো তাই বলতেন।

ডলসম্যানকে দেখালাম। ডলসম্যান আমার কথা হেসে উড়িয়ে দিলেন। উঠে চলে গেলেন অন্য ঘরে।

আমার সামনেই বসেছিলেন মিঃ বার্টরান্ড। উনি বোস্টন পুলিশের একজন হর্তাকর্তা ব্যক্তি। উনি ডলসম্যানের হঠাৎ করে এভাবে উঠে যাওয়া লক্ষ করেছিলেন। উনি জিগ্যেস করলেন,—কী ব্যাপার?

আমি গাছের এই পরিবর্তনের কথা উল্লেখ করলাম। ইয়াকোয়ার সূত্রে এই গাছের কথা শুনতে কেউ বাকি রাখেনি, যদিও চোখে দেখেছি শুধু আমরা তিন-চারজন।

উনি গাছের পরিবর্তনটা দেখাতে বললেন। দেখাতে গিয়েই দেখলাম, গাছের পাতাগুলো আগের মতো স্বাভাবিক অবস্থায় ফিরে এসেছে। আমি কিছু বলে ওঠার আগেই দেখি গাছের পাতাগুলো ফের সামনের দিকে বেঁকে যাচ্ছে। ডগার দিকটা ছুঁচালো হয়ে উঠছে। রেগে যাওয়ার ছাপ। মাথা ঘুরিয়ে দেখি ডলসম্যান ঘরে ঢুকছেন। নেহাতই ইয়ার্কির ছলে বলে উঠলাম,—কি হে ডলসম্যান, তোমাকে দেখলেই যে গাছটা বেঁকে বসছে, কিছু অপকর্ম করেছ নাকি?

কথাটা আমি হালকাভাবেই বলেছিলাম। কিন্তু ডলসম্যান দেখি গর্জে উঠলেন—ইউ আর এ লায়ার। গাছের এরকম পরিবর্তন মাঝে মাঝেই হয়ে থাকে। রেগে যাওয়া, মুষড়ে পড়া, খুশি হওয়া—এ সব আষাঢ়ে গল্প। তুমি আর ওই বুড়োটা প্রত্যেককে বোকা বানিয়ে এসেছ। একটা সাধারণ গাছকে অসাধারণ করে তুলেছ।

একরকম আচমকা চেঁচামেচি করে ঘর থেকে বেরিয়ে গেল ডলসম্যান। পিছন পিছন দেখলাম বার্টরান্ডও বেরিয়ে গেল।

এতটা বলার পর অনিলিখা উঠে দাঁড়াল,—এবার বাড়ি যেতে হবে।

আমরা সবাই হইচই করে উঠলাম—গল্পই তো শেষ হল না।

একেবারে ক্লাইম্যাক্সে এসে হঠাৎ করে ইতি টানার প্রবণতা আগেও অনিলিখার মধ্যে দেখেছি। তাই আমরা প্রায় একসঙ্গে বলে উঠলাম, —তারপর?

—বাকি যেটা বলব, সেটা নিশ্চয়ই তোরা অনুমান করে নিয়েছিস। তার পরেরদিন আমিও সেই খবরটাই শুনলাম, যেটা আমি আগেই আন্দাজ করেছিলাম। ডলসম্যানের হঠাৎ করে উত্তেজিত হয়ে ওঠা, বার্টরান্ডের মতো অভিজ্ঞ পুলিশ অফিসারের চোখ এড়ায়নি।

সেদিন সন্দেহের বশে বার্টরান্ড ডলসম্যানকে জেরা করতে নিয়ে যায়। লাই ডিটেক্টরের সামনে ডলসম্যান স্বীকার করতে বাধ্য হয় যে ইয়াকোয়ার মূল্যবান রিসার্চ পেপার হাতানোর জন্য ডলসম্যান ইয়াকোয়াকে শ্বাসরুদ্ধ করে হত্যা করে। ডলসম্যান সম্পূর্ণ নিখুঁতভাবে হত্যা করেছিল। এমনকী একটা বিশেষ ইঞ্জেকশনও পরে দিয়েছিল, যাতে শ্বাসরোধে মৃত্যু বলে মনে না হয়। কিন্তু একটা সাক্ষ্য ওর অলক্ষ্যে রয়ে গিয়েছিল। তা হল ইয়াকোয়ার ওই গাছটা—সান-ডেসমোডিয়াম গাইরানস।

এতটা বলার পর পাশের টেবিলে রাখা জলের গেলাসটা এক চুমুকে শেষ করে অনিলিখা উঠে দাঁড়াল।

আচ্ছা, ওই গাছটার কী হল?—মিলন আমার প্রশ্নটাই তুলল।

মুচকি হেসে অনিলিখা বলে,—আশা করি, গাছটা এখনও আছে।

—তা, ওইরকম অসাধারণ গাছ নিয়ে হইচই পড়েনি?

—না।

—কেন?

অনিলিখা একইরকম মুখে বলে,—ডলসম্যানের কথাই ঠিক। পরে প্রমাণ পাওয়া যায় যে গাছটার মধ্যে কোনওরকম বিশেষত্বই ছিল না। হ্যাঁ ডাল-পাতার মধ্যে কিছু সময় অন্তর পরিবর্তন হত বটে, তবে সেটা যে-কোনও সান-ডেসমোডিয়াম গাইরানসেই হয়। ইয়াকোয়ার মতো প্রতিভাবান ও পণ্ডিত লোক গাছটাকে কেন যে ওভাবে দেখেছিলেন বা আমাদেরকে দেখিয়েছিলেন, সে ব্যাপারে আমি নিশ্চিত নই। তবে আমার মনে হয় উনি ইচ্ছাকৃতভাবে ঘরে আরেকটা প্রাণের অস্তিত্বকে তৈরি করেছিলেন, যার ওপর ভরসা করা যায়। উনি চাইছিলেন এমন কারো সঙ্গ, যার বোধ আছে, বুদ্ধি আছে—যার কোনও ঘটনার সাক্ষী হয়ে থাকার ক্ষমতা আছে।

নিধিরামে অপদস্থ

নিধিরাম। গ্রামের নাম নিধিরাম। গ্রামের এক কৃতী সন্তানের নামে গ্রামের নাম। প্রশ্ন উঠতে পারে নিধিরামবাবু করতেন কী? বিজ্ঞানী? সাহিত্যিক? সমাজসেবী? দেশপ্রেমী? না, এসবের কোনওটাই নয়। শোনা যায়, নিধিরাম দিনেদুপুরে লোক খুন করে বেড়াত। চোরাকারবারের সাইড বিজনেস করত। লোক শাসিয়ে টাকা আদায় করত। এমনকী মৃত্যুর পরে গ্রামের নাম যাতে নিধিরাম হয়, তার ব্যবস্থাও করে গেছল। এরকম একজন লোকের নামে গ্রামের নাম, তা আবার গ্রামের লোক আজও গর্বের সঙ্গে বলে! আক্ষেপ করে—'আর কি আগের দিন আছে মশাই? নিধিরাম থাকলে কি আর এই অবস্থা হত? কী সুন্দর তাসের আসর বসত হাসপাতালের ভেতরে। পুলিশের পর্যন্ত পা কাঁপত এ গ্রামে আসতে গেলে। রাস্তায় রাস্তায় নুড়ি পাথরের মতো বোমা পড়ে থাকত। আর বাচ্চারা তা নিয়ে স্কুলের উঠোনে লোফালুফি করত।'

তা এরকম এক গ্রামের স্কুলে চাকরি। কী দরকার ছিল ছেলেটার কানমলার? আর কানমলার আগে অন্তত পিতৃপরিচয় নেওয়াটা জরুরি ছিল। হাতে পরা সোনার বালা ও সোনার চেনটাও যদি লক্ষ করতেন। বাবা স্কুল বোর্ডের মেম্বার জানলে কি আর কানটায় এমনভাবে টান দিতেন অপদস্থবাবু। সাইকেল ভ্যানে যেতে যেতে এসব কথাই ভাবছিলেন উনি। কলকাতা থেকে নিশিকান্তপুর দু-ঘন্টা ট্রেনের রাস্তা। অন্তত টাইম টেবিল অনুযায়ী। নিশিকান্তপুর থেকে পদ্মপুকুর দিনে একটাই বাস যায়। ছাগল মুরগি নিয়ে বাসে ওঠে লোকজন। তিলধারণের জায়গা নেই। এ-ওর জামা কাঁধ খামচে ধরে যাচ্ছে। অপদস্থবাবুর তাও সইত। কিন্তু ছাগলটা এসে প্যান্টটা চিবোবে

এতটা অপদস্থবাবু সহ্য করতে পারেননি। 'অ্যাই হ্যাট'-বলতেই ছাগলের মালিকের গলা পেলেন। লুঙ্গি পরা একটা দাড়িওয়ালা লোক ভিড় ফুঁড়ে বেরিয়ে এসে বলল, 'ফের যদি আমার বুবুন সোনার সঙ্গে খারাপ ব্যবহার করেছিস তো...!' পাশ থেকে আরো দু-একজনের গলা শোনা গেল। তারা সবাই বুবুনসোনার পক্ষে। 'আহা বেচারা হাওয়া পাচ্ছে না। কী করবে?' সামনে যে বৃদ্ধ বসে নাকে নস্যি নিচ্ছিল সে বেশ খানিকটা নস্যি টেনে নিয়ে বলে উঠল, 'শহুরে বাবুর দামি প্যান্ট না! এ তো আর আমাদের মতো পুরোনো ধুতি নয়।' উস্কে দেওয়ার মতো কমেন্ট। এরপর যা হয়। অপদস্থবাবু শত্রু শিবিরে অভিমন্যুর মতো আরও ঘণ্টা তিনেক কাটিয়ে অবশেষে ছাড়া পেলেন। মাঝে টিকিট করতে গিয়ে আর একবার অপদস্থ হয়েছিলেন অপদস্থবাবু। কন্ডাকটার বেশ রাগ করে বলে উঠেছিল, 'টাকা দেখাচ্ছেন কাকে? রাখুন রাখুন, ও সব শহুরে কায়দা আমাদের এখানে দেখাবেন না, বিনা টিকিটেই সরকারি বাস চলে এখানে।' কথাটাও সত্যি। কেউ টিকিট করে না। আম, কাঁঠাল, সবজি, কন্ডাকটরের থলেতে ফেলে নেমে যায়।

অপদস্থবাবু পদ্মপুকুর যখন পৌঁছোলেন তখন বিকেল পাঁচটা। পদ্মপুকুর থেকে সাইকেল ভ্যানে চেপে নিধিরাম যেতে হয়। ভ্যানের খোঁজে বেশিদূর যেতে হল না। একটা দস্যু চেহারার মোটা গোঁফওয়ালা লোক এগিয়ে এল তার ভ্যান নিয়ে।

—কোথায় যাবেন?

—নিধিরাম।

—কার বাড়ি? হাতকাটা বাবলুর নাকি কানা বুলাই-এর— ভ্যানওয়ালার জিজ্ঞাসা।

—অতশত বলতে পারি না। নিধিরাম নিয়ে গেলেই হবে। তা ভাড়া কত বলো। অপদস্থবাবু একটু বিরক্তই হলেন।—দেড়শো।

ভ্যানওয়ালার উত্তর শুনে অপদস্থবাবু ভ্যানের ওপরেই বসে

পড়েছিলেন। সামলে নিয়ে বলে উঠলেন এত কেন? শুনেছি আধঘণ্টার রাস্তা।

দশ টাকা নিয়ে যাওয়ার জন্য আর একশো চল্লিশ আমার প্রাণের জন্য। যাবেন তো চেপে বসুন। একমাত্র এই কেঁদো ছাড়া আর কোনও ভ্যানওয়ালার হিম্মত নেই ওই নিধিরাম যাওয়ার।

বাধ্য হয়ে অপদস্থবাবু ভ্যানে চেপে বসলেন। পড়ন্ত বেলা। দরাদরি করার সাহস পেলেন না।—তা কবে ফিরছেন? অবশ্য যদি ফিরতে পারেন!

শেষের কথাটা আস্তেই বলল কেঁদো।—কেন গ্রামের লোকেরা ছাড়তে চায় না বুঝি? খুব অতিথিবৎসল?

—হ্যাঁ, সে আর বলতে! গিয়েই দেখবেন। তা মশাই-এর করা কী হয়? আলুর ব্যবসা?

অপদস্থবাবুর গায়ে খুব লাগল। দেখতে ভালো না হতে পারেন। কিন্তু শিক্ষার ছাপ তো একটা আছে চেহারায়। সম্প্রতি একটা রিমলেস চশমাও কিনেছেন। আলুর ব্যবসা করতে যাবেন কেন?

—অঙ্কের টিচার, নিধিরাম জ্ঞানবিকাশ হাই স্কুলের। শুনে কেঁদো থমকে দাঁড়িয়ে পড়ল। ভ্যান থামিয়ে বলে উঠল, 'আস্তে বলুন। আগে জানলে ভ্যানেই উঠতে দিতাম না। শুধু শুধু প্রাণী হত্যার পাপ।' বলে চোখ মুছতে মুছতে ফের ভ্যান চালাতে শুরু করল।

—কী হে, কাঁদতে শুরু করলে কেন?

—এই আপনার ছেলেমেয়েদের কথা মনে পড়ল।

—নাহ্, আমার ছেলেমেয়ে নেই।

—তা বাড়িতে আর কে আছেন? আপনার আগে আমি তিন ট্যাচার নিয়ে গেছি, আর নিয়ে এসেছি সাদা কাপড়ে ঢেকে।

—বল কী হে! মার্ডার!

—মার্ডার না হার্টফেল তা কী করে বলি! সবার তো আর নিধিরামের জলবায়ু সহ্য হয় না।

উঁচু-নিচু ভাঙাচোরা পথ ভেঙে ভ্যানে লাফাতে লাফাতে চলতে চলতে অপদস্থবাবুর সাহস বেড়ে গেছে খালি একবার 'হুঁ' বলে উঠলেন।

ঘুমের ঘোর এসে গিয়েছিল। হঠাৎ সাঁই করে কী একটা নাক ঘেঁষে চলে গেল। তড়াক করে লাফিয়ে উঠলেন অপদস্থবাবু। 'কী ব্যাপার?'

—কিছু না, থান ইট। দূরে কোন ছেলে-ছোকরা ছুড়ে মেরেছে। নিধিরামের কাছাকাছি এসে গেছি তো।

ওই ঠান্ডাতেও ঘামতে থাকলেন অপদস্থবাবু, বেশিক্ষণ না। খানিকবাদেই কেঁদো বলে উঠল,—এসে গেছি। আমি আর যাব না। হেঁটে দশ মিনিটের পথ।'

—কেন হে, যাবে না কেন? অতগুলো টাকা দেব।

—বড় ভূতের উৎপাত। প্রাণ অথবা ভ্যান—দুটোর একটা ঠিক খোয়াতে হবে। ফিরতে চান তো চলুন। ফেরার সময় দশটাকা।

—না হে বাবু, এতদূর যখন এসেছি, একবার দেখেই যাই।

অপদস্থবাবু নামতেই কেঁদো উলটোদিকে ভ্যান চালিয়ে দিল।

২

ভারী ব্যাগদুটোকে দুহাতে ধরে বাঁশবনের মধ্যে দিয়ে এগিয়ে চললেন অপদস্থবাবু। ভাগ্যিস পূর্ণিমা ছিল। তা না হলে এই রাতে এতটা পথ যে কীভাবে যেতেন কে জানে? পাশে আঁশশ্যাওড়া আর করমচার ঝোপ, এই পথে একজন সঙ্গী পেলেও হত। ভাবতে না ভাবতেই একজনের দেখা পেলেন। কাঁঠাল গাছে হেলান দিয়ে একটা লোক হাতে খাতা নিয়ে কীসব লিখছে। অপদস্থবাবু যেন হাতে স্বর্গ পেলেন। লোকটার কাছে গিয়ে দাঁড়ালেন। লোকটার পরনে খাটো ধুতি। চোখে

আগেকার দিনের ভারী ফ্রেমের চশমা। সামনের দিকে চুল না থাকায় চওড়া কপালটা আরো চওড়া লাগছে। চাঁদের আলো হাতে ধরা খাতাটার ওপর পড়েছে। আর লোকটা তাতে যেন কীসব লিখে যাচ্ছে। ভারী অদ্ভুত লোক। অপদস্থবাবু যে মোটে একহাত দূরে দাঁড়িয়ে আছেন তা যেন লক্ষই করল না। একটু কেশে নিয়ে অপদস্থবাবু বলে উঠলেন, 'আচ্ছা নিধিরামে যেতে আর কতক্ষণ লাগবে?'

প্রশ্ন শুনে লোকটা খুব খুশি হয়ে বলে উঠল, দাঁড়ান, একটু কষে নিয়ে বলছি। আপনার গতিবেগ কত?'

—গতিবেগ?—অপদস্থবাবু অবাক।

—হ্যাঁ, মানে কীরকম গতিতে হাঁটছেন এই আর কি?

—তা ছয় থেকে দশ কিমি ঘন্টা প্রতি হবে।

—উহুঁ, অঙ্কটা আরও জটিল হয়ে গেল দেখছি। এখান থেকে উপেনের দোকান ১২০০ মিটার। মানে—লোকটা খাতার ওপরে গুণভাগ করতে শুরু করল।

অপদস্থবাবু আর না দাঁড়িয়ে একটা মৃদু ধন্যবাদ জানিয়ে হাঁটতে শুরু করলেন। এখানে এমন পাগলের উৎপাতও সহ্য করতে হবে! কিন্তু উনি ছেড়ে এলেই বা কী হবে! লোকটা কি এত সহজে ছাড়বে? 'দাঁড়ান, উত্তর না শুনেই যে হাঁটা শুরু করলেন দেখছি। মিনিট পাঁচেকের মধ্যেই ঠিক উত্তর পেয়ে যাবেন।'

—উত্তর আমি এমনিতেই পেয়ে গেছি। এর মানে হল আমার সাত থেকে বারো মিনিটের মতো সময় লাগবে।

লোকটা সম্ভ্রমের দৃষ্টিতে অপদস্থবাবুর দিকে খানিকক্ষণ তাকিয়ে রইল, 'আপনি তো বেশ তাড়াতাড়ি অঙ্ক কষতে পারেন দেখছি, তা মশাই-এর করা হয় কী? আলুর ব্যবসা? হিসেবটাতো ভালোই বোঝেন।'

অপদস্থবাবু ক্ষিপ্ত হয়ে বলে উঠলেন, 'কেন নিধিরামে কি সবাই

আলুর ব্যবসাই করতে আসে? আমি অঙ্ক শেখাতে এসেছি। নিধিরাম জ্ঞানবিকাশ স্কুলের নতুন অঙ্কের টিচার।'

—বাঃ বাঃ, যাক্ অবশেষে নিধিরামে একজন ভালো অঙ্ক জানা লোক আসছে। তা এই অধমকে মনে রাখবেন। মাঝে মাঝে দু-একটা অঙ্ক নিয়ে যাব। আমার তো দিনরাত অঙ্ক নিয়েই কাটে।

—তাই নাকি! সে তো খুব ভালো কথা। যাক্, শুরুতেই আলাপ হয়ে গেল। মাঝে মাঝেই চলে এসো।

লোকটা অপদস্থবাবুর হাত দুটো জাপটে ধরে গদগদ স্বরে বলে উঠল, সে আমার ভাগ্য।'

লোকটার বয়স পঞ্চাশের ওপরে। অঙ্কের ওপর এতটা আগ্রহ অদ্ভুত ঠেকলেও অপদস্থবাবুর ব্যাপারটা সব মিলিয়ে বেশ ভালোই লাগল। আরও ভালো লাগল যখন লোকটা অপদস্থবাবুর ভারী ব্যাগদুটো নিয়ে এগিয়ে দিতে চলল।

—তা আমায় যদি এখন একটা ভালো অঙ্ক দিতেন। এই আজকের জন্য। অঙ্ক ছাড়া আমার মোটেই সময় কাটতে চায় না।

আচ্ছা লোকের পাল্লায় পড়া গেল তো। মনের ভাব গোপন করে অপদস্থবাবু বলে উঠলেন, 'কীসের ওপর দেব? পাটিগণিত না বীজগণিত?'

—হেঃ হেঃ, সে আপনার ইচ্ছে।

—দু-মিটার অন্তর একটা গাছ হলে এখান থেকে উপেনের দোকানের মধ্যে ক'টা গাছ আছে?

বাকি পথ লোকটা কী সব বিড়বিড় করতে করতে আর মনে মনে অঙ্ক কষতে কষতে চলল। মাঝে মাঝে বলতে শোনা যাচ্ছিল, —যাহ্, গুলিয়ে গেল। খানিকবাদে বনের পথটা শেষ হল। দূরে একটাই দোকান দেখা যাচ্ছে। হ্যারিকেন জ্বলছে। লোকটা ব্যাগদুটো কাঁধ থেকে নামিয়ে অপদস্থবাবুকে বেমক্কা একটা প্রণাম ঠুকে বলে উঠল,—

—ওই যে উপেনের দোকান, আর আমি যাব না, ওকে গিয়ে জিগ্যেস করলেই পথ বলে দেবে। কাল আমি অঙ্কটা কষে নিয়ে আসব।

'কিন্তু আমার ঠিকানা কোথায় পাবে?'

'সে সমস্যা হবে না। আমি ঠিক খুজে বের করে নেব। ও হ্যাঁ, এই অধমের নাম হল নবীন। নবীন ভূত বলেই লোকে আমাকে চেনে। দরকার হলেই স্মরণ করবেন।'

'তা ভূত কারও পদবি হয় না কি?'

'আজ্ঞে না, ওটা মরণোত্তর উপাধি।' বলেই হাওয়ায় মিলিয়ে গেল লোকটা। খানিকক্ষণ দাঁড়িয়ে ঠকঠক করে কাঁপলেন অপদস্থবাবু। তারপর উপেনের দোকানের দিকে এগিয়ে চললেন। মুদির দোকান। টাকমাথা, ঝোলা গোঁফ একটা লোক গালে হাত দিয়ে বসে আছে। এ-ই তাহলে উপেন।

অপদস্থবাবু বলে উঠলেন, 'আচ্ছা জ্ঞানবিকাশ স্কুলটা কোনদিকে?'

উপেন হ্যারিকেনের আলোয় ঝিমোচ্ছিল। প্রায় ছ-ঘণ্টা হল কোন খদ্দেরের দেখা নেই। হঠাৎ করে সে তাকিয়ে দেখল শার্টপ্যান্ট সোয়েটার পরা একজন মোটাসোটা চেহারার লোক দোকানের সামনে দাঁড়িয়ে আছে। দেখে বেশ খুশি-ই হল। অনেকক্ষণ কারো সঙ্গে কথা বলতে পারেনি। তর্কও করা যায়নি। সবেতে তর্ক করতে পারে বলে উপেনের গ্রামে বেশ নামডাক আছে। কেউ যদি বলে আকাশ নীল, গাছের পাতা সবুজ তাকেও ভুল প্রমাণ করে ছাড়বে উপেন।

—কী দরকার?

—না, আমি জ্ঞানবিকাশ স্কুলের নতুন টিচার, টিচার্স হোস্টেলটা কোনদিকে?

—তা মরতে এই গ্রামে এলেন কেন?

—সরকারি চাকরি। যেখানে পাঠাবে সেখানেই তো যেতে হবে। তা কোনদিকে একটু বলবেন?

'এই পথ দিয়ে মিনিট খানেক এগিয়ে গেলে একটা অশ্বত্থ গাছ পড়বে। সেখান থেকে ডানদিকের রাস্তা ধরে গেলে একটা পুকুর পাবেন। তার বাঁদিক দিয়ে যে রাস্তাটা গেছে সেটা দিয়ে দু-মিনিট গেলেই হোস্টেল, বুঝেছেন?' অপদস্থবাবু মাথা নেড়ে সায় দিতেই উপেন চেঁচিয়ে উঠল, 'ঘোড়ার ডিম বুঝেছেন। এই পথে কত অশ্বত্থ গাছ পড়বে। আর গ্রামের রাস্তায় জায়গায় জায়গায় পুকুর থাকে। কোন পুকুর বুঝবেন কী করে? বুঝেছেন বললেই হল! দাঁড়ান দোকান বন্ধ করে আমি সঙ্গে যাচ্ছি।'

'না, মানে সে দরকার ছিল না।'

'দরকার ছিল না মানে? ফের তর্ক করছেন?'

খানিকবাদে উপেনের সঙ্গে অপদস্থবাবু হোস্টেলের দিকে রওনা হলেন। এপর্যন্ত যাত্রার অভিজ্ঞতা যেমনই হোক না কেন গ্রামবাংলার এই মাটির রাস্তা, মাঝে মাঝে ঝোপের আড়াল থেকে আসা টিমটিমে বাড়ির আলো, দু-ধারে আম-জাম-কাঁঠাল-গাছের সারি, লেবু আর নিমফুলের মিষ্টি গন্ধ ওঁর বেশ ভালো লাগছে। কিছুক্ষর হাঁটার পর একটা সাদা চারতলা একটু পুরোনো গোছের বাড়ি দেখিয়ে উপেন বলে উঠল, 'এটাই আপনার স্কুল। এর পেছন দিকটায় আপনাদের হোস্টেল। উঠোনের মধ্যে দিয়ে চলে যান, কী বুঝেছেন?'

'হুঁ! মনে হয়।'

'ওরকম মনে হয় মনে হয় বলবেন না। হয় বলুন বুঝেছেন, না হয় বলুন বোঝেননি। উপেন গজগজ করতে করতে উলটোদিকের পথ ধরল। স্কুলের গেটটা আলতো ঠেলতেই খুলে গেল। অপদস্থবাবু স্কুলের উঠোনে পা দিতে না দিতেই নিস্তব্ধতা ভঙ্গ হল। কোথা থেকে দুটো কুকুর ছুটে এসে প্রচণ্ড জোরে চেঁচাতে শুরু করল। শুধু চেঁচানোই নয়, যেভাবে দাঁত দেখাতে শুরু করল, তাতে তাদের আদৌ গান্ধীপন্থী বলে মনে হল না।

দূর থেকে উপেনের গলা শোনা গেল, 'ওঃ, আপনাকে ওই

ডাকাতে কুকুর দুটোর কথা বলতেই ভুলে গিয়েছিলাম। লালু আর ভুলু।'

অপদস্থবাবু কুকুর দুটোর আক্রমণ প্রতিরোধ করার জন্য ব্যাগদুটোকেই বাঁই বাঁই করে ঘোরাতে ঘোরাতে আর্তস্বরে চেঁচিয়ে উঠলেন, 'বাঁচান, উপেনবাবু!'

'নাহ্, মশাই, আমার কিছু করার নেই, এরা একবার যখন ধরেছে তখন ভালো করে না কামড়ে ছাড়বে না। তবে ভয়ের কিছু নেই হোস্টেলের দ্বারোয়ানের কাছে সব ওষুধ আছে।' উপেনের গলার স্বর আস্তে আস্তে দূরে মিলিয়ে গেল।

উপায় না দেখে অপদস্থবাবু ছুটতে শুরু করলেন। এত জোরে যে ছুটতে পারেন তা উনি আগে জানতেন না। কিন্তু তাও যথেষ্ট নয়। পায়ের দু-একটা জায়গায় কুকুর দুটো দাঁত বসিয়েছে। স্কুলের পাশ দিয়ে ইটে বাঁধানো এক চিলতে রাস্তা চলে গেছে। মিনিট দশেক গেলে (অপদস্থবাবুর মিনিট তিনেক লাগল।) পথটা গিয়ে একটা তিনতলা বাড়িতে শেষ হয়েছে। অপদস্থবাবু উদ্ভ্রান্তের মতো সিঁড়িগুলো টপকে বাড়িটার মধ্যে গিয়ে ঢুকলেন। একটা বড় বারান্দা। বারান্দার ডান দিক দিয়ে একটা সিঁড়ি উপরে উঠে গেছে। সিঁড়ির তলায় টেবিল টেনে বিশাল গোঁফওয়ালা একটা লোক ঝিমোচ্ছে। মনে হয় নেশায় বুঁদ হয়ে আছে।

'বাঁচাও, বাঁচাও!' লাফাতে লাফাতে কুকুরদুটোকে ব্যাগ দিয়ে মারতে মারতে অপদস্থবাবু চেঁচিয়ে উঠলেন।

লোকটা অবশেষে জেগে উঠল। তা সেটা কুকুরের চিৎকারে না অপদস্থবাবুর চিৎকারে তা বলা মুশকিল। আর জেগে উঠেই অপদস্থবাবুকে ধমকে বলে উঠল, 'আহ্, কুকুর নিয়ে ভেতরে এসেছেন কেন? কুকুর নট অ্যালাউড।'

অপদস্থবাবু ব্যাঙের মতো লাফাতে লাফাতে বলে উঠলেন, 'কে ওদের নিয়ে আসবে? দেখছ না আমাকে কামড়াচ্ছে! কিছুতেই

পিছু ছাড়ছে না।'

এতক্ষণে লোকটার হুঁশ ফিরল। 'আরে লালু ভুলু যে! থাম-থাম!' বলতে-বলতে ও উঠে দাঁড়াল। কুকুরদুটোও বেশ পোষা মনে হল। ওর একডাকে অপদস্থবাবুকে ছেড়ে সুড়সুড় করে বেরিয়ে গেল। অপদস্থবাবুর হাত পায়ের বেশ কয়েকটা জায়গা থেকে রক্ত পড়ছে। সেটা দেখে কোনও ভ্রূক্ষেপ না করেই লোকটা বলে উঠল, লালু, ভুলু খুব ভালো। নতুন লোক পেলে আর ছাড়তে চায় না, আপনার পিছনেও প্রথম কয়েকদিন একরকম ঘুরঘুর করবে। পাত্তা দেবেন না। তারপরে আর কামড়াবে না।'

'অ্যা! সে তো...' অপদস্থবাবু কিছু একটা বলতে যাচ্ছিলেন লোকটা ফের ধমকে উঠল। কুকুর তাড়া করলে কখনো ছুটতে নেই আপনি যদি স্থির হয়ে থাকতেন দু-তিনটের বেশি কামড় বসাত না। আর এখন দেখুন! সারা গায়ে কামড়।'

'তা ওষুধ আছে কোনও?'

'না, এ পোড়া জায়গায় ওষুধ আর পাবেন কোথায়? তবে দু-একটা শেকড় বাকড় থাকলেও থাকতে পারে। দেখি।'

'কুকুরগুলো পাগল নয় তো?'

'না, না, কুকুর পাগল হবে কেন? তবে যাদের কামড়ায় তাদের মধ্যে দু-একজন পাগল হয়েছে বটে। ওই তো আমাদের গবা পাগলা। সেও তো এই স্কুলে পড়াতে এসেছিল। তা একই ব্যাপার। আপনার মতো বোকার মতো ছুটেছিল। এখন দেখুন। পুকুরপাড়ে বসে হাঁসেদের কেমিস্ট্রি পড়ায়।'

ভয়ে অপদস্থবাবু যন্ত্রণাটা ভুলে গেলেন। লোকটার নাম হরু। হরুর কাছে থেকে কাপড় আর ডেটল জোগাড় করে তা দিয়েই ক্ষতস্থানগুলো বাঁধলেন। সিঁড়ি দিয়ে হরুর সঙ্গে দোতালায় উঠলেন। দু-ধারে সারি দিয়ে ঘর, তবে কেউই তাতে থাকে বলে মনে হল না। কোনওরকম সাড়াশব্দ নেই। হরু একদম রাস্তার দিকের একটা ঘর খুলে দিল।

অপস্থবাবু বলে উঠলেন, 'আচ্ছা আর কোনও টিচার থাকেন এ হোস্টেলে?'

কেউ না। সবাই স্থানীয়। কার দায় পড়েছে এই ভূতুড়ে বাড়িতে থাকবার?'

'ভূতুড়ে মানে?'

'আরে, তেঁনাদের কথা রাতে না বলাই ভালো, আর খুন-জখম এসব তো কম হয়নি এ-বাড়িতে!'

অপদস্থবাবু লাইটের সুইচগুলো সব টকাস্ টকাস্ করে অন করলেন, কিন্তু তাতে ঘরের অন্ধকারের কোনও পরিবর্তন হল না।

'কী ব্যাপার, লাইটগুলো সব কাটা নাকি?'

'কয়েকবছর আগে ইলেকট্রিক শর্ট সার্কিট হয়। বেশ কয়েকজন টিচার এঘর-ওঘরে মারা যায়। তারপর থেকে স্কুলের বড়বাবুরা বলেন এ-বাড়িতে ইলেকট্রিক লাইন আর রাখা যাবে না। ওই এক আমার মাথার ওপরেই একটা আলো জ্বলে। তাও বাইরে থেকে লাইন নিয়ে জ্বালাই। তা আপনার অসুবিধে হবে না, ওই হ্যারিকেন রইল। আর মোমবাতিও আছে গুটি কয়েক।'

খানিকবাদে হরু এসে খানিকটা চিঁড়ে-গুড় দিয়ে গেল। অপদস্থবাবু প্রথমে খানিকক্ষণ গাঁইগুঁই করে বুঝলেন যে এর বেশি এখন আর আশা করা যাবে না। এখানে নাকি আগের দিন থেকে খাবারের অর্ডার দিয়ে রাখতে হয়। তবে খিদের মুখে চিঁড়ে-গুড় খারাপ কিছু লাগল না।

স্কুল বিল্ডিংটা খারাপ নয়। অন্তত এ গ্রামের আর পাঁচটা জিনিসের তুলনায় অনেক ভালো। হেডমাস্টার অশোকবাবু বাকি সবার সঙ্গে আলাপ করিয়ে দিলেন। তবে কেউ-ই অপদস্থবাবুর সঙ্গে বিশেষ কথা বলল না। দূর থেকে ফিসফাস শুনে বুঝতে পারলেন আড়ালে আবডালে ওঁর সম্বন্ধেই আলোচনা হচ্ছে। উনি ছাড়া এ স্কুলে আর একজন অঙ্কের স্যার আছেন। নাম বেণীমাধববাবু। চোখে কীরকম

উদ্‌ভ্রান্ত দৃষ্টি। বেণীমাধববাবু শুধু একবার এগিয়ে এসে অপদস্থবাবুর পা থেকে মাথা অবদি চোখ বুলিয়ে বলে উঠলেন, 'নাহ্‌, কলকাতা থেকে আর লোক পেলে না। এরকম আলুভাতে গোবর গণেশ চেহারা। এখানকার স্কুলে পড়াতে গেলে পুরো ব্যায়াম করা শরীর চাই।' তা সেটা অবশ্য অপদস্থবাবুর নজর এড়ায়নি। সবক'জন টিচারের বেজায় মুশকো মুশকো চেহারা। প্রথম নজরে দেখে মনে হয় কুস্তির আখড়া।

অপদস্থবাবুর উপর ক্লাস সেভেন আর এইট পড়ানোর দায়িত্ব পড়ল। ক্লাস নিতে যাবার সময় যা যা খারাপ হতে পারে সবই আশা করেছিলেন। চোখের সামনে পরিষ্কার দেখতে পাচ্ছিলেন কেঁদোর ভ্যানে সাদা চাদরের তলায় শুয়ে আছেন। কেঁদো কাঁদতে কাঁদতে ভ্যান চালাচ্ছে। টিচার্স রুমের বাইরে দাঁড়িয়ে ক্লাসে যাবেন কি যাবেন না ইতস্তত করছিলেন। ভূগোলের শিক্ষক দিগ্বিজয়বাবু বোধহয় অপদস্থবাবুর মনের অবস্থা আঁচ করতে পেরেছিলেন। এগিয়ে এসে বললেন, 'আসুন ক্লাস অব্দি পৌঁছে দিয়ে আসি।'

সিঁড়ি দিয়ে দোতলায় উঠে বাঁ-দিকে করিডোরটা দিয়ে এগিয়ে গেলেন দিগ্বিজয়বাবু। শেষ ঘরের দরজার সামনে দাঁড়িয়ে বলে উঠলেন এটাই ক্লাস সেভেন। ঢুকে যান। তারপর কী ভেবে আবার বলে উঠলেন 'দাঁড়ান, ছেলেগুলোর সঙ্গে আপনার একটু পরিচয় করে দিই।'

ক্লাসে ঢোকা মাত্রই ছেলেগুলো বেশ সুশৃঙ্খলভাবে উঠে দাঁড়াল। অবশ্য ছেলে বলতে মোটে পাঁচজন। দিগ্বিজয়বাবু অপদস্থবাবুর কানের কাছে মুখ নিয়ে ফিসফিসিয়ে বলে উঠলেন, 'বাঁ-দিকের ছেলেটা হল পঞ্চু। কানা হাবলুর ছেলে। এমনিতে ভালো। তবে বদমেজাজি। একদম চটাবেন না। আর পাশের জন হল করিম। মোটে কাছে যাবেন না, বদ্ধপাগল। কখন কী করে বসে কে জানে! রাগলে চিমটি দেয়, খুশি হলে কামড়ে দেয়।'

'তা এরা বাকিদের সঙ্গে ক্লাস করে অন্যদের অসুবিধে হয় না?' একটু হেসে দিগ্বিজয়বাবু আবার ফিসফিসিয়ে বলে উঠলেন, 'তা বাকিরাই বা কম যায় কীসে? করিমের পাশের জন হল বাবলু। এমন বিচ্ছু ছেলে খুব কমই দেখা যায়। আপনাকে একা পেলেই গাছের আড়াল থেকে মাথা লক্ষ্য করে ঢিল ছুড়বে, গায়ে বিছে ছেড়ে দেবে। বাবলুর পাশে নন্দ। নন্দর কথা অবিনাশবাবুর কাছ থেকেই শুনে নেবেন। ভুলের মধ্যে অবিনাশবাবু ওকে ইংরেজিতে ফেল করিয়েছিলেন। ব্যস! একলা পেয়ে ভাড়াটে গুন্ডা লাগিয়ে অবিনাশের দুটো পা-ই ভেঙে দিল। এখন বেচারা...। তার পাশের জন হল...ব্যস,—আর দরকার নেই,—মাথা এমনিতেই ভোঁ ভোঁ করছিল অপদস্থবাবুর।— 'তা মশাই এ ক্লাসে কি ভালো ছেলে একটাও নেই?'

'আস্তে বলুন, আস্তে বলুন। ওরা শুনলে আপনাকে আর আস্ত রাখবে না। এরাই তো ভালো ছেলে। বাকি তিরিশজনের কথা না বলাই ভালো। তবে তারা বিশেষ ক্লাসে আসে না। পথেঘাটেই যা দেখা পাবেন।'

দিগ্বিজয়বাবু বেরিয়ে যাবার পর অপদস্থবাবু কাঁপা গলায় পড়াতে শুরু করলেন। একটা সোজা অঙ্ক দিয়েছিলেন। কেউ না পারলেও অপদস্থবাবু 'শাবাশ, শাবাশ' বলে প্রত্যেকেরই বেশ প্রশংসা করলেন, খালি করিম বাদে। ছেলেটা না আবার খুশি হয়ে কামড়ে দেয়।

স্কুল ছুটির পরে অপদস্থবাবু ভাবলেন গ্রামটা একটু ঘুরে দেখা যাক। মন খারাপ, গাছটাছ দেখে একটু যদি মনটা ভালো হয়। গ্রামের রাস্তাঘাট বেশ ভালো, দু-ধারে অর্জুন, কৃষ্ণচূড়া, রাধাচূড়া। পথের দুপাশ থেকে ডালপালা বাড়িয়ে মাথার ওপরের আকাশটাকে খণ্ড খণ্ড করে দিয়েছে। একজায়গায় বেশ খানিকটা জমিতে ওলকপির চাষ হচ্ছে। গাছের পাতাগুলো ছাতার মতো ওপর দিকে, গোড়াটা পরিষ্কার দেখা যায়। অপদস্থবাবুর দারুণ লাগছিল চারদিকের এই পরিবেশ। হঠাৎ উনি খেয়াল করলেন উনি একা এই সৌন্দর্য উপভোগ করছেন

না। ভ্যানের ওপরে বসা নীল-হলুদ-চেক লুঙ্গি পরা একটা লোক খালি গায়ে কাঁধে গামছা ফেলে হাঁ করে পশ্চিমের আকাশের দিকে তাকিয়ে আছে। কাঁচা-পাকা চুল, গাল ভরতি খোঁচা দাড়ি। মুখে একটা প্রশান্তির ছাপ। অপদস্থবাবুর সঙ্গে লোকটার চোখচোখি হতেই হাতজোড় করে প্রণাম জানাল লোকটা। অপদস্থবাবুও প্রতিনমস্কার করলেন। লোকটা ভ্যান থেকে নেমে এসে বলে উঠল, 'আপনিই কি নতুন মাস্টারমশাই?'

'আজ্ঞে হ্যাঁ।'

আপাদমস্তক একবার দেখে নিয়ে লোকটা বলে উঠল, 'কিন্তু লোকে যে বলছিল আপনার নাকি মাথাখারাপ। আপনাকে দেখতে নাকি মহিষাসুরের মতো, হাতির মতো মোটা, আলকাতরার মতো গায়ের রং, ছুঁচোর মতো মুখ। কিন্তু ততটা খারাপ তো দেখছি না!'

এতক্ষণ বাদে তার প্রতি সহানুভূতিসম্পন একজনকে পেয়ে অপদস্থবাবু গদগদভাবে বলে উঠলেন, 'তা হলেই বুঝুন! কীরকম অপপ্রচার চলছে। তা আপনার কী করা হয়?'

'হস্তশিল্পের কাজ।'

'বাঃ বাঃ, গ্রামের কুটির শিল্পীদের কাজ আমার খুব ভালো লাগে।'

'আজ্ঞে আমার কাজটা ঠিক সেরকম নয়। আমার কাজটার পরিচিত নাম হল চুরি।'

'তার মানে তুমি চোর?'

'বাঃ, চোর বলতেই আপনি থেকে তুমিতে নেমে এলেন? তা চুরির কাজটা খারাপ কী? যেমন বুদ্ধি লাগে তেমন কৌশল। আপনার পড়ানোর কাজ আমিও করতে পারি। আপনি করুন দেখি আমার মতো কাজ।'

'না কাজটা যে শক্ত তা আমি অস্বীকার করছি না। কিন্তু কাজে সম্মান নেই, তুমি ভিড়ের মধ্যে দাঁড়িয়ে বলতে পারবে 'আমি চোর'?

'আর আপনি বলতে পারবেন, "আমি নিধিরাম জ্ঞানবিকাশ স্কুলের শিক্ষক!" আমি তবু কিলচড় খাব বড়জোর। আপনি তো বেঁচেই

ফিরতে পারবেন না। তবে আমি আর বেশিদিন এ লাইনে থাকব না। এ জায়গাটা চোর ডাকাতে ছেয়ে গেছে। এত কম্পিটিশনে টিকে থাকা মুশকিল, এই তো কাল অনাথবাবুর বাড়িতে চুরি করতে গেছি। ফিরে এসে দেখি আমার বাড়ি থেকেই অষ্টধাতুর কৃষ্ণমূর্তিটা উধাও। কালে কালে কী হল বলুন? চোরের বাড়িতেও চুরি!'

'তা এখানে বসে এখন কী করছ। চুরির প্ল্যান?'

'এই যে মেঘগুলো সরে সরে যাচ্ছে, শাল-শিশুগাছগুলো হাওয়ায় দুলছে এসব দেখতে বেশ লাগে। রোজ চুরির আগে আর পরে এসব খানিকক্ষণ দেখি। মাথাটা একদম খোলতাই হয়ে যায়।'

—তা বাপু-তোমাদের এখানে যে এত চোর-ডাকাত, কোনও থানা পুলিশ নেই?'

'বছর দশেক আগে রামভক্ত বলে একজন খুব শক্ত দারোগাকে পাঠানো হয়েছিল এখানে। আসার পরদিন থানার সামনে দাঁড়িয়ে টানা একঘণ্টা বক্তৃতা দিয়ে গেল—এই করব, ওই করব, চোর ডাকাত আর এখানে টিকতে পারবে না, ধরা পড়লে চরম শাস্তি—ইত্যাদি। তারপর কী হল জানেন?'

'কী হল?'

'পরদিন ভোরে উঠে দাঁত মাজাতে গিয়ে রামভক্ত আয়নার সামনে দাঁড়িয়ে চিৎকার করে কাঁদতে শুরু করল।'

'কেন দাঁতে ব্যথা ছিল বুঝি?'

দূর, তা কেন? আয়নার সামনে গিয়ে ও দেখল শখের পাকানো গোঁফ-দাড়ি, আর কাঁধ অবদি বাবরি চুল সব রাতারাতি উধাও। রাতে কে বা কারা এসে ওকে অজ্ঞান করে মাথা, গোঁফ-দাড়ি সব কামিয়ে দিয়ে গেছে, রাগে অন্ধ হয়ে রামভক্ত চলল থানায়। অপরাধীদের কঠোর শাস্তি না দিয়ে বাড়ি ফিরবে না। কিন্তু ঘণ্টা দেড়েক সারা গ্রাম খোঁজাখুঁজি করেও থানাই খুঁজে পেলেন না। শেষে হাটে গিয়ে দেখল যে দোকানে থানার নানান জিনিস বিক্রি হচ্ছে। কোথাও

পুলিশের লাঠি, পোশাক তো কোথাও রামভক্তর বসার চেয়ার।'

'তা রামভক্ত তাদের ধরল না?'

'বলুন রামভক্তকে তারা ধরল না! রামভক্ত তো তখন বিলকুল একা। কুড়িজনের পুলিশবাহিনি রাতারাতি উধাও।'

'তা তারপরে রামভক্তর কী হল?'

'আর কী হবে? সে দারোগাগিরি ছেড়ে কানা হাবলুদের পাড়ায় ছোট একটা শাড়ির দোকান খুলেছে। তাঁতের শাড়ি বিক্রি করে। বিশ্বাস না হয় যান দেখে আসুন গিয়ে।'

একটু থেমে লোকটা আবার বলে উঠল, 'যাই, চাঁদটা তালগাছের সঙ্গে ১৫০ ডিগ্রি অ্যাঙ্গেলে এসে গেছে। কাজ শুরু করতে হবে,— বলেই ভ্যান চালাতে শুরু করল। যেতে যেতে বলে উঠল, 'মশাই আপনি নিশ্চয়ই ভাবছেন এত ভালো জ্যামিতিক আইডিয়া কী করে হলো আমার? আসলে আপনার এক যুগ আগে অঙ্ক পড়াতে আমিও এখানে এসেছিলাম কি না! তারপর এই গতি হয়েছে।' কণ্ঠস্বর আর ভ্যান দুই-ই বাঁশবনের আড়ালে মিলিয়ে গেল।

৪

রাতে খুট করে একটা শব্দে অপদস্থবাবুর ঘুম ভেঙে গেল। তারপরে বুঝলেন যে ঘরে উনি একা নন। দু-দুটো দশাসই চেহারার লোক ঘরে ঢুকেছে, তাদের একজনের গলা স্পষ্ট শুনতে পেলেন, 'নে নে ট্যাংরা—লোকটাকে গলা টিপে মেরে ফ্যাল।' একটু থেমে ফের বলে উঠল—

'সাহস কম নয়, নিধিরামে এসে অঙ্ক শেখানো!' অন্যজনের গলা শোনা গেল, 'নাঃ, একে মেরে হাত গন্ধ করব না। শক্তিশালী লোক হত। দু-এক মিনিট ঠেকানোর চেষ্টা করত। তবে না মেরে মজা!

এ তো আগে থেকেই মরে আছে। চল, বাড়ি গিয়ে আমার ছেলে ঘোতনকে পাঠিয়ে দিই। এসব লোককে নিজের হাতে মারলে মান-সম্মান লাটে উঠবে।'

লোকদুটো আবার জানলা দিয়ে সড়াৎ করে উধাও হয়ে গেল।

অপদস্থবাবু আধমরা হয়ে পড়ে রইলেন। বিছানা থেকে উঠে যে জানলাটা বন্ধ করবেন সে শক্তিও রইল না। পালিয়েও বাঁচবেন না। তার থেকে মরার আগে খানিকক্ষণ ঘুমিয়ে নেওয়া ভালো। খানিকক্ষণের মধ্যে বেশ একটা স্বপ্নও এসে গেল। ক্লাস নিচ্ছেন, দুটো বেশ শক্ত শক্ত অঙ্ক দিয়ে অসহায় ছাত্রদের মুখ দেখে মুচকি মুচকি হাসছেন, এমন সময় বেশ গোলগাল চেহারার একটা ফরসা ছেলে থলে হাতে এসে ঢুকল।

'কে হে তুমি!'

'আমি ঘোতন। বাবা পাঠিয়েছে।' বলে ছেলেটা থলে থেকে একটা রামদা বের করল।

অপদস্থবাবু ঘুমের মধ্যেই গোঙাতে শুরু করলেন, 'না ঘোতন, আমায় মেরো না। একবার কলকাতা থেকে ঘুরে আসি। ডিমের ডেভিল, রাবড়ি খেয়ে আসি, তারপরে যত খুশি মেরো, দু-বার তিনবার মেরো।'

'স্যার, আমি ঘোতন নই, আমি আপনার অনুগত ছাত্র নবীন ভূত।' ইতিমধ্যে কখন নবীন জানলা দিয়ে হাওয়ায় ভেসে এসে ঢুকেছে। গোঙানি শুনে অপদস্থবাবুকে ধাক্কা দিতে লাগল।

খানিকবাদে অপদস্থবাবু ঘুম ভেঙে উঠে বসলেন, আর পাশেই নবীন ভূতের হাসিমুখ দেখে 'অ্যাঁ' বলে এমন চিৎকার করলেন যে নবীন খাতা ফেলে এক লাফে পাশের পাকুড় গাছটাতে উঠে বসল। আবার সাহস পেয়ে খানিকবাদে ফিরে এসে অপদস্থবাবুর পাশে জড়সড় হয়ে বসল। বলে উঠল, আজ্ঞে, 'আমি ঘোতন নই, আমি আপনার শ্রীচরণকমলের দাস নবীনভূত।'

'ভূত!' বলে চমকে উঠেছিলেন অপদস্থবাবু, কিন্তু তারপরেই আবার স্থিরভাবে বলে উঠলেন,' নাহ্, তোমাকে আর ভয় নেই।' আমিও তো এখন তোমার অবস্থায়। তা কতক্ষণ আগে আমি মারা গেলাম? অপঘাতে মৃত্যু, ভূত তো হবই'।

'আজ্ঞে আপনি যা ভাবছেন তা নয়। আপনি মারাই যাননি। এই দেখুন, আপনি মাথা দিয়ে শুয়েছেন বলে বালিশটা কীরকম ভেতর দিকে ঢুকে গেছে। ভূত হলে এইরকম হত না।'

একবার ঘাড় ঘুরিয়ে বালিশটা দেখে নিয়ে অপদস্থবাবু বলে উঠলেন 'না হে, সান্ত্বনা দিও না। আমি বেশ বুঝতে পারছি যে আমি মরে গেছি। স্পষ্ট দেখতে পাচ্ছি ঘোতন এসে রামদা বের করল। তবে—কাটো তো একটা চিমটি, পরীক্ষা করে দেখি।'

নবীনভূত বেশ উৎসাহের সঙ্গে চিমটি কাটতে আসছিল। তাকে মাঝপথে থামিয়ে দিয়ে অপদস্থবাবু বলে উঠলেন, 'না বাপু থাক, ভূতের চিমটি আবার কীরকম হবে কে জানে? চিমটি তো নিজেকে কেটে দেখা যায়।' বলে আস্তে করে চিমটি কেটে 'উঃ' করে উঠলেন। লাফিয়ে উঠে চিৎকার করে উঠলেন, 'বেঁচে আছি, বেঁচে আছি!' বলেই আবার ধপ্ করে খাটের উপর বসে বলে উঠলেন—'তবে আর কতদিনই বা, আজ না হলে কাল তো মারা যাবই। এখানকার যা লোকজন!'

নবীনভূত এর মাঝে বলে উঠল, 'আপনি যে অঙ্কটা দিয়েছিলেন সেটা ঠিক হচ্ছে না। একটু দেখে দেবেন। আরো যদি দু'একটা দেন— বেশ মাথাটা পরিষ্কার হয়ে যায়।'

'থামো তো বাপু, কোথায় আমি কয়েকঘণ্টার মধ্যে মরতে বসেছি, না তুমি অঙ্ক অঙ্ক করছ।'

নবীনভূত মাথা চুলকে বলে উঠল, 'তা আপনাকে কে মারবে?'

'কে আবার? তোমাদের গ্রামটাই তো খুনে ডাকাতে ভরতি। তারাই হুমকি দিয়ে গেছে।'

'হেঃ হেঃ বুঝেছি। আপনাকে ভয় দেখাচ্ছে তো? ও সব কিস্যু না। এখানে বাইরের কেউ এলেই ওরকম ভয় দেখানো হয়। আসল কথা বলব? এখান থেকে তাড়ানোর জন্য।'

'তা বাপু আমি কার কী ক্ষতি করেছি যে আমাকে তাড়ানোর চেষ্টা করছে?'

'সে অনেক কথা। এখানকার লোকেরা সবাই বেশ ভালো। আসলে কয়েকবছর আগে এখানে বিদেশিরা আসে। তারা খুব ভালো লোক। তারা চায় না এখানে আর কেউ আসুক। তাদের কথা আর কেউ জানুক। ওরা নিধিরামেরও অনেক উপকার করেছে। বন্যার সময় আশেপাশের কত গ্রামের ক্ষতি হয়েছে। কিন্তু ওদের জন্য এখানে কিছুই হয়নি। ওরা এখানকার লোকদের জন্য কত ভালো কাজ করেছে। স্কুল করেছে, হাসপাতাল করেছে। ভালো চাষবাসের ব্যবস্থা করেছে। কত নাম না জানা যন্ত্র বসিয়েছে। তাই আমরাও ওদের কথা বাইরের কাউকে জানাইনি। ওরা বলেছিল অন্য কেউ জানতে পারলেই ওরা গ্রাম ছেড়ে চলে যাবে। এসবের জন্য এখানকার কেউই চায় না বাইরের থেকে কেউ আসুক। ওদের কথা সব ফাঁস করে দিক। কারুর আসার কথা শুনলেই তাকে ভয় পাইয়ে ফেরত পাঠানোর ব্যবস্থা করা হয়।'

'তা ওরা কারা?'

'কে জানে? লোকে বলে মঙ্গল থেকে এসেছে। সেটা নিশ্চয়ই আশপাশের কোনও গ্রাম হবে। তবে দেখতে ওদের ভারী অদ্ভুত। অনেকটা ফার্ন গাছের মতো।'

'তুমি ভূত হয়েও গাঁজা টাজা খাও নাকি হে?'

'চলুন, নিজের চোখে দেখলেই সব প্রমাণ পাবেন। তারা বাংলা, ইংরেজি, সংস্কৃত সব বলতে পারে, আর লোকও ভারী অমায়িক, তবে একটাই মুশকিল, সুযোগ পেলেই পি, পি, করে কানের পাতা দুলিয়ে দুলিয়ে গান করে।'

'তুমি যে কী বলো মাথায় কিছুই ঢোকে না, যত সব আজগুবি কথা, তা চলো, আমাকে ওদের কাছে নিয়ে চলো।'

নবীন এসে অপদস্থবাবুর হাতে ধরে একটা টান দিল। আর সঙ্গে সঙ্গে একটা ঝোড়ো হাওয়া অপদস্থবাবুকে তুলে এনে একটা মাঠের মধ্যে হাজির করল।

'উহ্, আমার হাত ব্যথা হয়ে গেল, কী ওজন। ওই যে ওদের ছাউনি।' আঙুল তুলে দেখাতে গিয়ে নবীন আঁতকে উঠল। চাঁদের আলোয় দেখা যাচ্ছে শুনশান মাঠ, দূরের সার দেওয়া অর্জুন গাছগুলোর ওপর জোছনা দোল খাচ্ছে, কিছুই নেই।

'ভালো দেখালে বটে।'

'না, কিন্তু ওখানেই ছিল ওদের তাঁবুগুলো। গেল কোথায়?'

'চলে গেছে', উত্তরটা এল পিছন দিক থেকে। ওরা তাকিয়ে দেখে পিছনে হরিদাসবাবু। নিধিরাম জ্ঞানবিকাশ স্কুলের বিজ্ঞানের শিক্ষক।

ফের বলে উঠলেন, এবার অপদস্থবাবুকে লক্ষ্য করে—আপনাকে আর লুকিয়ে কীই বা হবে? ওরা এসেছিল মঙ্গল গ্রহ থেকে, ওদের ওখানেও একসময় মানুষ নামক জীবটা ছিল। কিন্ত অজানা কারণে তারা মঙ্গল থেকে হারিয়ে যায়। ওরা এসেছিল এখানকার মানুষের ডিএনএ নিয়ে গবেষণা করতে, যাতে গ্রহে ফিরে ওরা মানুষ নামক জীবটাকে আবার ল্যাবরেটরিতে তৈরি করতে পারে। শুনেছিলাম কাজ শেষের দিকে। বছর খানেকের মধ্যে ফিরে যাবে। কিন্তু আজ হঠাৎ ওদের ওখান থেকে বার্তা এসেছে যাতে ওরা গবেষণা বন্ধ করে অবিলম্বে ফিরে যায়। মানুষ নামক বিপজ্জনক জীব তৈরি করে কোনও লাভ নেই। নিজেদের মধ্যে ঝগড়া করে গ্রহটাই ধ্বংস করে দেবে। তা যাওয়ার আগে অবশ্য ওরা আমাদের কয়েকজনের সঙ্গে দেখা করে ধন্যবাদ জানিয়ে গেছে।' একটু থেমে হরিদাসবাবু আবার বলে উঠলেন, 'আহা দারুণ লোক ওরা। আমাকে কী সুন্দর একটা পাকাচুল তোলার যন্ত্র দিয়ে গেছে। তা অপদস্থবাবু, আপনার সঙ্গে

অভদ্রতার জন্য আমরা সবাই দুঃখিত। আপনি এখন নিশ্চিন্তে এখানে থাকতে পারেন, আস্তে আস্তে দেখবেন, এখানকার লোকেদের মতো লোক হয় না।'

৫

ক্লাস নিয়ে হোস্টেলে ফিরছেন অপদস্থবাবু। মনটা ভারী খুশি খুশি, হাতের থলেতে খেজুরগুড়ের পাটালি, আমসত্ত্ব আর পেয়ারা। ছাত্রেরা, গ্রামের লোকেরা দিয়েছে, সত্যিই এখানকার লোকেদের তুলনা হয় না। এত অমায়িক, কী অভিনয়ই না করছিল এ ক'দিন! গ্রামের সম্বন্ধে আজেবাজে কথা ইচ্ছে করে রটানো হয়েছিল। স্কুল বিল্ডিংটা পেরিয়ে হোস্টেলে যাওয়ার সরু রাস্তাটা ধরলেন। হঠাৎ পথ আটকে দাঁড়াল লালু-ভুলু।

'হেঃ হেঃ, তোদেরও ভালো শেখানো হয়েছিল। নে, এখন আমি এখানকারই লোক, আয় বিস্কুট দেব।' কি বুঝল কে জানে! লালু দাঁত দেখিয়ে গরর্ করে উঠল, সঙ্গে ভুলুও।

আর তারপরেই অপদস্থবাবু ছুটতে শুরু করলেন, পিছনে লালু আর ভুলু। নিধিরামের সব কিছুই অত ভালো নয়!

আধঘণ্টার অভিনয়

শীতের রাত। পুরোনো গাড়ি। ইস্টারস্টেটের রাস্তায় গাড়ি খারাপ হলে হয়রানির একশেষ। যতক্ষণ দিনের আলো থাকে একে অন্যের বিপদে সাহায্যের হাত বাড়িয়ে দেয়, কিন্তু সূর্য গাছের আড়ালে মুখ লুকোলেই রাস্তার চেহারা অন্যরকম হয়ে যায়। তখন রাস্তার ধারে বিপদসঙ্কেত জ্বালানো অকেজো গাড়ির যাত্রীদের দিকে আর কেউ ভুলেও তাকায় না। কে জানে গাড়ির মধ্যে বন্দুক হাতে হয়তো কোন আততায়ী বসে আছে!

তা এসব ভেবেই স্টেট হাইওয়ে ফরটি সিক্স দিয়ে সিনসিনাটি রওনা হয়েছিলাম।

গা ছমছম রাস্তা। মাঝে মাঝে উলটোদিক থেকে গাড়িগুলো ঝড়ের বেগে এসে হেড লাইটের আলো ছড়িয়ে কোথায় মিলিয়ে যাচ্ছে। দুধারে পাতা হারানো ম্যাপল, হথহর্ন আর অ্যাশ্ গাছের মিছিল।

এসব দেখতে দেখতে যাচ্ছি, এমন সময় যে জিনিসটা নিয়ে সবথেকে ভয় ছিল সেটাই হল। টায়ার বার্স্ট। অন্য কোনও বাড়তি টায়ারও গাড়িতে নেই।

বাইরে এসে দেখি রাস্তায় শিশিভাঙা কাচের টুকরো চারদিকে ছড়িয়ে রয়েছে। রাস্তার ধারে গাড়ি দাঁড় করিয়ে মিনিট দশেক অপেক্ষা করলাম। ঠান্ডাটা ক্রমে ক্রমে আরও অসহনীয় হয়ে উঠছে। খানকয়েক গাড়িও গেল সামনে দিয়ে। কিন্তু হাত দেখাতেও কেউই দাঁড়াল না।

নাঃ, অন্য কোনও উপায় দেখতে হবে। দূরে অবশ্য একটা বাড়ি দেখা যাচ্ছে। ঘরে আলো জ্বলছে। হাঁটা পথে মিনিট দশেক হবে। ওখানে গিয়ে ফোন করে অটোমোবাইল অ্যাসোসিয়েশনে সাহায্য চাওয়া যায়।

এখানকার লোকেরা এরকম দূরে নিরালায় থাকতে ভালোবাসে। ওখান থেকে যতদূর দেখা যায় তাতে দ্বিতীয় কোনও বাড়ি চোখে পড়ল না। কাছাকাছি বড় শহর কমপক্ষে তিরিশ মাইল দূরে। কীভাবে যে এরা একা একা শহর থেকে এতদূরে থাকে—সেটাই মাঝে মাঝে ভাবি।

গাছগাছালির মধ্যে দিয়ে এক চিলতে পথ চলে গেছে। তা ধরে হাঁটতে থাকলাম। বাড়ির দরজার সামনে যেতেই বাইরের আলোগুলো জ্বলে উঠল। সেনসর লাগানো আছে। বেশিরভাগ বাড়িতেই নিরাপত্তা ব্যবস্থা থাকে। এটা তারই একটা অংশ। কী ধরনের অভ্যর্থনা অপেক্ষা করছে কে জানে!

বেল বাজিয়ে সতর্ক হয়ে দরজা খোলার অপেক্ষায় থাকলাম। কতধরনের লোকই তো আছে! ঘরের ভেতর থেকে একবার খসখস আওয়াজ পেলাম।

মিনিট পাঁচেক বাদে দরজা খুললো। দরজা খুললেন এক বৃদ্ধা। দেখে ষাটের বেশি বয়স বলে মনে হয়। নীল ড্রেসিংগাউন পরা। আমার দিকে কীরকম অবাক দৃষ্টিতে তাকিয়ে রইলেন। কী ব্যাপার পাগল নাকি? বেশভূষাতে অন্তত সেরকম মনে হয় না। বিস্ফারিত দৃষ্টিতে আমার দিকে খানিকক্ষণ তাকিয়ে থেকে আমার হাত দুটো জড়িয়ে ধরলেন।

—বঁসোয়া ম্যাদমোজায়েল।

ফ্রেঞ্চে অভ্যর্থনা। পরের কথাগুলো অবশ্য ইংরেজিতেই বললেন। আমি আমার গাড়ি খারাপ হওয়ার কথা জানালাম। বললাম ফোন করে অ্যামেরিকান অটোমোবাইল অ্যাসোসিয়েশনে জানানোর জন্য এসেছি।

বৃদ্ধা আমাকে চেয়ারে বসতে বলে মৃদুস্বরে বলে উঠলেন,—ফোন করার আগে আমি সামান্য কিছু কথা আপনাকে জানাতে চাই। আমার কথা হয়তো আপনার খানিকটা অদ্ভুত লাগবে। বিশ্বাস হবে না। সত্যি

কথা বলতে কি, আমি আপনাকে দেখে আমার চোখকেও বিশ্বাস করতে পারছিলাম না। আপনাকে দেখতে অবিকল আমার মেয়ে ক্লদিয়ার মতো। ক্লদিয়া মারা গেছে—তা প্রায় কুড়ি বছর হলো। বাইশ বছরে মারা যায়। ক্যান্সারে। আজ যখন দরজা খুলে আপনাকে দেখলাম, মনে হল ঠিক সেই ক্লদিয়াই চোখের সামনে দাঁড়িয়ে আছে।

বৃদ্ধার চোখ কথা বলতে বলতে ছলছল করে উঠল।

আমাকে ফোনটা দেখিয়ে দিয়ে উনি ফের বলে উঠলেন,—আমার একটা একান্ত অনুরোধ আছে। ফোন করার পর কিছুটা সময় যদি আমাদের এখানে কাটিয়ে যান, তাহলে খুব ভালো হয়। আমি জানি এটা নিতান্তই অন্যায় অনুরোধ। কিন্তু ঈশ্বরের ইচ্ছেতেই আজকের এই বিশেষ দিনে আপনি আমাদের কাছে এসেছেন।

আমি বলতে যাচ্ছিলাম যে আমার কাল সকালেই একটা বিশেষ কাজ আছে, গাড়ির সমস্যা মিটে গেলেই আমাকে ফিরতে হবে। কিন্তু তার আগেই উনি দ্রুত পায়ে লিভিং রুম থেকে বেরিয়ে ভেতরের ঘরে ঢুকে গেলেন।

একটু পরে একটা ছবির ফ্রেম হাতে নিয়ে ঘরে ফিরলেন। ক্লদিয়ার ছবি। আমার হাতে ছবিটা দিলেন। ছবিটার দিকে তাকিয়ে আমার কথা বন্ধ হয়ে গেল। এ তো আমারই ছবি। পুরোনো মরচে পড়া ফ্রেমে বাঁধানো। এরকমও হতে পারে? অবিকল আমার মতো দেখতে।

আমাকে চেয়ারে বসতে বলে ভদ্রমহিলা ভেতরের ঘরের দিকে ফের এগিয়ে গেলেন। ভেতরের ঘর থেকে ওনার কান্না শুনতে পেলাম। কারও সঙ্গে কথা বলছেন। অন্যজনের কথা আরো মৃদুস্বরে। ফ্রেঞ্চে কথা চলছে।

মিনিট পাঁচেক বাদে উনি ফিরে এলেন। চোখের জলকে লুকোনোর ব্যর্থ চেষ্টা করতে করতে বলে উঠলেন,—ও-ঘরে আমার অসুস্থ স্বামী। বেশ কিছুদিন ধরে শয্যাশায়ী। তবে গত দশ দিন উনি খুবই অসুস্থ হয়ে পড়েছেন। ডাক্তার হসপিটালে পাঠাতে বলেছিল। পাঠাইনি। যা

হবে এ বাড়িতেই হোক। আজকে ওঁর অবস্থা আমার মোটেই সুবিধের মনে হচ্ছে না।

—তা আমি কি কোনওভাবে সাহায্য করতে পারি?

—হ্যাঁ, ঈশ্বর বোধহয় ওনার শেষ ইচ্ছেটা পূর্ণ করতেই আপনাকে এখানে পাঠিয়েছেন। তাই তো আপনাকে আটকে রেখেছি। আপনি কি ফ্রেঞ্চ জানেন?

—হ্যাঁ, ভালোই জানি।

—অপূর্ব। আপনাকে আমার মেয়ের অভিনয় করতে হবে। মাত্র কয়েক ঘণ্টার জন্যে।

অভিনয়? কেন?

—তাহলে একটু গোড়া থেকেই বলি। আজ থেকে কুড়ি বছর আগের কথা। আমার স্বামী ডঃ দানিয়েল ছিলেন বিখ্যাত চিকিৎসাবিজ্ঞানী। ক্যান্সারের ওপর ওঁর গবেষণা সারা পৃথিবীর বিজ্ঞানমহলে আলোড়ন সৃষ্টি করেছিল। কিন্তু কী ভাগ্য! আমাদেরই একমাত্র মেয়ে ক্লদিয়ার ক্যান্সার হল। লাংস ক্যান্সার। কী করে হল কে জানে—অমন ফুটফুটে মেয়েটার। তবে শুরুতেই ধরা পড়েছিল। চিকিৎসা চলছিল। বাইরে থেকে কিছু বোঝা যেত না।

সে রাতটার কথা আমার এখনও স্পষ্ট মনে আছে। দানিয়েল রাত ন'টা নাগাদ ল্যাবরেটরি থেকে বাড়ি ফিরল। বেশ উত্তেজিত। এসেই ক্লদিয়া কোথায় জিগ্যেস করল। ক্লদিয়া তখন গরমের ছুটিতে বাড়িতেই ছিল। দানিয়েল বলল আমাদের সঙ্গে কিছু জরুরি কথা বলতে চায়। তিনজনে একসঙ্গে বসলাম। দু-চারটে মামুলি কথার পর দানিয়েল হঠাৎ বললো ক্লদিয়ার ওপর ওর সদ্য আবিষ্কৃত ক্যান্সারের ওষুধ প্রয়োগ করতে চায়। এতে নাকি ক্লদিয়ার ক্যান্সার চিরদিনের মতো সেরে যাবে।

আমি জিগ্যেস করলাম, এতে কোনও খারাপ প্রতিক্রিয়া হবে না তো?

দানিয়েল হেসে উড়িয়ে দিল। ও বরাবরই এরকম চূড়ান্ত আত্মবিশ্বাসী। ক্লদিয়ারও বাবার ওপর অগাধ বিশ্বাস। অবশ্য ওর বাবাকে আমি কখনও মিথ্যে বড়াই করতে দেখিনি।

খাবার পরে রাত দশটা নাগাদ দানিয়েল কতকগুলো ইনজেকশান দিল ক্লদিয়ার হাতে। বলল আপতত জ্ঞান হারালেও দু-ঘণ্টা পরে ক্লদিয়ার জ্ঞান ফিরে আসবে। কিন্তু জ্ঞান আর ফেরেনি। ওর আজও বদ্ধমূল ধারণা ক্লদিয়ার জ্ঞান ফিরবে।

মেয়ের মৃত্যুর পর থেকে ও কীরকম যেন হয়ে যায়। গবেষণা, ইউনিভার্সিটির চাকরি সব ছেড়ে দেয়। ওই ঘটনার পর ক্লদিয়ার মৃতদেহের পাশে পাগলের মতো বসে ছিল কয়েকদিন। কফিনেও দিতে দেয়নি। কয়েকদিন বাদে ক্লদিয়াকে সমাধিস্থ করা হয়। যদ্দিন দানিয়েল চলতে ফিরতে পারত ততদিন রোজ ও সমাধির পাশে বসে থাকত। বলতো ক্লদিয়া ঘুমিয়ে আছে, যে-কোনও সময় জেগে উঠবে।

এখন দানিয়েল চলতে পারে না। ডাক্তারেরা বলে দারুণ মানসিক আঘাতে ও এক দুরারোগ্য রোগের শিকার হয়েছে। ওর ব্রেনসেলগুলো দ্রুত শুকিয়ে যাচ্ছে। আমাকে আজকাল খাইয়ে দিতে হয়। কথা বলতেও ওর খুব কষ্ট হয়। তারই মধ্যে ও বলে যায়, 'ও আসবে, ও আসবে।' খানিক আগে কলিং বেল শুনে গিয়ে দেখি ওই অবস্থাতেও বলছে 'ক্লদিয়া কিনা দেখো তো'?...পারবেন—কয়েক ঘণ্টার জন্যে আমাদের মেয়ের অভিনয় করতে? আমি চাই শান্তিতে ওর মৃত্যু হোক।...হাতে আর বেশি সময় নেই—পারবেন?

হ্যাঁ, চেষ্টা করব। তবে এটা কি সম্ভব হবে?

—আপনার কোন অসুবিধে হবে না। আমি আপনাকে সাহায্য করব। মিনিট পাঁচেক পরে আসবেন ওই ঘরে।

ভদ্রমহিলার কথামতো মিনিট পাঁচেক বাদে ভেতরের ঘরের সামনে এসে দাঁড়ালাম। পরদা সরিয়ে ঘরে ঢুকলাম। ঘরে হালকা একটা নাইটল্যাম্প জ্বলছে। ভদ্রমহিলা সোফায় বসে আছেন। দানিয়েল খাটে

শুয়ে আছেন মনে হল। পরদা সরিয়ে ঘরে ঢুকতেই দানিয়েল ক্ষীণ স্বরে বলে উঠলেন,—বারবারা দেখো তো কে? ক্লদিয়া না?

—না, না, ক্লদিয়া কী করে আসবে? তুমি শুধু শুধু ফের ওরকম বলে চলেছ। জানোই তো ক্লদিয়া কোনওদিন ফিরে আসবে না।

কে বলল আসবে না? এতদিন ও ঘুমিয়ে ছিল। ঘুম ভাঙতেই ও এসেছে। ক্লদিয়া, কাছে আয় মা। কতদিন দেখিনি—দানিয়েল বলে ওঠে।

ভদ্রমহিলা ভালোই অভিনয় করতে জানেন। এবার উঠে কিরকম অবাক হবার ভান করে দরজার দিকে এগিয়ে এলেন। তারপর আমার থুতনির নিচে হাত দিয়ে মুখটা ওপরের দিকে তুললেন। দু-তিন মিনিট নিষ্পলকে তাকিয়ে থেকে বলে উঠলেন,—ক্লদিয়া। আরে এ তো ক্লদিয়াই। আমি কি স্বপ্ন দেখছি?

বৃদ্ধা কাঁদতে শুরু করলেন। আমার গালে দু-হাত বোলাতে থাকলেন। আর চোখের দিকে মুগ্ধ দৃষ্টিতে তাকিয়ে রইলেন। চোখের দু'কোণ বেয়ে নামা জলের ধারা দেখে আমিও বোধহয় ভুলে গেলাম যে এটা অভিনয়। মনে হল আমিই ক্লদিয়া। ওই চোখের জলেই লুকিয়ে আছে আমার আসল পরিচয়। 'মা' বলে জড়িয়ে ধরলাম। বৃদ্ধা তখন আমার সারা গালে চুমু খেতে খেতে বলে চলেছেন,—কতদিন, কতদিন তোকে দেখিনি। দ্যাখ, তোর জন্য অপেক্ষা করে করে তোর বাবার কী অবস্থা।

আমার হাত ধরে নিয়ে গিয়ে ভদ্রমহিলা একটা চেয়ারে বসালেন। দানিয়েল যে খাটে শুয়ে আছেন তার সঙ্গেই লাগানো। ভদ্রমহিলা দানিয়েলের হাত দুটো ধরে আমার মাথায় ঠেকালেন।

বলো, ক্লদিয়াকে কিছু বলো। সারাক্ষণ তো ক্লদিয়া, ক্লদিয়া করো। —ভদ্রমহিলা দানিয়েলকে উদ্দেশ্য করে বলে উঠলেন।

দানিয়েলকে বলতে শুনলাম,—বলেছিলাম না ও আসবে। ও আমাদের ছেড়ে থাকতেই পারে না। আয়, কাছে আয়। আর তো

তোমার কোনও দুঃখ নেই বারবারা। আমারও নেই। তোমার মেয়েকে সুস্থ অবস্থায় তোমার কাছে ফের নিয়ে এসেছি।

দানিয়েলের কাছে এগিয়ে যেতেই ওঁর হাতদুটো শিথিল হয়ে খাটের উপর পড়ে গেল। ভদ্রমহিলা চেঁচিয়ে উঠলেন,—দানিয়েল। দানিয়েল।

দানিয়েলের কোনও সাড়া নেই। হয়তো শেষ নিশ্বাসটুকু আটকে রেখেছিলেন মেয়েকে দেখার জন্য।

বারবারার কান্না আর থামে না। বেশ খানিকবাদে শান্ত হলে ওনাকে বোঝালাম যে উনি শান্তিতে মারা গেছেন। ওনার আর কোনও আক্ষেপ নেই। বুঝতেই পারেননি যে আমি ওনার মেয়ে নই।

ভদ্রমহিলার জলে ভেজা চোখদুটো দেখলাম আনন্দে কেমন জ্বলে উঠল। মুখে একটা পরিতৃপ্তির হাসির রেখাও ফুটে উঠল।

সে রাতটা ওখানেই থেকে সকালের দিকে বিদায় নিলাম। ভদ্রমহিলা যাওয়ার সময় কপালে চুমু খেয়ে বললেন,—তুমি আমার মেয়ের মতো। তোমার ঋণ আমি কোনওদিন শোধ করতে পারব না। যখনই সময় পাবে চলে আসবে।

অটোমোবাইল অ্যাসোসিয়েশন থেকে সাহায্যও এসে গিয়েছিল। সিনসিনাটি পৌঁছে গেলাম সকাল দশটা নাগাদ। এখনও একা থাকলে ওই রাতের অভিজ্ঞতা মনে উঁকি মারে।

এতটা একটানা বলে অনিলিখা জলের গেলাসে চুমুক মারল। প্রায় আধঘণ্টা বলে যাওয়ার পর।

তা এটুকু বিরতিও সাগ্নিকের পছন্দ হয়নি। ও বলে ওঠে,—তা ওই বৃদ্ধার সঙ্গে আর কোনওদিন যোগযোগ হয়নি তোমার?

—এখনও ঘটনাই তো শেষ হয়নি। আসল কথাটা তো আমি এখনও বলিনি।

আমরা নড়ে-চড়ে বসলাম,—আসল কথা মানে?

—ঘর থেকে বেরোনোর সময় ফ্রেমে বাঁধানো ছবিটার দিকে চোখ পড়েছিল। ক্লদিয়ার গায়ে লাল শার্ট। অর্থাৎ ছবিতে ক্লদিয়ার পরা

জামাটা আর আমার পরা জামাটা হুবহু এক। এরকম হতে পারে যে চেহারা অবিকল এক, কিন্তু জামা এক হয় কী করে?

—তাই তো?

—এক হতে পারে যদি ওটা ক্লদিয়ার ছবি না হয়ে আমারই ছবি হয়। নিশ্চয়ই দরজার বাইরে কোনও ক্যামেরা রাখা ছিল যাতে তোলা ছবি সঙ্গে সঙ্গে প্রিন্ট হয়ে যায়। আর সে ছবিই সঙ্গে সঙ্গে রাখা হয়েছিল পুরোনো ওই ফ্রেমটাতে। কিন্তু এসব কী জন্যে? আরেকটু ভাবতে খেয়াল হল। দানিয়েলের হাতটা অত ঠান্ডা লেগেছিল কেন? মৃত্যু তৎক্ষণাৎ হলে তো শরীর গরম থাকার কথা। আর তাছাড়া রাস্তাতে কাচের টুকরো এল কী করে? পুরো ঘটনাটার জটিলতা আমার কাছে জলের মতো পরিষ্কার হয়ে গেল।

কীরকম? কিছুই তো বোঝা গেল না। বৃদ্ধ কথা বলতে বলতে মারা গেলেন তোমার সামনে, আর তুমি বলছ উনি আগেই মারা গেছলেন।—বিশ্বজিৎদা বলে ওঠে।

—ঠিক তাই। দানিয়েল মারা গেছিলেন আমি যাওয়ার অন্তত দশঘণ্টা আগে। আত্মগ্লানি থেকে মৃত্যুর সময়ও উনি রেহাই পাননি। ওঁর একমাত্র মেয়ের মৃত্যুর কারণ যে উনি নিজে। ভাবতে পারো কী অসহনীয় সে বেদনা! ওঁর ধারণা ছিল মেয়ে মরেনি, ঘুমিয়ে আছে। কোনও বুদ্ধিমান লোকের পক্ষে এরকম ধারণা থাকা উচিত নয় জানি, কিন্তু মনকে শান্ত করতেই হয়তো দানিয়েল ওই ধারণাকে আঁকড়ে ধরেছিলেন। তাই দিনের পর দিন ক্লদিয়ার পথ চেয়ে বসে থাকতেন।

বারবারা জানতেন যে তাঁর মেয়ে কখনোই ফিরবে না। কিন্তু মেয়ের বেঁচে থাকার ধারণাটাকে এমনভাবে আঁকড়ে ধরেছিলেন দানিয়েল যে তাঁর এই ভুল ধারণা ভাঙা বারবারার পক্ষে সম্ভব হয়নি, বা ভাঙতে চানওনি।

শেষ পর্যন্ত মৃত্যুর অন্ধকার একদিন ঘনিয়ে এল দানিয়েলের ওপর। সেটাই ছিল মানসিক দিক দিয়ে বিপর্যস্ত বারবারার ওপর সবথেকে

বড় আঘাত। বারবারার মনে হল কোনওভাবে কি তাঁর স্বামীর শেষ বিশ্বাসটাকে ঠিক প্রমাণ করতে পারেন না! সেটাই হয়তো ওঁর স্বামীর আত্মাকে শান্তি দেবে। গ্লানিমুক্ত করবে। আর তাই এই অভিনয়।

দানিয়েলের গলায় কথা বলেছিলেন বারবারা নিজেই। রাস্তায় কাচ ছড়িয়ে গাড়ি খারাপ করে বাইরের লোককে ঘরে ডেকে এনেছিলেন উনিই। জানতেন ওই এলাকায় গাড়ি খারাপ হলে ফোন করতে ওঁর বাড়িতেই আসতে হবে। বাইরের আগন্তুকের ছবি দরজায় লাগানো ক্যামেরার মাধ্যমে তুলে ফ্রেমে রাখার পরিকল্পনাও বারবারার মস্তিষ্কপ্রসূত। ঠিক নিজের সন্তানের মতো দেখতে বললে যে কারুর মনে ওঁর প্রতি সহানুভূতি জাগবে, আর ওঁর পরিকল্পনা মতো অভিনয় করতেও রাজি হবে।

কিন্তু তবু প্রশ্ন থেকে যায় এত কিছু কীসের জন্যে? এক মৃত আত্মার শান্তির উদ্দেশ্যে? নাকি ক্রমাগত দুঃখের আঘাতে ভেঙে পড়া এক বৃদ্ধার মস্তিষ্কবিকৃতিরই এ এক লক্ষণ? (বছর খানেক বাদে ওই রাস্তা দিয়ে একবার যেতে হয়েছিল। রাস্তার ধারে গাড়ি দাঁড় করিয়ে ওই বৃদ্ধার খোঁজ করেছিলাম। সেই বাড়িটা তখনও ছিল। গাছ-আগাছায় বাড়ির চারদিক ঢেকে গিয়েছিল। আর কোনও আলো জ্বলছিল না।)

ঠিক বিচার

'এ কে চিনতে পারছ?'

একটু ঝিমুনির ভাব এসেছিল অম্লানের। হঠাৎ প্রশ্ন শুনে ঝিমুনি কেটে গেল। হাত দেড়েক দূরেই একটা লোক দাঁড়িয়ে। গোঁফ-দাড়িহীন মুখ। কাটা কাটা নাক-চোখ। অম্লানকে চুপ করে থাকতে দেখে লোকটা বলে উঠল, 'শরীর কেমন লাগছে?'

'ঠিক আছে।' অম্লান চারদিকে একবার তাকিয়ে নেয়। ও শুয়ে আছে একটা খাটের উপরে। খাটের চারদিক কাচ দিয়ে ঘেরা। ঘরটা বেশ বড়ো, গোল মতো। কনকনে ঠান্ডা। ঘরের মধ্যে তিনটে লোক। যে লোকটা প্রশ্ন করছে তার গায়ে গাঢ় নীল রঙের পোশাক। পোশাকটা এত জ্বলজ্বল করছে যে চোখে লাগে। আগে কোনোদিন দেখেছে বলে মনে হয় না। অন্য দুজন একটু দূরে দাঁড়িয়ে নিজেদের মধ্যে আস্তে আস্তে কথা বলছে।

'আমার—আমার কী হয়েছে?

লোকগুলো চুপ করে থাকে। ওদের চোখের দৃষ্টিতে, মুখের ভাবে এতটাই কাঠিন্য যে দ্বিতীয়বার প্রশ্ন করতে দ্বিধা করে অম্লান। মাথা উঁচু করে নিজের শরীরটা দেখার চেষ্টা করে, কিন্তু পারে না। গলা থেকে পা অবধি সাদা কাপড়ে ঢাকা। পুরো শরীর অবশ। পা-টাকে একটু নড়ানোর চেষ্টা করে। কিন্তু পায়ে যেন কোনও সাড় নেই। একটা অদ্ভুত আতঙ্ক ওকে গ্রাস করে। ওর কি তাহলে সিরিয়াস কিছু হয়েছে? প্যারালিসিস? বাড়ির সবাই কোথায়? মিনু, বুবলু ওরা কি জানে? এরাই বা কারা? ওকে কি কিডন্যাপ করা হয়েছে?

'কী একে চিনতে পারছ?' লোকটা আবার প্রশ্ন করে গম্ভীর গলায়।

অম্লান চুপ করে থাকে। জিভটাও অসাড় লাগে।

পিছনের লোক দুটো সামনের লোকটার কাছে এগিয়ে আসে। ফিশফিশ করে নিজেদের মধ্যে কী একটা আলোচনা করে। সামনের লোকটা খানিকবাদে অম্লানকে বলে, 'ঠিক আছে। একটু সময় নাও। আমরা পাঁচ মিনিট বাদে আসছি।'

লোকগুলোকে বেরিয়ে যেতে দেখে অম্লান ক্ষীণকণ্ঠে বলে ওঠে, 'আচ্ছা, একটু বলবেন আমার কী হয়েছে? আমি এখানে এলাম কী করে?'

যে লোকটা প্রশ্ন করছিল, সে হাত তুলে একটু ধৈর্য ধরতে ইঙ্গিত করে। তারপর ঘর থেকে বেরিয়ে যায়। তা-ও ভালো। একটু একা থাকার সুযোগ, একটু চিন্তা করার সুযোগ পাওয়া গেছে। শুয়ে শুয়ে মাথা ঘুরিয়ে যতটা দেখা যায়, ঘরটা দেখার চেষ্টা করল অম্লান। অদ্ভুত ঘরটা। কিছু নেই ঘরটাতে। একদম ফাঁকা। এমনকী এয়ারকন্ডিশনারেরও কোনো আউটলেট পর্যন্ত দেখতে পেল না। ঘরে যথেষ্ট জোরালো আলো, অথচ কোথা থেকে যে আলো আসছে তা দেখতে পেল না। দেওয়ালগুলোর রং আস্তে আস্তে বদলাচ্ছে। হলদে থেকে সাদা, তারপর কমলা, ফের সাদা। শেষ কী হয়েছিল মাথা ঠান্ডা করে তা ভাবার চেষ্টা করে অম্লান। মন্টে কার্লো—মানে, যেখানে ফর্মুলা ওয়ান কার রেসিং হয়। সেই মন্টে কার্লো থেকেই ফিরছিল অম্লান। স্পষ্ট মনে পড়ছে। মন্টে কার্লোর বিখ্যাত ক্যাসিনো 'লে ক্যাসিনো ডে মন্টে কার্লো'-তে বেশ খানিকক্ষণ কাটিয়েছিল। সামান্য টাকা বাজি করে পনেরো ইউরো মতো লাভই করেছিল। তারপর বাসে করে লার্গেটো বিচ। বিচটা ছোট, পাথুরে। বিচ থেকে নানান রকম নুড়ি কুড়িয়েছিল বুবলুর জন্য, সেটাও মনে পড়ল। সেখান থেকে বাসে চড়ে, সরু গলি দিয়ে সামান্য হেঁটে রাজার বাড়ি। সেখানে ক্যাফেতে চিকেন পানিনি আর ক্যাপুচিনো খেয়ে ফের সমুদ্রের ধার। এখানে বেশ খানিকক্ষণ কাটিয়েছিল। সমুদ্রের এখানটাতে বিচ নেই। শুধু সারি সারি ইয়ট রাখা। প্রচুর দামি দামি প্রাইভেট ইয়ট।

মন্টে কার্লো বড়োলোকেদের জায়গা। এই নৌকো নিয়েই তাঁরা বেরিয়ে পড়েন মাঝেমধ্যে ভূমধ্যসাগরে। আরও খানিকক্ষণ এরকম সমুদ্রের ধারে কাটিয়ে সেখান থেকে হেঁটে মন্টে কার্লো স্টেশন। সেখানে কোনও টিকিট কাউন্টার দেখতে না পেয়ে একজনকে জিগ্যেস করেছিল। সে লোকটা ছিল ফ্রেঞ্চ। বিন্দুমাত্র ইংরেজি বোঝে না। তবে খুব হেল্পফুল। একটা মেশিনের সামনে অম্লানকে নিয়ে গিয়ে দেখিয়ে দিয়েছিল কীভাবে টিকিট কাটতে হয়। কোথায় যাবে, কখন যাবে, কী ক্লাসে যাবে—ফার্স্ট ক্লাসে না সেকেন্ড ক্লাসে—এসব সিলেকশনগুলো পরপর করে নিজে নিজেই টিকিট কাটা যায় এখানে। এভাবেই মন্টে কার্লো থেকে ভেন্টিমিগলিয়া-র টিকিট কেটেছিল অম্লান। ভেন্টিমিগলিয়া হল ইটালি আর ফ্রান্সের বর্ডার।

অম্লানকে যেতে হত ইটালির জেনেভায়। তাই ট্রেন চেঞ্জ করে আবার ভেন্টিমিগলিয়া থেকে জেনেভার ট্রেন ধরতে হত।

এতটা পর্যন্ত ভেবে চিন্তায় বাধা এল। দরজা ফের খুলছে। লোকগুলো ঘরে ঢুকছে। নীল জামার হাতে সেই ছবি। পিছনে বাকি দুজন।

'একে চিনতে পারছ?'—ফের একই প্রশ্ন। ছবিটা এবার অম্লানের মুখের সামনে তুলে ধরে লোকটা। কেয়ারফুলি লক্ষ করে অম্লান। দেখেছে বলে তো মনে হয় না। লম্বা মতো মুখ। মোটা ভুরু। ফরসার দিকে রং। মাথার চুল ছোট করে ছাঁটা। চোখ ছোট। হিংস্র চাউনি। কানের পাশে লম্বা জুলপি। দু-গালে অজস্র দাগ। মুখটা দেখলেই মনে হয় অন্যদিকে তাকাই।

'ভালো করে দেখো!'—লোকটা শাসানির সুরে বলে ওঠে।

'নাহ্, দেখিনি।'

'শিয়োর?'

'হ্যাঁ, শিয়োর।'

শিয়োর বলল বটে, তবে লোকের মুখ খুব একটা মনে থাকে

না অম্লানের। প্রায়শই হয়, যখন কেউ এসে বলে, কেমন আছ অম্লানদা? কবে ফিরলে?'—অম্লান দিব্যি কথা চালিয়ে যায়। শেষে দেখা যায় যে ওর সঙ্গে যে আলাপ করছে সে অম্লানের নাড়িনক্ষত্র জানে, অথচ অম্লান কিছুই মনে করতে পারে না।

'এ কে?'

লোকটার হাতে একই ডিজিটাল ফ্রেমে আরেকজনের ছবি! দেখে আফ্রিকান মনে হয়, রং যদিও ফরসার দিকে। চুলটা খোঁচা খোঁচা করে কাটা। এক চিলতে দাড়ি। মোটা নাক। কুতকুতে চোখ।

'হ্যাঁ, একে চিনি।'

'কোথায় দেখেছ?'

'ট্রেনে। আমরা একই কেবিনে বসেছিলাম। এর সঙ্গে আরও দুজন ছিল।'

'এরা?'

লোকটা চট করে পরের ছবিতে চলে যায়। একটা মেয়ে। সোনালি চুল। কাটা কাটা নাক-চোখ। চোখের মণি বাদামি। পাতলা গোলাপি ঠোঁট। বেশ ভালো দেখতে। এর রং বেশ ফরসা।

হ্যাঁ, এও ছিল একই কামরাতে। পরনে ছিল জিনস প্যান্ট, কালো টি-শার্ট, লেদারের জ্যাকেট। হিলওয়ালা লেদারের গামবুট ছিল পায়ে। আরেকটা ছেলে ছিল এদের সঙ্গে। ছোটখাটো চেহারার।'

'এ কি?' লোকটা আরেকটা ছবি দেখায়।

'না, এ নয়।'

'এ?' পরের ছবিতে চলে যায় লোকটা। ফরসা মতো মুখ। চওড়া কপাল। ঠোঁটের পাশে কালো আঁচিল। ঘাড় অব্দি লম্বা চুল।

হ্যাঁ, হ্যাঁ, এ-ই ছিল।'

'তা তোমরা যাচ্ছিলে কোথায়?'

'আমি যাচ্ছিলাম ভেন্টিমিগ্‌লিয়া থেকে জেনেভা-ব্রিগনোলে। এরা ভেন্টিমিগলিয়াতে একসঙ্গে উঠেছিল। তবে কোথায় যাচ্ছিল তা বলতে

পারব না। ট্রেন তো মিলান অব্দি যাচ্ছিল। তা জেনেভা অব্দি...'

বলতে গিয়েও অম্লান থেমে যায়। আর যে কিছুই মনে পড়ছে না। জেনেভাতে ও নিজেই কি নেমেছিল? লেভান্টে, স্যাডোনা, এই স্টেশনগুলো পেরিয়ে গিয়েছিল মনে আছে। ইটালির রিভিয়েরা এলাকা। রেললাইনের একদিকে সমুদ্র, অন্যদিকে পাহাড়। সমুদ্রের পাশ দিয়ে ট্রেন চলছিল টানেলের মধ্যে দিয়ে লুকোচুরি খেলতে খেলতে। সমুদ্রের ধারের আলোর সারি মাঝেমধ্যে টানেলের অন্ধকারে ঢেকে যাচ্ছিল। অন্ধকারে বাইরের প্ল্যাটফর্মগুলো ভালো করে দেখা যাচ্ছিল না। তবু এ স্টেশনগুলো চোখে পড়ছিল। অ্যানাউন্সমেন্টও হয়েছিল। ওরা কেবিনের আলোটাও নিভিয়ে দিয়েছিল। সেলফোনে একটা অন্য ধরনের গান চলছিল। আফ্রিকার মনে হয়। কিন্তু তারপর? অ্যাবসলিউটলি ব্ল্যাঙ্ক!

'ওরা কী ভাষায় কথা বলছিল?'

'ইটলিয়ান নয়। বোধহয় আফ্রিকার কোনো ভাষায়। মরোক্কান কি অ্যারাবিক হবে হয়তো।'

'কেন মরোক্কান ভাষা তুমি জানো বুঝি?'

'না, মরোক্কান ভাষা জানি না। তবে ইটালিয়ান ভাষা খানিকটা জানি। অন্তত এটুকু বলতে পারি যে, ওরা ইটালিয়ান ভাষায় কথা বলছিল না। অ্যারাবিক ভাষা বলেই মনে হল।'

'তা ইটালিয়ান ভাষা জানলে কী করে?'

'আমি গত দেড় মাস তো ইটালিতেই ছিলাম। তাই অন্তত বেসিক কয়েকটা কথা শিখে গেছি। 'চাও', 'পরন্তো', 'বেনে', 'অ্যারেবিদার্চি, বোঞ্জোরনো'—এসব কথা ঘুরে ফিরে ওরা বলে। এরকম কোনো শব্দ ওরা সেদিন ব্যবহার করেনি।'

'ইটালিয়ান নয় তা বুঝলাম, কিন্তু ওরা যে মরোক্কান তা বুঝলে কী করে?'

অম্লান বুঝতে পারল যে পুলিশি জেরা চলছে। প্রত্যেকটা কথা

খেয়াল করে বলতে হবে। মরোক্কান বলাটা ভুল হয়েছে। ওদের মরোক্কান ভাবার কোনো কারণই নেই। নেহাতই ও শুনেছিল যে, আফ্রিকার মরোক্কো এলাকার লোকেরা ফরসা হয়। আর এটুকুও জানে যে, ইটালির এই এলাকাতে অনেক মরোক্কান থাকে।

অম্লানকে চুপ করে থাকতে দেখে লোকটা আবার প্রশ্ন করে ওঠে, 'তুমি ওদের আগে চিনতে?'

'না।'

'ঠিক করে ভেবে দেখো। ওদেরকে আগে কোথাও দেখেছিলে কি?'

'না।'

আমরা যদি বলি যে তুমি ওদেরকে আগে থেকেই চিনতে। যদি প্রমাণ দেখাই?' একটু চুপ থেকে লোকটা ফের বলে ওঠে, 'কয়েকদিন আগে ইটালির সিনকোয়াতেরার মরেস্যোতে ওদের সঙ্গে তোমার দেখা হয়েছিল। ট্রেন স্টেশনের পাশে একটা ক্যাফেতে তোমরা বসেছিলে।'

হ্যাঁ, আমি গিয়েছিলাম বটে, কিন্তু সত্যিই ওদের খেয়াল করিনি! ট্রেনে যখন দেখেছিলাম, তখন একই কেবিনে ওদের সঙ্গে থাকতে আমার একটু অস্বস্তিও হচ্ছিল।' একটু থেমে ভেবে নিয়ে অম্লান বলে ওঠে, 'আমি ওদের দেখে অন্য একটা কেবিনে গিয়ে বসি। পরে সে কেবিনে আগের থেকে রিজার্ভ করা লোক ওঠায় আবার আমার সিটে ফিরে আসি। ওদের কথাবার্তা-ব্যবহারে কেমন যেন উগ্রতা ছিল। যেমন, আমাকে না জিগ্যেস করে কেবিনের আলো নিভিয়ে দিল। জোরে জোরে নিজেদের মধ্যে কথা বলছিল। ফোনে গান চালিয়ে দিল। কেবিনের ওপর দিকে একটা র‍্যাক ছিল। ওটা ধরে টানাটানি করছিল'...একটু থেমে অম্লান আবার বলে ওঠে, 'তা ওরা কি কোনো গন্ডগোল করেছে?'

কোনো উত্তর না দিয়ে লোকটা ফের প্রশ্ন করে, 'তারপর কী

হয়েছিল মনে পড়ে?

অম্লান চুপ করে থাকে।

'মনে পড়ছে না? নাকি বলবে না?'

'নাহ্, আমার আর কিছুই মনে পড়ছে না।'

পিছনের একটা লোক এগিয়ে আসে, 'রোমে, ভ্যাটিকান সিটিতে যাওয়ার কথাও মনে পড়ছে না?'—বলে আঙুল দিয়ে সামনের দেওয়ালের দিকে নির্দেশ করে। দেওয়ালটাতেও একটা ছবি ফুটে ওঠে।

এ কী! এ তো অম্লান। ওর পাশে ট্রেনের সেই মেয়েটা।

অম্লানের মুখ থেকে বিস্ময়সূচক শব্দ বেরিয়ে আসে।

ওরা একটা বড়ো চত্বরে দাঁড়িয়ে আছে। সামনে-পিছনে অগুনতি মাথা। ছবিটা যে ভ্যাটিকানের সেন্ট পিটার স্কোয়ারের, তা বুঝতে সময় লাগল না অম্লানের। কিন্তু এখানে ও কী করে গেল, তাও ওই মেয়েটার সঙ্গে।

'কী পুরো ভিডিয়োটা দেখাব? নাকি তার আগেই কিছু বলবে?'

'না, এটার কথা তো কিছুই মনে পড়ছে না। এটা কবের ঘটনা? ওই ট্রেনে ওদের সঙ্গে দেখা হবার পরে?'

'ডেভিড, ওর ব্রেন ম্যাপিং দেখো তো!'

সামনের নীল জামা লোকটা কার উদ্দেশে কথাটা বলল বোঝা গেল না। ঘরের দুজন লোকের রি-অ্যাকশন দেখে মনে হল, ডেভিড অন্য কেউ, ঘরের বাইরে কোথাও আছে।

লোকটা আবার অম্লানকে উদ্দেশ্য করে বলে উঠল, 'তোমার প্রত্যেকটা কথা সত্যি না মিথ্যে আমরা কিন্তু সঙ্গে সঙ্গে বুঝে যাচ্ছি। তোমার ব্রেন ম্যাপিং চালু আছে, মিথ্যে বলার ফল যে ভালো হবে না, তা না বললেও চলবে।' একটু থেমে ফের নীল জামা বলে ওঠে, ভ্যাটিকান সিটিতে যাওয়ার প্ল্যানটা কি তোমার ছিল?'

'আমার কিছুই মনে পড়ছে না!'

'প্রশ্নের ঠিক উত্তর দাও। সঙ্গের ওই মেয়েটার নাম কী ছিল?'

'জানি না।'

'তোমরা কি কোনো বিশেষ গ্রুপের সঙ্গে যুক্ত ছিলে?'

'না। আচ্ছা, ঘটনাটা কী হয়েছিল তা একটুও না বললে আমি বলব কী করে? আমার সত্যিই কিছু মনে নেই।'

লোকটা দ্রুত হাতের তালুতে রাখা মনিটরে ব্রেন ম্যাপিং যন্ত্রের রেজাল্ট দেখে নিল। রেজাল্ট সব পজিটিভ। অম্লান মিথ্যে বলছে না। একটু অবাক হয়ে পাশের লোক দুটোর সঙ্গে কী কথা বলে নিল।

'সেদিন তোমরা পোপের বক্তৃতার সময়ে পোপকে হত্যা করেছিলে। দিনটা ছিল ২৫ ডিসেম্বর। যথারীতি হাজার হাজার লোকের জমায়েত হয়েছিল সেন্ট পিটার স্কোয়ারে, চার্চের সামনে। দশটার সময় পোপ বলতে শুরু করেন, আর ঠিক পাঁচ মিনিট বাদে তোমরা ওঁকে হত্যা করো।'

হতবাক হয়ে খানিকক্ষণ চুপ করে থাকে অম্লান। কোনোরকমে বলে ওঠে, 'আ-আমি তো কিছুই বুঝতে পারছি না। আমি হঠাৎ পোপকে হত্যা করতে যাব কেন? আমি তো জেনিভা এসেছিলাম আমার ব্যবসার কাজে। আর পাঁচদিন বাদেই ফিরে যাওয়ার কথা। ইনফ্যাক্ট ২৫ ডিসেম্বরেই আমার ভারতে ফেরার কথা!' একটু থেমে অম্লান বলে ওঠে, 'এই ঘটনার কথা কি আমার বাড়িতে জানে?'

নীল জামা এতক্ষণে নিজের নাম বলে, 'আমার নাম সাইমন। এ ঘটনার কথা তোমার বাড়ির লোক কেন, সারা পৃথিবীর লোক জানে।'

'আমি আমার বাড়ির লোকেদের সঙ্গে যোগাযোগ করতে চাই। আমি সঠিক বিচার চাই! আমাকে অহেতুক ফাঁসানো হচ্ছে। আমি আমার লিগ্যাল রিপ্রেজেন্টেটিভ চাই!'

'সেটা বোধহয় একটু দেরি হয়ে গেছে।' সাইমন কুটিল হেসে বলে, 'তবে তোমার বাড়ির লোকেদের অনুরোধেই এ কেস রি-ওপেন করা

হয়েছে। ওদের ধারণা তোমাকে এ কাজ করতে বাধ্য করা হয়েছে। তুমি নিরপরাধ। সারা পৃথিবী আজ তোমাকে অপরাধী বলে জানলেও ওরা তা মানতে নারাজ।'

'কিন্তু আমি যে কাজই করিনি, তার জন্য।...'

লোকটা অম্লানকে থামিয়ে দেয়। আবার দেওয়ালে ছবি ফুটে ওঠে আঙুলের নির্দেশে। ওই একই স্কোয়ার। অম্লানকে আর সঙ্গের মেয়েটাকে দেখা যাচ্ছে। ওরা এখন একদম সামনের সারিতে। পোপ খানিকটা দূরে সেন্ট পিটার চার্চের সামনে উঁচু জায়গায় দাঁড়িয়ে কিছু বলছেন। চারদিকের বড়ো বড়ো মনিটারে পোপকে দেখা যাচ্ছে। হঠাৎ অম্লানকে দেখা গেল সামনের দিকে ছুটে এগিয়ে যেতে। কয়েকজন সিকিয়োরিটি গার্ড অম্লানকে ধরতে ছুটে এল। অম্লান তাদের এড়িয়ে দ্রুত পোপের জন্য ঘিরে রাখা জায়গায় চলে এল। দুজন সিকিয়োরিটি অম্লানকে লক্ষ্য করে গুলি ছুড়ল। কিন্তু তার আগেই একটা বিশাল বিস্ফোরণ। অম্লানকে ঘিরে একটা ধোঁয়ার বলয়। সেন্ট পিটার চার্চের স্তম্ভগুলোসুদ্ধ কেঁপে উঠেছে। পোপের জন্য তৈরি ঘেরা জায়গাটা ভেঙে পড়েছে।

সাইমন বলে ওঠে, 'বুঝতেই পারছ, তুমিই হলে সুইসাইড বম্বার। সন্দেহ নেই যে তুমিই পোপের হত্যাকারী। শুধু যে পোপকেই তুমি হত্যা করেছিলে তাই-ই নয়। সেদিন কয়েকশো সাধারণ লোক এ ঘটনায় মারা যায়। এই ঘটনার জন্য নানান দেশে অশান্তি ছড়িয়ে পড়েছিল। ধর্মযুদ্ধ লেগে গিয়েছিল। লক্ষ লক্ষ লোক তাতে মারা যায়। আমরা তৃতীয় বিশ্বযুদ্ধের কাছাকাছি পৌঁছে গিয়েছিলাম। অল থ্যাংকস টু ইউ।'

অম্লান অবাক হয়ে বলে ওঠে, 'আমি তাহলে বেঁচে আছি কীভাবে?'

সাইমন মুচকি হেসে বলে ওঠে, 'দেড়শো বছর কেটে গেছে। শুধু ঘটনাটা কী ঘটেছিল, তুমি সত্যিই যুক্ত ছিলে কিনা, তা জানতে

তোমাকে খানিকক্ষণের জন্য বাঁচিয়ে তোলা হয়েছে। এ প্রযুক্তি আগে আমাদের কাছে ছিল না। এখন শুধু তোমার ব্রেন চালু আছে। তোমার পরিবার কখনোই তোমাকে দোষী হিসেবে বিশ্বাস করতে চায়নি। এমনকি এই ছবি দেখার পরেও তাদের ধারণা ছিল তোমাকে বাধ্য করা হয়েছে।'

একটু থেমে সাইমন নরম গলায় ফের বলে, 'এখন আমরাও বিশ্বাস করি যে তুমি আসলে দোষী নও। তোমাকে বাধ্য করা হয়েছিল।'

কান্নায় অম্লানের গলা বুজে আসে, 'কিন্তু আমাকে ওরা এ কাজ করতে বাধ্য করল কীভাবে? আমার তো শুধু ওই ট্রেনের পথটাই মনে পড়ছে। তারপরে কী হয়েছে তা কিছুতেই মনে পড়ছে না। আর পুরো ব্যাপারটাই মনে হচ্ছে যেন কালকের ঘটনা।'—একটু থেমে ফের ধরা গলায় অম্লান বলে ওঠে, 'বুবলুর জ্বর হয়েছিল। ইন্ডিয়াতে তখন রাত একটা। আমি ফোনে কথা বলছিলাম। তারপর—তারপর আর মনে নেই।'

'তোমাকে ওরা ব্যবহার করেছিল। কারও ব্রেনে চিপ বসিয়ে দূর থেকে তাকে কীভাবে নিয়ন্ত্রণ করা যায় তা আমরা জানতে পারি এ ঘটনার বছর পাঁচেক বাদে। কিন্তু যখন এর বিচার হয় তখন আমরা তা ভাবতেও পারিনি। আসল দোষীরা ছাড়া পেয়ে যায়। এখন তো বিজ্ঞান আরও অনেক এগিয়ে গেছে। আমাদের ধারণা ওরকমই কিছু তোমার সঙ্গে করা হয়েছিল। তোমাকে ওরা দূর থেকে কন্ট্রোল করছিল। অপরাধ জগতের সঙ্গে তোমার কোনো যোগাযোগ ছিল না বলেই ওরা তোমাকে ব্যবহার করেছিল। যাতে আগে থেকে কেউ টের না পায়। যখন তোমার বিচার হয়, তখন এসব প্রযুক্তি সম্বন্ধে আমাদের কোনো ধারণাই ছিল না। তাই সবার ধারণা হয় যে তুমিই ষড়যন্ত্রের সঙ্গে যুক্ত ছিলে।'

আচ্ছা, মিনু, বুবলু—ওরা ভালো...?' প্রশ্নটা করতে গিয়ে থেমে

যায় অম্লান। দেড়শো বছর আগের কথা। কে আর ওদের খবর রেখেছে?

'আমি তোমারই বংশধর। তোমার ছেলে আমার ঠাকুরদা ছিলেন। তাই তো আমি এ কেসটার দায়িত্ব নিয়েছিলাম। আশা করি, আমরা এভিডেন্স থেকে তোমাকে নির্দোষ প্রমাণ করতে পারব। সারা পৃথিবী আর তোমাকে দোষ দেবে না, ঘৃণার চোখে দেখবে না। তোমাকে আর কৃত্রিমভাবে বাঁচিয়ে রেখে আমরা কষ্ট দেব না। বিদায় দাদামশাই।'

অম্লানের চোখের সামনে বুবলুর হাসিভরা মুখটা ভেসে ওঠে। স্পষ্ট যেন ওর ডাক শুনতে পায়। এ যেন ঠিক কালকের ঘটনা। তারপর বুবলুর মুখটা মিলিয়ে যায় অন্ধকারে। টানেলের থেকেও ঘন অন্ধকারে।

সুবীর, কথা রাখবে তো!

বিপদ যখন হয়, তখন সব একসঙ্গেই হয়। সুবীর পুরী যাচ্ছিল কয়েকজন বন্ধুর সঙ্গে। সুবীর থাকে সুদূর আমেরিকার ক্যালিফোর্নিয়ায়। কলকাতায় ছুটিতে এসে কয়েকজন বন্ধু মিলে দু-দিনের জন্য পুরীতে বেড়াতে যাওয়ার প্ল্যান করেছিল।

সবই ঠিকমতো এগিয়েছিল। ভুবনেশ্বরে পৌঁছোতে তখন মাত্র আধঘণ্টা, হঠাৎ ফোন এল, বড়মামা মারা গেছেন। বয়স হলেও শরীরস্বাস্থ্য ভালোই ছিল বড়মামার, তাই অনেকটাই অভাবিত খবর। এ অবস্থায় আর ফুর্তি করতে পুরী যাওয়া যায় না। সুতরাং, বন্ধুদের ছেড়ে ড্রাইভার কার্তিককে গাড়ি ঘোরাতে বলল সুবীর।

ফেরার পথে তখন ঘণ্টা দুয়েক এসেছে। জঙ্গলের মধ্যে দিয়ে একটু চড়াই পথ, হঠাৎ গাড়িটা বেঁকে বসল। খাবি খাওয়ার মতো করে কয়েকবার ঝাঁকানি দিয়ে নাভিশ্বাস ছাড়ল। তেল আছে, ইঞ্জিনও গরম হয়নি। কী কারণ, কে জানে?

কার্তিক গাড়ি ভালো চালায় বটে, কিন্তু গাড়ির কলকবজার প্রায় কিছুই বোঝে না। যতবারই স্টার্ট করতে যায়, গাড়ি চেরা গলায় ক্র্যা-ক্র্যা আওয়াজ করে জবাব দেয়। গাড়ি থেকে নেমে সুবীর আর কার্তিক বনেটটা খুলল। খানিকক্ষণ রিসার্চ করে হাল ছাড়ল। নাঃ, সমস্যাটা খুব ছোটখাটো কিছু নয়। প্রাণ ফেরানো ওদের কর্ম নয়। ঠিক হল, কার্তিক গাড়ি নিয়ে ওখানেই অপেক্ষা করবে। গাড়ির কোম্পানি থেকে লোক এসে পরে গাড়ি নিয়ে যাবে। কিন্তু সুবীর তার জন্য অপেক্ষা না করে ট্রেনেই ওইদিন কলকাতা ফিরে যাবে বলে ঠিক করল। পাঁচ কিলোমিটার দূরেই একটা স্টেশন

আছে। চড়াইচণ্ডী। কিছু লোকাল ট্রেন ওই স্টেশন ছুঁয়ে যায়। ওখান থেকেই কলকাতার ট্রেন ধরবে সুবীর।

ভাগ্য ভালো, বেশিক্ষণ দাঁড়াতে হল না। খানিকক্ষণের মধ্যেই একটা ভ্যানগাড়িও পাওয়া গেল। তাতে করেই সুবীর চড়াইচণ্ডী স্টেশনের উদ্দেশ্যে রওনা হল।

স্টেশনে যখন পৌঁছোল, তখন সন্ধে ছ'টা। শীতের সন্ধে। ঝুপ করে অন্ধকার নেমে গেছে। আর তার সঙ্গে ঘন কুয়াশা। একফালি চাঁদ মেঘের আড়ালে লুকোচুরি খেলতে খেলতে কুয়াশায় ছাওয়া সন্ধের রহস্য যেন আরও বাড়িয়ে দিয়েছে। চার হাত দূরের লোককেও স্পষ্ট দেখা যাচ্ছে না। স্টেশনচত্বর ফাঁকা।

সুবীরের মনের মধ্যে যে আশঙ্কা ছিল, টিকিট কাটতে গিয়ে সেটাই সত্যি প্রমাণিত হল। কলকাতায় যাওয়ার এখন একটাই ট্রেন আছে—সেটা রাত সোয়া ন'টায়। অর্থাৎ, মাঝের প্রায় আড়াইঘণ্টা সময় এই জনশূন্য প্ল্যাটফর্মে মেঘ আর চাঁদ দেখে কাটানো ছাড়া কোনও উপায় নেই। ফোনেও নেটওয়ার্ক নেই যে কথা বলে সময় কাটাবে। সিমেন্টের বেদির ওপর বসে একটা সিগারেট ধরাল সুবীর। চারদিক থেকে ঘিরে ধরা কুয়াশার ওপরে সিগারেটের ধোঁয়ার কুণ্ডলী ছেড়ে চারপাশটা দেখতে থাকল। চোখটা একটু ধাতস্থ হতে ও খেয়াল করল, প্ল্যাটফর্ম একদম জনশূন্য নয়।

দূরে প্ল্যাটফর্মের শেষপ্রান্তে একটা ছোট দোকান আছে। তাতে টিমটিম করে আলো জ্বলছে। তবে সেখানে কেউ আছে কিনা তা দূর থেকে বোঝা যাচ্ছে না। আর একই প্ল্যাটফর্মে কুড়ি হাত দূরে আরেকটা সিমেন্টের বেদিতে একজন মোটাসোটা টাকমাথা বৃদ্ধ লোক বসে আছেন। প্ল্যাটফর্মের অস্পষ্ট হলদেটে আলোয় মুখ না দেখা গেলেও, হঠাৎই সুবীরের মনে হল লোকটার বসার ধরন, পোশাক—তার অত্যন্ত চেনা। সাদা ধুতি-পাঞ্জাবি, কাঁধের ওপর

ফেলা চাদর, ঋজু হয়ে বসার ধরন, পাশে দাঁড় করানো কালো ছাতা—এ সবই বড় চেনা।

—বরেনবাবু না! উত্তেজনায় উঠে দাঁড়াল সুবীর। এই বিখ্যাত অঙ্কের শিক্ষকের কাছে সুবীর একসময় পড়েছে। বরেনবাবু কলকাতার এক বিখ্যাত স্কুলে প্রায় কুড়ি বছর ধরে পড়িয়েছেন। তা প্রায় তিনদশক আগের কথা। সুবীরের আজ সায়েন্টিস্ট হিসেবে বিশ্বজোড়া নাম। তার অনেকটা কৃতিত্বই অবশ্য এই শিক্ষকের। এনার কাছে পড়ার সুযোগ না পেলে অঙ্কের প্রতি ভালোবাসাই হয়তো তৈরি হত না কোনওদিন।

কুয়াশার জালের মধ্যে দিয়ে সুবীর খেয়াল করার চেষ্টা করল— বরেনবাবুই তো? এখানে উনি কী করছেন? নিশ্চিত হওয়ার জন্য সঙ্গের ব্যাগটা নিয়ে বৃদ্ধ ভদ্রলোকের দু-হাত দূরে গিয়ে বসল সুবীর। আড়চোখে খেয়াল করার চেষ্টা করল। ঠিক সেই মোটা গোলগাল, ছোটখাটো চেহারা। বয়সের ভারে গোলমুখে অজস্র বলিরেখা দেখা দিয়েছে। চওড়া কপাল। চোখের দৃষ্টিতে সেই রাগী রাগী ভাবটা যেন অনেকটাই কমে গিয়েছে। হ্যাঁ, বরেনবাবুই।

অসম্ভব রাশভারী এই শিক্ষকের সঙ্গে স্কুলে কখনোই কথা বলতে সাহস করত না সুবীর। ক্লাসে ঢুকলে মুহূর্তে পিনড্রপ সাইলেন্স নেমে আসত। ক্লাসের ভালো কয়েকজন ছাত্রকে বেছে নিয়ে টিউশন ফি ছাড়াই আলাদা ক্লাস নিতেন বরেনবাবু—যাতে তারা আরও ভালো রেজাল্ট করে। তাদের মধ্যে সুবীরও ছিল। তাই গৃহশিক্ষক হিসেবে বরেনবাবুকে পাওয়ার সুযোগ হয়েছিল।

শুধু অঙ্ক নয়, সুবীর অনেক কিছুই শিখেছিল এই শিক্ষকের কাছে।—ডিসিপ্লিন, দায়িত্ববোধ, সততা। এমন একদিনও হয়নি, ওনার আসতে দেরি হয়েছে। ঝড়-বৃষ্টি যাই হোক না কেন, বরেনবাবু আসবেন—আর ঠিক সময়েই আসবেন।

তা সেই মানুষটাই আজ সুবীরের থেকে মাত্র দু-হাত দূরে একই সিমেন্টের বেদির ওপর বসে। অবশেষে সুবীর সাহস করে বলেই ফেলল, স্যার! বরেনবাবু! কেমন আছেন?

বৃদ্ধ ভদ্রলোক তবু নিশ্চুপ হয়ে রেললাইনের দিকেই তাকিয়ে বসে আছেন। শুনতে পেয়েছেন বলে মনে হল না।

—স্যার! আমি সুবীর—আপনার ছাত্র! জোরে বলে উঠল সুবীর।

এবার উনি ঘুরে তাকালেন। খানিকক্ষণ স্থির দৃষ্টিতে তাকিয়ে রইলেন সুবীরের দিকে। ঠোঁটের কোণে আস্তে-আস্তে সামান্য হাসি ফুটে উঠল। তারপর খুব স্বাভাবিকভাবেই বলে উঠলেন,—১৯৯২, উচ্চমাধ্যমিক, অঙ্কে ১৯৫—তাই তো?

বলে একটু থেমে ফের বললেন,—তা এখানে বেড়াতে এসেছ?

সুবীরের মুখে কোনও কথা এল না কয়েক সেকেন্ড। এতদিন বাদেও সবকিছু মনে রেখেছেন!

—আপনার এখনও মনে আছে স্যার! অথচ রেজাল্ট বেরোবার পরে আমি যখন আপনাকে প্রণাম করতে গিয়েছিলাম, আপনি তেমন কিছুই বললেন না। আমার একটু অভিমানই হয়েছিল।

সামান্য মুচকি হেসে মোটা ভারী গলায় বরেনবাবু বলে উঠলেন, পাঁচ নম্বর কম পাওয়াটা তো খুব খুশির খবর নয়। আর আমার প্রিয় ছাত্রের অঙ্কের নাম্বার—আর আমি তা ভুলে যাব! ওই নাম্বারগুলোই তো রয়ে যেত তোমাদের পরিচয় হিসেবে। তা, এখন কোথায় আছ? অঙ্ক কষার অভ্যেস রেখেছ তো?

—আমেরিকায়। ওখানে স্ট্যানফোর্ড ইউনিভার্সিটিতে রোবোটিক্স রিসার্চে যুক্ত আছি। এখানে ছুটিতে এসেছিলাম। গাড়ি বিভ্রাটে আটকে পড়েছি। ভাগ্যিস আটকে পড়েছিলাম! আপনার সঙ্গে দেখা হয়ে গেল। কিন্তু, আপনি—এদিকে? কোথায়?

—রিটায়ার করার পরে দেশের বাড়িতে চলে আসি। এখানেই আছি গত দশবছর।

—পুরোপুরি অবসর জীবন?

—না, না, তা কখনও হয়! খুঁজে-পেতে ভালো ছেলে পেলেই অঙ্ক করাই। জানোই তো, অঙ্কের দুর্বল ছাত্র হলে সে আমার পড়ানো বুঝবে না। তাই ভালো ছাত্র খুঁজে বেড়াই। এদিকে অবশ্য তা কমই জোটে।

—তা এখন কোথায় যাচ্ছেন?

—আমি যাচ্ছি না। কলকাতা থেকে ছেলে অরূপ আসবে। তার জন্য বসে আছি। সাড়ে আটটায় আসবে। ও ইংল্যান্ডে ছিল। ফিরে আসছে, বেশ কয়েকবছর বাদে।

—বাহ্, দারুণ খবর। তা একেবারে ফিরে আসবে? পাকাপাকি।

—হ্যাঁ, বলেছিলাম—পড়তে যাচ্ছ যাও। ফিরে এসো দেশে। তোমার মতো ডাক্তার ওদেশে অনেক আছে। এদেশে—এসব গ্রামে-গঞ্জে নেই। তা একবার গেলে যা হয়। একবছর, দু-বছর করে অনেক বছর কাটিয়ে দিয়েছে। শেষে ফিরছে। আমাকে কথা দিয়েছিল তো! শেষ পর্যন্ত কথা রাখছে। আজই ফিরবে।

—বাহ্, খুব ভালো। তবে ওখানকার সুযোগসুবিধে ছেড়ে পারবে এখানে মন বসাতে? এরকম গণ্ডগ্রামে!

—কেন পারবে না? আমরাও তো আছি। এখানে থাকলে বুঝতে পারতে ভালো ডাক্তারের, ভালো ওষুধের, ভালো চিকিৎসার বড় অভাব। একজনও যদি ভালো ডাক্তার থাকত!

শেষ কথাটা খুব আস্তে আস্তে শেষ করে খানিকক্ষণ চুপ করে বসে রইলেন বরেনবাবু। চাদরটা খুলে মাথার ওপর দিয়ে জড়িয়ে নিয়ে বলে উঠলেন,—বয়স হয়েছে বুঝতে পারি। ঠান্ডাটা যেন বহুগুণ বেড়ে গেছে। আগে এই ঠান্ডাতেও কত দূর দূর পড়াতে

চলে যেতাম। এখন—নাহ্—এখন আর পারি না।

—এখানে স্যার কলকাতার তুলনায় অনেক বেশি ঠান্ডা। আমারও ঠান্ডা লাগছে।

বরেনবাবু যেন কথাটা শুনেও শুনলেন না। একটু অন্যমনস্কভাবে বলে উঠলেন, মনে আছে তোমার পরীক্ষার রেজাল্টের পর তুমি আর তোমার মা আমাকে একটা শাল দিতে এসেছিলে। আমি নিইনি।

—হ্যাঁ, স্যার—আপনার তো দেখছি সব ছোট ছোট কথাও মনে আছে।

—আমি তখন কী বলেছিলাম মনে আছে?

চুপ করে রইল সুবীর। কিছুই মনে পড়ল না। এত বছর আগের কথা।

হাত বাড়িয়ে পাশে রাখা ছাতাটা আঁকড়ে ধরে বরেনবাবু বলে উঠলেন,—বলেছিলাম, আমার কাজই তো ওই। যে গাছে ভালো ফুল ফোটার সম্ভাবনা আছে, তার আরও যত্ন নেওয়া। যখন গাছগুলো বড় হবে, ওই ফুলের গন্ধ চারদিকে ছড়িয়ে পড়বে— তাই না? কিন্তু—

দীর্ঘশ্বাস ফেলে খানিকক্ষণ থেমে রইলেন বরেনবাবু।

—বুঝলে সুবীর, তোমার মতো ছেলেরা যদি আমেরিকা-ইংল্যান্ড গিয়ে এ-সমাজটাকে ভুলে যায়, তবে আমরা এগোব কী করে বলো! গত বছর আন্ত্রিকে এখানে বহু বুড়ো-বুড়ি-বাচ্চা মারা গেল। ভাবো—এখনকার দিনেও! এই দু-বছর আগের কথা। সম্পায়ন বলে একটা ছেলে, ক্লাস এইটে পড়ত। সাংঘাতিক ব্রেন বুঝলে! চক্রবৃদ্ধি সুদের জটিল অঙ্কগুলো মুখে মুখে—তা সে হঠাৎ চলে গেল। দু-দিনের জ্বরে। ভালো চিকিৎসা পেলে হয়তো...।

একটু থেমে বরেনবাবু ফের বলে উঠলেন,—এখানে একটা

হাসপাতাল হওয়ার কথা ছিল। মঙ্গল পাণ্ডে হাসপাতাল। এখানকার এমপি ছিলেন। গত হয়েছেন। পাওয়ারে অন্য দল এসেছে। ব্যস, মুখ থুবড়ে পড়েছে হাসপাতালের কাজ। তিনতলা ইটের কঙ্কাল। আকাশের দিকে মুখ তুলে রয়েছে লোহার শিকগুলো। আমি রোজ হাসপাতালের সামনে গিয়ে বসি। ভাবি, এই বুঝি কাজ ফের শুরু হল। আমার কাছে যা টাকা ছিল, সব দিয়েছিলাম। কিন্তু তবু কাজ শেষ হয়নি। আর শেষ না হলে কী হবে বুঝতে পারছ?

—হ্যাঁ স্যার, গ্রামের লোকেদের ভালো চিকিৎসার বড় অভাব।

—কিছুই বোঝোনি। আরে, আমি কি আর নেতাদের মতো সারা গ্রামের কথা চিন্তা করছি, আমি ভাবছি—আমার কথা। আবার হয়তো ওই সম্পায়নের মতোই অঙ্কের ভালো কোনও ছাত্র চিকিৎসা পাবে না। অত ভালো অ্যালজেব্রা—নাহ্...। তারাজ্বলা আকাশের দিকে মুখ তুলে তাকালেন বরেনবাবু। গলাটা যেন কান্নায় বুজে এল।

—আমি স্যার সাহায্য করব। দেখব যাতে হাসপাতালের কাজ শেষ হয়। আপনি চিন্তা করবেন না।

—বাহ্, খুব ভালো, খুব ভালো। তোমার কথা শুনে ভারী নিশ্চিন্ত হলাম। যাই, এবার ওদিকটায় যাই। ওর আসার সময় হয়ে গেল। এখানকার প্ল্যাটফর্ম এত নীচু! ওর তো আর অভ্যেস নেই তেমন। তারপর যেরকম আলো-আঁধার। আমাদেরই ভুল হয়।

চঞ্চল হয়ে ওঠেন বরেনবাবু। উঠে দাঁড়ান। সুবীরও উঠতে যায়। বরেনবাবু বারণ করেন।

—না, না। বাক্স ছেড়ে যেও না। এখানেই বসো। আমি একটু হাঁটাহাঁটি করি আর কি! মাঝে এখন তিনটে স্টেশন। ছ'মিনিট

করে...—বিড়বিড় করে কথা বলতে বলতে প্ল্যাটফর্মের অন্য দিকে এগিয়ে যান বরেনবাবু। বাধ্য ছাত্রের মতো সুবীর বসে থাকে। বরেনবাবু ছাতাটা ডান হাতে নিয়ে প্ল্যাটফর্মে পায়চারি করতে থাকেন। এ-প্রান্ত থেকে ও-প্রান্ত। কখনও কুয়াশার মধ্যে হারিয়ে যান—তো কখনও কুয়াশা থেকে বেরিয়ে হারিয়ে যান নিজের মধ্যেই।

খানিকবাদে হঠাৎ সুবীরের দিকে ফের এগিয়ে আসেন।

—বুঝলে! আসছে। শুনতে পাচ্ছ?

—কী? ট্রেন? কই, আমি কোনও আওয়াজ পাচ্ছি না তো।

—তোমার তো শহুরে কান—সারাক্ষণ অত আওয়াজে নষ্ট হয়ে গেছে। আমি স্পষ্ট শুনতে পাচ্ছি। বেশ ঝিমঝিম আওয়াজ করে আসছে, বুঝেছ! পরে কথা হবে। এলেই ওকে নিয়ে চলে যাব। ক্লান্ত থাকবে তো। বহু-বহু বছর বাদে ও এখানে ফিরছে।

—বলে বরেনবাবু প্ল্যাটফর্মের অন্য দিকে এগিয়ে যান। মাঝেমধ্যে রেল লাইনের ওপর গলা বাড়িয়ে উঁকি মেরে দেখতে থাকেন। খানিকটা বিপজ্জনকভাবেই।

মিনিট পাঁচেক বাদে ট্রেনের আওয়াজ শোনা যায়। নিস্তব্ধতা ভেঙে ট্রেন হুইসল দিতে দিতে এগিয়ে আসছে। মিনিট খানেক বাদে স্টেশনে এসে ঢোকে। দু-চারজন প্যাসেঞ্জার নামে। দূর থেকে সুবীর দেখতে পায় কেউ একজন ট্রেনের পিছনদিকের একটা কম্পার্টমেন্ট থেকে নেমে বরেনবাবুকে প্রণাম করছে। আর তারপরে দুজনেই হাঁটতে থাকে। খানিকবাদে কুয়াশায় মিলিয়ে যায়।

একবার উঠে দাঁড়িয়ে কাছে যাবে কি যাবে না ভেবে ফের বসে পড়ে সুবীর। এতদিন বাদে বাবা-ছেলের দেখা। ডিস্টার্ব করা উচিত নয়। সুবীরের ট্রেনেরও বেশি দেরি নেই। ও তাই প্ল্যাটফর্মের শেষের দিকে গিয়ে রেললাইন ক্রস করে উলটোদিকের

প্ল্যাটফর্মে গিয়ে দাঁড়ায়। শেষ কয়েক ঘণ্টায় কেন জানে না, মনটা আবার বেশ খুশি খুশি লাগছে। বরেনবাবুর সঙ্গে এরকম হঠাৎ করে দেখা হয়ে যাবে, ও কোনওদিনই ভাবেনি।

রাত সোয়া দশটা নাগাদ ন'টার ট্রেনটার দেখা মিলল। হঠাৎ একটা আলো আর আওয়াজ যেন তেড়ে এল ফাঁকা প্ল্যাটফর্মটা লক্ষ্য করে। ট্রেনে উঠে স্বস্তি পেল সুবীর। যাক, কলকাতা ফেরা যাবে অবশেষে। সারারাত এই ফাঁকা প্ল্যাটফর্মে পড়ে থাকলে যে কী হত! ট্রেনে কিছু লোক আছে। প্ল্যাটফর্মের মতো জনশূন্য নয়। যেখানে বসেছে তার উলটোদিকে প্যাসেজের অন্য পাশে দুজন বসে আছে। ট্রেনটা খানিকক্ষণ চলার পরেই সুবীর খেয়াল করল ফোনে নেটওয়ার্ক ফিরে এসেছে। যাক, সভ্যজগতের সঙ্গে আবার যোগাযোগ সম্ভব। টিং, টিং করে ফোনে বেশ কয়েকটা মেসেজ আর মেল আসা শুরু করল। সেসব থেমে যাওয়ার পর ও ফোন করল তন্ময়কে, স্কুলের বন্ধু।

যে ক'জন এখনও স্কুলের সঙ্গে নিয়মিত যোগাযোগ রাখে, স্কুলের সব অনুষ্ঠানে থাকে, সেরকম একজন হল তন্ময়। আর তন্ময়ের স্মৃতিশক্তিও খুব তীক্ষ্ণ। সবকিছু মনে থাকে। বরেনবাবুর খবরটা ওকে ইমিডিয়েটলি দেওয়া দরকার। ফোনটা বেশ খানিকক্ষণ বেজে থেমে গেল।

দু-মিনিট বাদেই সুবীরের ফোনটা বাজতে শুরু করল। তন্ময়?

—হ্যাঁ, সুবীর বল—অনেকদিন বাদে!

—বলিস না, একদম সময় পাই না।

—তুই কি এখন এদেশে, না বিদেশে?

—এখানে। দুদিন হল এসেছি। তা, যে জন্য ফোন করলাম। একটা জায়গায় এসেছিলাম—ছোট গ্রাম। চড়াইচণ্ডী। স্টেশনে কার সঙ্গে দেখা হল বল তো?

—স্কুলের কেউ?

—হ্যাঁ, বরেনবাবু, দ্য গ্রেট বরেনবাবু!

—বলিস কী রে? অনেক বয়েস হয়েছে নিশ্চয়ই। বকাবকি করেননি তো আবার? দু-একটা অঙ্কও নির্ঘাত দিয়েছেন!

—হেসে উঠল সুবীর।

—না, সে সুযোগ পাননি। এখনও শক্তসমর্থই আছেন। তা দেখামাত্র চিনতে পারলেন। ওনার ছেলে আজ ফিরল ইংল্যান্ড থেকে—বহুবছর বাদে।

—মানে? অরূপ ভট্টাচার্য! আর ইউ সিওর?

—কেন? দেখলাম চোখের সামনে।

—ভুল দেখেছিস। মল্লির কথা মনে পড়ে?

—হ্যাঁ, তা মনে পড়বে না! ও তো ইংল্যান্ডে ছিল। ডাক্তার হিসেবে ওর তো বেশ নামডাক হয়েছে শুনেছি।

—ছিল মানে, এখনও আছে। ও-ই বলছিল যে বরেনবাবুর ছেলে নাকি একবছর আগে কার অ্যাক্সিডেন্টে ওখানে মারা যায়। বরেনবাবুর খুব ইচ্ছে ছিল ওনার ছেলে ভারতে ফিরে আসুক। এখানকার জন্য কিছু করুক। গ্রামে একটা হাসপাতাল করে দিক। তা, ছেলে কি আর সে কথা শোনে? ফ্যামিলি নিয়ে ওখানে ওয়েল সেট্‌ল্‌ড। ওখানে বহুবছর ছিল। তারপর হঠাৎ এই দুর্ঘটনা।...তা...ওয়েট এ সেকেন্ড! মল্লি যেন বলেছিল, বরেনবাবুও আর নেই। তাই ছেলের মৃত্যুর খবরের শক্ উনি আর পাননি। তুই সিওর বরেনবাবুকে দেখেছিস?

—সিওর মানে, হান্ড্রেড পার্সেন্ট। অতক্ষণ কথা হল পাশাপাশি বসে। আর আমি ভুল...

বলতে গিয়ে বাধা এল। পাশ থেকে কার যেন একটা চেনা ভারী গলা ভেসে এল, অস্পষ্ট, কিন্তু গভীর স্বরে—সুবীর, কথা

রাখবে তো? এখানে একটা হাসপাতাল বড় দরকার।

শব্দের উৎসের দিকে মুখ ফেরাতে গিয়ে সুবীর দেখল যে প্যাসেজের উলটোদিকে যে দুজন বসেছিল, তারা আর নেই। ফাঁকা কামরাটা ছুটে চলেছে দুদিকের গাছগাছালিকে পিছনে ফেলে। শুধু শব্দগুলো যেন রয়ে গেছে। আর বারবার ফিরে আসছে—সুবীর, কথা রাখবে তো?

রাজাবাবু

কিছুদিন হল মানিকবাবুর সময় বিশেষ ভালো যাচ্ছে না। এক মাস আগে মেয়েটা হঠাৎ পড়ল জন্ডিসে। বাড়াবাড়ি রকম। ডাক্তার-চিকিৎসা—এসব নিয়ে অনেক খরচ হয়ে গেল। গত পরশু ভিড় বাসে পকেটমার হল। পাঁচশোর মতো টাকা ছিল তাতে। তা ছাড়া বেশ কয়েকটা দরকারি কার্ড। সবমিলিয়ে ঝামেলার একশেষ। গতকাল খাটের ওপর রাখা শখের চশমার ওপর বসে পড়লেন ভুল করে। গেল সাধের চশমাটা। আগেই অবশ্য কাচদুটো ঘষা খেয়ে খেয়ে ঘোলাটে হয়ে গিয়েছিল। এমনিতেও বদলাতেই হত। তবুও। এগুলো তো তাও সব ছোটখাটো ক্ষতি, সামলে নেওয়া যায়।

মনটা খারাপ হয়ে গেল সকালের কাগজটা খুলে। দশ বছর ধরে আস্তে আস্তে কিস্তিতে একটা জমি কিনছিলেন, এত বছর দু-কামরার একটা ভাড়া বাড়িতে আছেন। ভেবেছিলেন বাড়ি করলে একটা নিজস্ব জায়গা হবে। ছেলেমেয়ের জন্য কিছু একটা রেখে যেতে পারবেন।

কিন্তু না, যাদের কাছ থেকে জমিটা কিনছিলেন তার মালিক নাকি নানান রকম জমি কেলেঙ্কারিতে যুক্ত। রাতারাতি উধাও। আর সে-খবরটা বেশ ফলাও করে কাগজে বেরিয়েছে।

অতগুলো টাকা! জীবনে আর বাড়ির শখটা পূর্ণ হবে না ওনার। আর এক বছর পরে অবসর। আর বাড়িতেই বা কী বলবেন!

দীর্ঘশ্বাস ফেলে বারান্দায় গিয়ে দাঁড়ালেন মানিকবাবু। শ্রাবণ মাস। রাতভর বৃষ্টির পর আকাশ পরিষ্কার, পাশের বাড়ির পাঁচিলের ওপর একটা সাদা বেড়াল ভারী নিশ্চিন্তে বসে আছে। পরশুদিনের ঝড়ে উলটোদিকের নিমগাছে কাকেদের বাসাটা ভেঙে গিয়েছিল। আবার খড়কুটো জোগাড় করে ওরা বানানোর চেষ্টা করে চলেছে। স্কুলের

বাচ্চাদের একটা গাড়ি এসে ঢুকেছে। হইচই করতে করতে সার বেঁধে বাচ্চারা গাড়িতে উঠছে। এসব দেখে বেশ খানিকক্ষণ আচ্ছন্ন অবস্থায় দাঁড়িয়ে ছিলেন, ঘোর কাটল গিন্নির ডাকে—বাজার করতে যেতে হবে।

এই বাজার করার কাজটা মানিকবাবুর কোনওদিনই পছন্দ নয়। গত সপ্তাহ থেকে কাজটা ওনার ঘাড়ের ওপর চেপেছে।

এক্ষেত্রে, মানিকবাবু সম্পর্কে দু-একটা কথা বলতে হয়। ওনার হাবে-ভাবে, চালচলনে একটা রাজা-রাজা ভাব আছে। আর তাই রিকশাওয়ালারা ওনাকে দেখলেই দশ টাকার জায়গায় পনেরো টাকা ভাড়া চায়। দোকানে কেউ চেঞ্জের টাকা ওনাকে ফেরত দেয় না। উনি দরদাম করে কিছু কেনেন না।

মাসের প্রথম চারটে দিন ট্যাক্সিতে করেই যাতায়াত করেন মানিকবাবু। তারপর আবার বাস-মেট্রো-ট্রাম। কোনও ভিখারিকে খালি হাতে ফেরান না উনি। জীবনে কম রোজগার করেননি। কিন্তু তার বেশিরভাগটাই গেছে অন্যদের সাহায্য করতে গিয়ে। এমনকী বাড়িতে চাঁদা চাইতে এসেও পাড়ার ছেলেরা যা আশা করে আসে, তার থেকে অনেক বেশি নিয়ে ফেরে। কোনও অতিথি এসে না খেয়ে ফিরে যায় না মানিকবাবুর বাড়ি থেকে। আর তা ছাড়া আপদে-বিপদে লোককে উপযাচক হয়ে সাহায্য করা তো আছেই। এ জন্যই বিশেষ অর্থ কখনওই সঞ্চয় হয়নি।

কিন্তু সময় তো চিরকাল একরকম যায় না। বহুদিনের পুরোনো চাকর গণেশ বয়সের জন্য অবসর নিয়ে দেশে চলে গেছে একসপ্তাহ আগে। তার পরেই বাজার করার গুরুদায়িত্বটা ওনার ঘাড়ে এসে পড়েছে।

বাজারের থলিদুটো হাতে নিয়ে ধীরেসুস্থে বেরিয়ে এলেন মানিকবাবু। বাজার অগ্নিমূল্য। খানিকক্ষণের মধ্যেই টের পেলেন বাজারের লিস্টে যা ছিল, তার অর্ধেক কিনতেই টাকা প্রায় শেষ।

কারণ অবশ্য আরেকটাও আছে। পাঁচশো বেগুনের জায়গায় পাঁচকেজি বেগুন নিয়েছেন। দুশো পেঁয়াজের জায়গায় এককেজি

পেঁয়াজ নিয়েছেন।

আসলে ছোট ছোট বাজার করা মানিকবাবুর পোষায় না। তা ছাড়া কোনও কিছু দর করে কিনতে বা দরাদরি করতেও মানিকবাবুর গায়ে লাগে। কেনার শেষে দোকানি যা বলে সেই দাম দিয়ে দেন। গরিব লোক এরা—এদের সঙ্গে আবার দরাদরি কী!

বাজারে হঠাৎ দেখা হয়ে গেল অতীনবাবুর সঙ্গে। অতীনবাবু একটা সংস্থা চালান যারা গরিব স্কুল পড়ুয়াদের অর্থসাহায্য করে। মানিকবাবু নিজে নিয়মিত এদের অনেক টাকা সাহায্য করেন।

অতীনবাবুর সঙ্গে দেখা হতেই মানিকবাবুর একটু আত্মগ্লানি হল। গত একমাস উনি টাকা দিতে পারেননি মেয়ের অসুস্থতার পর থেকেই। উনি ঠিক করে ফেললেন যে আর বাজার না করে সে-টাকাটা জমিয়ে কিছুদিনের মধ্যেই এদের দিয়ে দেবেন।

ততক্ষণাৎ বাজার শেষ করে কোনওরকমে দুটো ভারী ব্যাগ দু-হাতে ব্যালান্স করে এগোচ্ছেন, হঠাৎ করে একটা রোগা ছোটখাটো লোক ওনার দিকে এগিয়ে এল। একটা সাধারণ হাফহাতা রংচটা জামা, খয়েরি রঙের প্যান্ট।

—রাজাবাবু, চলুন, ব্যাগটা আমাকে দিন। আপনাকে কষ্ট করে বইতে হবে না।

রাজাবাবু! কথাটা ভারী পছন্দ হল মানিকবাবুর। প্রতিবাদ করে উঠলেন, না, না কিছু ভাববেন না। আমি পারব। আপনি কষ্ট করবেন কেন? আর, আপনাকে তো চিনলাম না।

যদিও মুখটা একটু চেনা চেনাই লাগল মানিকবাবুর।

—আমি কি আর সেরকম কোনও কেউকেটা লোক নাকি রাজাবাবু, যে আপনি চিনবেন! ওই ওদিকে থাকি। তবে আপনাকে আমি বেশ চিনি। আপনার বড় দয়ার শরীর। দিন, দিন থলেদুটো দিন। আপনার কি আর ওসব নেওয়ার অভ্যাস আছে!

অগত্যা মানিকবাবু নাছোড়বান্দা লোকটার হাতে থলিদুটো দিয়ে সঙ্গে

সঙ্গে চলতে লাগলেন। লোকটা মানিকবাবুর বাড়ির তলায় এসে থলেদুটো ফের মানিকবাবুর হাতে দিয়ে বলল,—খুব ভালো লাগল রাজাবাবু আপনার দেখা পেয়ে। আসি।

মানিকবাবু কী করবেন—লোকটাকে টাকা দেবেন কি দেবেন না—ভাবার আগেই লোকটা চলে গেল। নাহ্, এখনও ভালো লোক আছে। এভাবে এগিয়ে এসে সাহায্য করা।

পরবর্তী কয়েকদিন একই ব্যাপার হল। মানিকবাবুর বাজার শেষ হতে-না-হতেই কোত্থেকে লোকটা এসে সঙ্গে সঙ্গে ব্যাগটা নিয়ে নেয়। বাড়ি পর্যন্ত পৌঁছে আবার চলে যায়। এমন ভদ্র ব্যবহার যে টাকা দিতেও খারাপ লাগে। তবে লোকটা যে সম্পূর্ণ স্বাভাবিক নয়, এ-ব্যাপারে মানিকবাবু নিশ্চিত। জিগ্যেস করলে বলে, রাজাবাবু, সামান্য প্রজা আমরা। আমাদের নাম-পরিচয় জেনে আপনার কী হবে বলুন!

এর পর পর বেশ কয়েকটা অদ্ভুত ঘটনা ঘটল। সোমবার। অফিস থেকে বেরিয়ে সেদিন বেশ খানিকক্ষণ কোনও বাস পাচ্ছিলেন না মানিকবাবু। শেষ পর্যন্ত এক বাদুড়-ঝোলা বাসের পাদানিতে একটা পা দিতে-না-দিতে বাসটা ছেড়ে দিচ্ছিল। পড়েই যাচ্ছিলেন মানিকবাবু। হঠাৎ করে কে যেন হাত ধরে টেনে বাসের মধ্যে তুলে নিল। তারপর মৃদু ভর্ৎসনার সুরে বলে উঠল,—এ ভিড় বাসে ওঠা আপনাকে মানায় না রাজাবাবু।—বলে লোকটা বাসের ভিড়ের মধ্যে মিশে গেল। মুখটা আর দেখা গেল না।

তার পরদিনের ঘটনা, অটো থেকে নামার ঠিক আগে মানিকবাবু খেয়াল করলেন মানিব্যাগে মোটে একটা একশো টাকার নোট পড়ে আছে। খুচরো নেই। আর সেটা দিলে অটোচালকের মুখে যে ধরনের গালাগাল শুনতে হবে তা ভেবে একটু ভয়ই পেয়েছিলেন। হঠাৎ পাশ থেকে চশমা পরা ভদ্রচেহারার এক যুবক বলে উঠল,—ভাববেন না রাজাবাবু, আমি আপনার ভাড়াটা দিয়ে দেব।

মানিকবাবু দ্বিধা করছিলেন, কিন্তু শেষে ছেলেটার পীড়াপীড়িতে

মেনে নিতে বাধ্য হলেন। অনেক ধন্যবাদ জানিয়ে মানিকবাবু অটো থেকে নেমে গেলেন। কী ব্যাপার! হঠাৎ যেন শহরটাই পালটে গেছে। সবাই যেন ভদ্র-বিনয়ী-উপকারী হয়ে গেছে। মনে মনে ভারী খুশি হলেন মানিকবাবু।

এর দুদিন পরের কথা। নেহাতই বউয়ের পীড়াপীড়িতে, যে সংস্থায় টাকা দিয়ে জমি কিনেছিলেন, সেখানে গেলেন মানিকবাবু। সংস্থার মালিক ফিরে এসেছে—এরকমই খবর। বাইরে বেশ ভিড়। পুলিশের পাহারা। টানা দু-ঘণ্টা অপেক্ষা করার পর সংস্থার মালিক গুপ্তাজির চেম্বারে ডাক পেলেন।

গুপ্তাজি বেশ রাশভারী প্রকৃতির। গুন্ডা-ষণ্ডা চেহারা। চেম্বারের মধ্যে একটা বুলডগ ছাড়া আছে। সেটা মানিকবাবুর গা ঘেঁষে এসে বসল।

দরজার বাইরে দুজন গুন্ডাশ্রেণির লোক দাঁড়িয়ে আছে। গুপ্তাজির চেম্বারের পিছনের দেওয়ালে একটা বড়সড়ো ছবি। তাতে একজন মন্ত্রীর সঙ্গে হাত ধরাধরি করে গুপ্তাজি দাঁড়িয়ে আছেন।

এসব দেখে একটু কাঁচুমাচু মুখেই বলে ফেললেন মানিকবাবু কথাটা—চার বছর আগে জমি পাওয়ার কথা ছিল গুপ্তাজি, এখনও তো কিছুই হল না। টাকাটা কি ফেরত পাওয়া যাবে?

কথাটার মধ্যে গুপ্তাজির একটা ফোন এসেছিল। ফোনটা ধরে বেশ কিছুক্ষণ গুপ্তাজি কার সঙ্গে কোন একটা পার্টিতে যাওয়া নিয়ে কথা বললেন। তারপর ফোনটা ছেড়ে পানের পিকটা পাশে রাখা একটা পাত্রে ফেলে ফোনের দিকে আঙুল দেখিয়ে বলে উঠলেন, আপনাদের ইন্ড্রাস্ট্রিয়াল মিনিস্টার। রাতে একসঙ্গে পার্টি আছে।

একটু থেমে ফের বলে উঠলেন, টাকা ফেরত লিবেন না, অবশ্যই লিবেন! বলে ডেকে উঠলেন,—বাবুয়া! এ বাবুয়া—

বাইরের গুন্ডা চেহারার লোকদুটোর মধ্যে একজন ঘরে প্রবেশ করল।

—বাবুয়া, এক লাখ ক্যাশ দে দো। তা মানিকবাবু চা-কফি কিছু লিবেন?

—এক লাখ! আমি তো প্রায় কুড়িলাখ টাকা দিয়েছি গুপ্তাজি।

—হাঃ হাঃ, উনিশ লাখ তো খরচখরচা হয়ে গেছে। বিজনেসে কত খরচ হয় জানেন তো? মাটি ফেলেছি, রাস্তা করেছি, গাছ লাগিয়েছি। কত প্রোমোশন হয়েছে। আপনাদের কী এক নামকরা অ্যাকট্রেস আছেন না—ভেরি সুইট—উনি এত টাকা লিয়েছেন অ্যাড-এর জন্য। টাকা কি আর আমার কাছে পড়ে আছে! ওসব কি আপনার বোঝার বাত আছে। লিন—কফি খান।

—কিন্তু গুপ্তাজি, আমি তো কালও গিয়ে দেখলাম—পাঁচ বছর আগেও যা ছিল, এখনও তাই। কোথায় রাস্তা—কোথায় জমি—চারদিকে সেই একইরকম শস্যখেত—চারদিকে জংলা গাছ। কিছুই তো হয়নি।

তবে কি আমি ঝুটাবাত বলছি!—চেঁচিয়ে উঠলেন গুপ্তাজি।

সঙ্গে সঙ্গে কুকুরটাও মানিকবাবুর দিকে মুখ ঘোরাল। সে-দৃষ্টি খুব একটা মোলায়েম না। নাহ্, আর কথা বাড়িয়ে কাজ নেই। ক্ষমতা থাকলে মিথ্যে কথাও এভাবে জোর দিয়ে বলা যায়।

আরও দু-এক কথার পরে মানিকবাবু ওই সংস্থার অফিস থেকে বেরিয়ে এলেন। শরীর অত্যন্ত খারাপ লাগছে। সকাল থেকে কিছুই খাওয়া হয়নি। এটুকু বুঝেছেন যে ওনার পক্ষে এধরনের খারাপ লোকের হাত থেকে টাকা বার করা সম্ভব নয়। এদের সঙ্গে গুন্ডা আছে, বড় নেতারা আছেন। এ-টাকার খানিকটা পেলেও ভারী সুবিধে হত। অতীনবাবুর ছাত্রবন্ধু সংস্থার দশটা ছেলের পড়ার খরচ চালান মানিকবাবু। তাদের সংখ্যাটা আরও বাড়ানো যেত। অনেকেরই পড়া বন্ধ হয়ে যায় টাকার অভাবে। আর একটা ছাত্রের পড়া বন্ধ মানে এক উজ্জ্বল সম্ভাবনা নষ্ট। ছেলেটাকে ইঞ্জিনিয়ারিং-এ ভরতি করেছেন লোন নিয়ে। তারও কিছুটা শোধ দেওয়া যেত।

এসব ভেবে শরীরটা বেশ খারাপ লাগল। একটু দূরে একটা চায়ের দোকান ছিল। এক কাপ চা নিয়ে বসলেন। চিন্তাভাবনাগুলো এলোমেলো

হয়ে যাচ্ছিল। হঠাৎ পাশ থেকে কার 'রাজাবাবু' ডাকে চমকে উঠলেন। পাশে একটি মাঝবয়েসি ভদ্রলোক এসে বসেছে। তার মুখেই এ সম্বোধন। অভাবি চেহারা, নাকটা বেশ বড়। টাকমাথা।

—রাজাবাবু, এই আপনার চেকটা নিয়ে এলাম।

—চেক! কীসের চেক?

লোকটা একটা চেক এগিয়ে দিল। মানিকবাবুর নামে—কুড়ি লক্ষ টাকা। গুপ্তাজির সংস্থার নামে। গুপ্তাজির সইসহ।

চমকে উঠে মানিকবাবু বলে উঠলেন, সে কী? দিচ্ছিল না যে, পরে মত পালটাল নাকি! নাহ্, লোকটা এত ভালো তা বুঝিনি তো!

লোকটা বলল, মত কি আর এমনি এমনি পালটায়। একটু বোঝালাম, ভালো মন্দ—দু-একটা চড়-থাপ্পর। যান, চিন্তা করবেন না। এই চেক বাউন্স হবে না। আমি তো আছি।

খানিকক্ষণ মানিকবাবুর মুখ দিয়ে কোনও কথা বেরোল না। চোখ ছলছল করে উঠল—আপনি, আপনি—বড় উপকার করলেন। বড় দরকার ছিল টাকাটার। কিন্তু আপনাকে তো চিনলাম না। আপনি আমাকে চেনেন?

—আপনি হলেন আমাদের রাজাবাবু—আপনাকে চিনব না!

লোকটা উঠে দাঁড়াল। মানিকবাবুও উঠে দাঁড়িয়ে লোকটার হাতদুটো জড়িয়ে বলে উঠলেন, আপনার নামটা?

—আমরা হলাম সামান্য প্রজা। আমাদের নাম পরিচয়-জেনে কী হবে বলুন! কোনও দরকার হলেই আমি আবার চলে আসব।

সামনে দিয়ে একটা অ্যাম্বুলেন্স প্রবল আওয়াজ করে যাচ্ছিল। ওর দিকে আঙুল তুলে লোকটা বলে উঠল, এই যে, গুপ্তাজিকে নিতে এসেছে। মারধরটা একটু বেশি হয়ে গেছে তো! ভারী দুষ্টু লোক। যাই—আমি উঠি।

—তা ভাই, হঠাৎ করে আপনি আমার এত বড় উপকার করলেন কেন বলুন তো? আজকাল মনে হচ্ছে চারদিকের সব লোকেরা যেন

হঠাৎ করে ভালো হয়ে গিয়েছে। বাজার করতে গেলে লোকে সেধে এসে সাহায্য করে। বাসে-অটোতেও সাহায্য করে। বিপদে পড়লে এগিয়ে আসে। কী ব্যাপার বুঝি না!

লোকটা হেসে উঠল—ওসব ব্যাপার সব বোঝানো যাবে না। আপনি হলেন গিয়ে আমাদের রাজাবাবু।

লোকটা প্রায় চলেই যাচ্ছিল। কোনওরকমে তাকে থামিয়ে মানিকবাবু প্রশ্ন করে উঠলেন, আচ্ছা, 'রাজাবাবু' কথাটা আজকাল প্রায়শই শুনছি কেন বলুন তো! এমনি কথাটা শুনতে মন্দ লাগে না।

লোকটা এবার একটু গম্ভীর হয়ে গেল। বলে উঠল, আপনি তো বড় ভালোমানুষ রাজাবাবু। আপনার মনে পড়ে দমদম স্টেশনের প্ল্যাটফর্মের কাছে একজন বুড়ো শুয়ে থাকত। তাকে মাঝেমধ্যেই আপনি খাবারদাবার কিনে দিতেন। শীতে শাল কিনে দিতেন, মনে পড়ে?

—হ্যাঁ, মনে পড়েছে বটে। কিন্তু তাকে তো আজকাল আর দেখি না।

—দেখবেন কী করে! সে তো ছ'মাস হল মারা গেছে।

—আহা রে! বড় ভালো লোক ছিল সে। তা সেরকম তো অনেক লোককেই আমি দিয়ে থাকি। এ আবার বড় ব্যাপার কী? ওরকম অভাবী লোক—দেওয়াটাই তো স্বাভাবিক।

—মনে পড়ে রাজাবাবু, বেশি টাকা খরচ হবে বলে আপনার নিজের ছেলেমেয়েকে কোনওদিন ভালো স্কুলে পড়াননি। অথচ আর দশটা ছেলের পড়াশোনার ব্যবস্থা করে দিতেন। ছাত্রবন্ধু সংস্থার এরকম অনেক ছেলের পড়ার খরচ চালাতেন। বিপুলকে মনে পড়ে রাজাবাবু! আপনার সাহায্য না পেলে বিপুল কি আজ ইঞ্জিনিয়ার হতে পারত? কেই বা ছিল ওর বলুন!

—ও, তাহলে আপনি বিপুলের কেউ হন, তাই তো?

—আমি হলাম বিপুলের বাবা।

একটু চমকে উঠলেন মানিকবাবু। ভাঁড়ের চা চলকে আঙুলে পড়ল।

তিনি তো বহুদিন আগে মারা গেছেন!

লোকটা ফের বলে উঠল, আপনি কী ভাবছেন জানি। কথাটা ভুল শোনেননি। আট বছর আগে আমি গত হয়েছি। ও তখন ক্লাস নাইনে। কিন্তু, উপকার কি অত সহজে ভুলতে পারি!

লোকটা বলে কী! এই ভরদুপুরে বালিগঞ্জ সার্কুলার রোডের মতো জায়গায় ভূতের সঙ্গে মুখোমুখি দেখা। তা আবার চায়ের দোকানে গরম চায়ের কাপে চুমুক দিতে দিতে! তবে আজকাল যা হচ্ছে, তাতে ভূতেও অবিশ্বাস নেই মানিকবাবুর।

লোকটা বলতে থাকে—কিছুদিন আগে আমাদের ওখানে ভোট হল। আমাদেরও তো রাজার দরকার। তা দেখা গেল প্রায় সবাই আপনার নামে ভোট দিয়েছে। কারো মেয়ের বিয়েতে আপনি টাকা দিয়েছেন, তো কারো ছেলের পড়ার ব্যবস্থা করেছেন। কতজনের চিকিৎসার খরচ দিয়েছেন। মাথা গোঁজার জায়গা করে দিয়েছেন নিজের খরচে। তাই তো আজও আপনার টানাটানির সংসার। তা না হলে আপনার তো কবে বাড়ি-গাড়ি হত—তাই না? তাই আপনিই হলেন আমাদের রাজাবাবু। ভূতেদের তো আর নেতাদের সঙ্গে হাত মিলিয়ে চলার দরকার নেই। আমরা সাচ্চা লোক খুঁজি।

আর ভবিষ্যতে যদি আবার হঠাৎ করে কোনও বিপদে পড়েন, ঘাবড়াবেন না। দেখবেন, আমাদেরই কেউ সঙ্গে সঙ্গে পাশে এসে দাঁড়াবে। লোকটা দাঁত বার করে হেসে উঠল, পান খাওয়া লাল ছোপ ধরা দাঁত। তারপর ফের বলে উঠল, তাহলে আসি রাজাবাবু, পরে আবার দেখা হবে।

কম্পিউটারের অদ্ভুত
তিন ভবিষ্যদ্বাণী

প্রত্যেক শনিবারের মতো এই শনিবারেও আমরা সবাই জমায়েত হয়েছি। আমাদের শনিবারের আসরে আজ সবার আলোচনা শঙ্করের হাতকে ঘিরে। একটু খুলে বললে ওর হাত দেখাকে ঘিরে। এবারও শঙ্কর ক্লাস সিক্সে ফেল করেছে। এই নিয়ে পরপর দুবার। ওর বাবা প্রথমে শিক্ষক, তারপরে ডাক্তার, সবশেষে এখন গণৎকারের শরণাপন্ন হয়েছেন।

গণৎকার বলেছেন, আরও বছর তিনেক শঙ্করের এরকম শনির দশা চলবে। অর্থাৎ আগামী তিনবছর শঙ্করের পক্ষে ক্লাস সিক্সের ওপরে ওঠা মুশকিল। তাই বেশ মুষড়ে পড়েছে শঙ্কর। বিশ্বজিৎ, মিলন, সত্যেনদা, সবিতা সবাই মিলে ওকে ঘিরে বসে ওর হাত নিয়ে গবেষণা করছে।

মিনিট পাঁচেক বাদে বিশ্বজিৎদা বিজ্ঞের মতো মুখ করে দাড়িতে হাত বোলাতে বোলাতে বলে উঠল,—ঠিকই বলেছে। আরও বছর তিনেক।

আমরা শঙ্করের করুণ মুখের দিকে তাকিয়ে কীভাবে সান্ত্বনা দেব ভাবছি, ওদিকে দেখি এরকম শোকগম্ভীর পরিবেশে অনিলিখা এককোণে বসে মুচকি মুচকি হেসে যাচ্ছে।

কী ব্যাপার অনিলিখা? শঙ্করের এই অবস্থা আর তুই হাসছিস? তুই কি হাতদেখায় বিশ্বাস করিস না?—বিশ্বজিৎদা বলে ওঠে।

অনিলিখা হেসে বলল,—হাত দেখায় বিশ্বাস করি না মানে? আলবত করি। তবে হ্যাঁ, তোমাদের কাণ্ডকারখানা দেখে আমার ফ্র্যাঙ্ক অ্যান্টনির কথা মনে পড়ে গেল।

—ফ্র্যাঙ্ক অ্যান্টনি! সে কে?

—ফ্র্যাঙ্ক অ্যান্টনি আমারই সঙ্গে হার্ভাডে ইঞ্জিনিয়ারিং পড়ত। ওর স্ট্রিম অবশ্য আলাদা ছিল। আমি ছিলাম ইলেকট্রিকাল ইঞ্জিনিয়ারিং-এ আর ও ছিল কম্প্যুটার সায়েন্সে। হার্ভাড-এ কম্প্যুটার সায়েন্স মানে তো বুঝতেই পারছো। সারা পৃথিবীর সবথেকে কৃতি ছাত্ররা ওখানে পড়ার সুযোগ পায়। ফ্র্যাঙ্ক ছিল স্পেনের ছেলে। জীবনে কখনও কোনও পরীক্ষায় দ্বিতীয় হয়নি। স্পেনে স্কুলজীবন শেষ করে স্কুলের শেষ পরীক্ষায় সারা দেশের মধ্যে প্রথম হয়ে হার্ভাডে পড়তে এসেছে। অবশ্য হার্ভাডে ও দ্বিতীয় বা তৃতীয় হত। কারণ এখানে ওর মতো আরও বেশ কয়েকজন এসেছে।

ওর আরেক পরিচয় ডেরিক অ্যান্টনির ছেলে হিসাবে। ডেরিক অ্যান্টনির নাম নিশ্চয়ই শুনে থাকবে। বিশ্ববিখ্যাত জ্যোতিষী। স্পেনে ওর কাছে হাত দেখাতে বিশ্বের নানাপ্রান্ত থেকে লোক এসে হাজির হয়। অবশ্যই ওনাকে হাত দেখায় যারা, তাদের অধিকাংশই কোটিপতি।

আমাদের ফাইনাল ইয়ারে একটা প্রোজেক্ট করতে হত। প্রোজেক্টের জন্যে দুমাস ছিল। যে যার নিজের মতো প্রোজেক্ট ঠিক করত। তার দুমাস পরেই ইঞ্জিনিয়ারিং কলেজের শেষ পরীক্ষা। আমার প্রোজেক্ট ছিল রোবোটিক্সের ওপর। মোটামুটি কার কী প্রোজেক্ট আমরা সেটা আগেই জেনে গেছলাম। খালি ফ্র্যাঙ্কের প্রোজেক্টটা কী, তা আমরা কেউ জানতাম না। আমরা বেশিরভাগই প্রোজেক্টকে অপেক্ষাকৃত হালকাভাবে নিই।

কিন্তু ওর ক্ষেত্রে অন্যরকম শোনা গেল। ও নাকি দিনরাত ঘরের দরজা বন্ধ করে ওর প্রোজেক্টের কাজ করে চলেছে। গিয়ে দু-একদিন দেখেছি ঘরে ওর পার্সোনাল কম্প্যুটারে সমানে কাজ করে চলেছে। পাশে রাশি রাশি কাগজ। তার ওপর হরেকরকম হাতের ছাপ।

একমাস পরে ওর প্রোজেক্টটা ঠিক কীসের ওপর, সেটা বুঝলাম। ও এমন একটা সফ্‌টওয়্যার তৈরির চেষ্টা করছে, যা নির্ভুলভাবে কারোর অতীত ও ভবিষ্যৎ বলে দিতে পারে।

আমরা অনেকেই প্রথমদিকে এরকম অদ্ভুত প্রোজেক্ট নিয়ে হাসিঠাট্টা করতাম। কীই যে অহেতুক সময় নষ্ট করা! কিন্তু দেড়মাস পরে ও একদিন এসে আমাদের কাছে সদর্পে ঘোষণা করল, ওর প্রোজেক্ট নাকি হাণ্ড্রেড পার্সেন্ট সাকসেসফুল। এভাবে যে ও সফল হবে, নিজেও আগে আশা করতে পারেনি। ও প্রায় একশো জনের ওপর ওর সফটওয়্যার পরীক্ষা করেছে। প্রত্যেক ক্ষেত্রেই ওর কম্পিউটার নির্ভুলভাবে ওদের অতীত বলে দিয়েছে। শুধু তাই নয়, কয়েকজনের ক্ষেত্রে যা ভবিষ্যদ্‌বাণী করেছিল, তাও পুরোপুরি মিলে গেছে।

কয়েকদিনের মধ্যেই বুঝতে পারলাম ও মিছিমিছি বড়াই করেনি। এর মধ্যেই প্রায় আরো জনা পাঁচশো ওর কম্পিউটারে হাত দেখিয়ে গেছে। তাদের সবারই একমত যে ওর কম্পিউটার হাত দেখায় বিশ্বের সেরা গণৎকারদেরও হার মানায়।

কিছুদিন বাদে আমিও হাত দেখাতে গেলাম। সঙ্গে ছিল আমার জনাছয়েক বন্ধু। তাদের মধ্যে ইকারি কুরোশাওয়াও ছিল। ইকারি কুরোশাওয়া সম্বন্ধে তোমাদের একটু বলে রাখা দরকার। কুরোশাওয়া জাপানের লোক। ম্যাথামেটিকাল জিনিয়াস। ক্লাস নাইনে পড়ার সময় ও অঙ্কের কিছু অজানা সূত্র আবিষ্কার করেছিল। ক্লাস টুয়েলভে ও কম্পিউটারে কৃত্রিম বুদ্ধির ওপর এমন কিছু কাজ করেছিল যাতে পুরো জাপানে সাড়া পড়ে যায়। হার্ভাডে এসে এই চারবছরেই নিয়মিত পড়াশোনার সঙ্গে সঙ্গে কিছু অসাধারণ গবেষণার মাধ্যমে ও সবার নজর কেড়েছে। হার্ভাডে কম্পিউটার সায়েন্সে এ-পর্যন্ত প্রতিবারই ও প্রথম হয়ে এসেছে। অসাধারণ অধ্যবসায় ও প্রতিভার

এক অদ্ভুত সংমিশ্রণ বললেও ওর সম্বন্ধে কম বলা হয়।

আমরা ফ্র্যাঙ্কের ঘরে গিয়ে দেখি, যথারীতি ওর ঘরে বিশাল জমায়েত। আজকেও এত লোক যে হাত দেখায় বিশ্বাস করে তা না দেখলে বিশ্বাস হত না। আমরাও তাদের দলে সামিল হলাম। ফ্র্যাঙ্ক সবাইকে একটা স্ক্যানারের ওপর হাত রাখতে বলছে। স্ক্যানার হাতের ছাপ তুলে নিয়ে কম্পিউটারে পাঠিয়ে দিচ্ছে। কম্পিউটার মিনিট তিনেক বাদে পাশে রাখা লেসার প্রিন্টারের মাধ্যমে তার অতীত ও ভবিষ্যৎ প্রিন্ট করে দিচ্ছে। একে একে আমরাও হাত দেখালাম।

আর সেখানেই ঘটনার শুরু। কম্পিউটার সম্ভবত এই প্রথম এমন তিনটে ভবিষ্যদ্বাণী করল যা বিশ্বাস করা এককথায় অসম্ভব।

প্রথমটা ছিল আমার সম্বন্ধে। আমার অতীত সম্বন্ধে বলতে যথারীতি কম্পিউটার কোনও ভুল করেনি। ভবিষ্যতে আমি যে নিজের দেশে ফিরব, ফিরে কোন কলেজে অধ্যাপনার সঙ্গে যুক্ত থাকব এসবই কম্পিউটার তখনই বলে দিয়েছিল। আমার জীবনে আটটা ভীষণ বিপদ হবে, কবে কবে হবে তাও জানিয়েছিল। তারমধ্যে চারটে তো ইতিমধ্যেই মিলে গেছে।

কিন্তু কম্পিউটারের লেখাকে বিশ্বাস করতে পারলাম না, যখন দেখলাম ওতে পরিষ্কার লেখা আছে যে আমি কোটিপতি। এবং আমি নাকি আর মোটে দু-মাস কোটিপতি থাকব। এরপরে এ ব্যাপারে বিশ্বাস না করলেও খানিকটা মজার জন্যই খোঁজখবর নিতে শুরু করলাম। আমার এক কাকা শিকাগোতে বহুদিন আছেন। প্রচুর রোজগার করলেও বিয়ে করেননি। মৃত্যুর পর ওনার সমস্ত সম্পত্তি আমারই পাওয়ার কথা। কিন্তু সেটা নয়। খোঁজ নিয়ে দেখলাম যে আমি কোটিপতি হওয়া তো দূরের কথা, লাখপতিও নই।

এই পর্যন্ত বলে অনিলিখা মিনিট দুয়েক চুপ করে রইল।

তাহলে এ গণনাটা মেলেনি?—বিশ্বজিৎদা জিজ্ঞাসা করে উঠল।

—এ ব্যাপারে কী হয়েছিল সেটা আমি পরে বলব। আপাতত আমি কম্পিউটারের দ্বিতীয় অদ্ভুত ভবিষ্যদ্‌বাণী সম্বন্ধে বলি। দ্বিতীয়টা ছিল কুরোশাওয়া সম্বন্ধে। ও নাকি তিনমাসের মধ্যে কোনও একজনকে খুন করবে এবং সেই কারণে ওর যাবজ্জীবন কারাদণ্ড হবে। কুরোশাওয়ার মতো ঠান্ডা মাথার ছেলে কাউকে খুন করবে এটা নেহাত পাগল ছাড়া কেউ বলবে না। আমরা এটাও যথারীতি হেসে উড়িয়ে দিলাম। এক কুরোশাওয়া ছাড়া। কারণ ওর অতীত সম্পূর্ণ নির্ভুর্লভাবে কম্পিউটার বলে দিয়েছে। তা ছাড়া ও এ-ব্যাপারে সামান্য বিশ্বাসও করে।

এরপরে কুরোশাওয়াকে যেভাবে ভেঙে পড়তে দেখলাম, তা চোখে না দেখলে বিশ্বাস করা যায় না। রোজ একবার করে ও আসে, আর ফ্র্যাঙ্কের কম্পিউটারে হাত দেখায়। প্রত্যেকবারই দেখা যায় কম্পিউটার সেই একই ভাগ্যগণনা করে বলছে। ওর ঘরে গেলে দেখি, হয় ও হাতের রেখার ওপর বই পড়ছে, নয়তো জানলা দিয়ে বাইরের দিকে তাকিয়ে আছে। ঘণ্টার পর ঘণ্টা ও ফ্যাল-ফ্যাল করে তাকিয়ে কিসব আকাশপাতাল ভাবে, কে জানে! আমাদের অজস্র আশ্বাসও ওকে শান্ত করতে পারে না। ওর চেহারা ধসে পড়ল। আমরা ডাক্তারের কাছে ছুটলাম। উনি আরেকজন নামি সাইকিয়াট্রিস্টের কাছে ওকে পাঠিয়ে দিলেন। এই ডাক্তারের চিকিৎসাতেও কুরোশাওয়ার মানসিক অবস্থার কোনও উন্নতি হল বলে মনে হয় না। উত্তরোত্তর ওর অবস্থার আরও অবনতি হতে থাকল।

শেষ পর্যন্ত ওকে কিছুদিনের জন্য দেশে যেতে ডাক্তার পরামর্শ দিলেন। দেশ থেকে একমাস পরে যখন ও ঘুরে এল, তখনও আরও শুকিয়ে গেছে। চোখের তলায় অজস্র কালো আঁচড়। পরিষ্কার ঘুম

না হওয়ার চিহ্ন। অথচ আর মাত্র দশদিন বাদে আমাদের শেষ ও সবথেকে গুরুত্বপূর্ণ সেমিস্টার পরীক্ষা শুরু হচ্ছে। কুরোশাওয়ার পড়াশোনার সঙ্গে কোনও যোগাযোগই নেই। খালি ওই এক চিন্তা। কথাবার্তাও কেমন যেন রুক্ষ হয়ে গেছে। আরও কয়েকদিন পর ওর শরীর এতটাই খারাপ হল যে ওকে হাসপাতালে ভরতি করতে হল। সেমিস্টারের দুটো পরীক্ষা ও দিতে পারল না। যে ছেলের প্রথম হবার কথা ছিল, সে কোনওরকমে পাস করে বেরোল। কী ভাগ্য!

অনিলিখা দীর্ঘশ্বাস ফেলল।

কিন্তু ওর ক্ষেত্রেও তো ভাগ্যগণনা মিলল না। তাই না? এ জন্যই হাত দেখাতে নেই।—মিলন বলে ওঠে।

শঙ্করের মুখে একটু হাসির ভাব ফুটে উঠেছে দেখলাম।

অনিলিখা বলে ওঠে,—দাঁড়াও, আমাকে শেষ করতে দাও। এবার আমি প্রথমে আমার ভাগ্যগণনা নিয়ে বলি। আমি তো আগেই বলেছি যে অনেক খোঁজখবর নিয়েও কোনও হদিশ করতে পারিনি যে কীভাবে আমি কোটিপতি হলাম। তা, এর বছর চারেক বাদে আমি ভারতে ফিরে আসি। তাও প্রায় মাসছয়েক হতে চলল। দুমাস আগে আমি আমার বাবার ডায়েরি ঘাঁটতে গিয়ে দেখি, একটা লটারির টিকিট। ভুটান বাম্পার লটারি। পুরস্কার মূল্য দেড় কোটি টাকা। বাবাকে জিজ্ঞাসা করতে বাবা বললেন যে, উনি ওটা আমার জন্য জন্মদিন উপলক্ষ্যে কিনেছিলেন। যখন রেজাল্ট বেরোয়, তখন ওই টিকিটটাই খুঁজে পাননি।

আমি নেহাত কৌতূহলবশে ওই টিকিটের ব্যাপারে ওই লটারির সংগঠকদের সঙ্গে যোগাযোগ করি। জানতে পারি যে আমার অনুমান ঠিক। ওই টিকিটটাই দেড় কোটি টাকার প্রথম পুরস্কার পেয়েছিল। কিন্তু এমনই দুর্ভাগ্য যে আজ আমি আর ওই অর্থমূল্য পাব না।

লটারিতে পুরস্কার পাবার দু-মাস পর্যন্ত ওই অর্থমূল্য দাবি করা যায়। অর্থাৎ ওই ভবিষ্যদ্‌বাণীর ঠিক দু-মাস পরে অবধি ওই টিকিটের অর্থমূল্য আমি দাবি করতে পারতাম। অর্থাৎ ওই সময় আমি সত্যিই কোটিপতি ছিলাম। ভবিষ্যদ্‌বাণী অক্ষরে অক্ষরে ফলে গেল।

অনিলিখা থামতেই বড় একটা দীর্ঘশ্বাস ফেলল বিশ্বজিৎদা। যেন ওটা পেলে কোটিপতি অনিলিখা নয়, বিশ্বজিৎদাই হত।

মিনিট দুয়েক নীরবতার পর অনিলিখা ফের বলে উঠল,—এবার দ্বিতীয় ভবিষ্যদ্‌বাণীর প্রসঙ্গে আসা যাক। কুরোশাওয়া কোনওরকমে পাস করল সে তো আগেই বলেছি। ফ্র্যাঙ্ক কম্পিউটার সায়েন্সে গোল্ডমেডেলিস্ট হল। সেই আনন্দে ও একটা পার্টি দিল। তাতে অবশ্য কুরোশাওয়া যেতে পারেনি। কারণ ওর তখন যাওয়ার মতো মন বা শরীরের অবস্থা ছিল না। তা সেদিন পার্টিতে রাত যত বাড়ে ফ্র্যাঙ্কের নেশাও তত বাড়ে।

রাত যখন বারোটা, ফ্র্যাঙ্ক তখন নেশার মধ্যেই বলে উঠল,—বুঝলে অনিলিখা প্রথম হতে গেলে খালি প্রতিভাবান হলেই চলে না; কূটবুদ্ধিও রাখতে হয়। বুঝলে, ফ্র্যাঙ্ক জীবনে কখনও দ্বিতীয় হতে শেখেনি। তা সেই আমাকে ওই কুরোশাওয়াটা তিন-তিনবার প্রথম না হতে দিয়ে ভেবেছিলটা কী? ইউনিভার্সিটির গোল্ড মেডেলিস্ট ও হবে? সে গুড়ে বালি। এবার আমি কীভাবে এটা ছকেছিলাম, সেটা বুঝিয়ে তোমাকে বলি। প্রথমেই আমার হাত দেখার সফ্‌টওয়্যার সম্বন্ধে বলতে হয়। আমি জানতাম, কুরোশাওয়া হাত দেখায় বিশ্বাস করে। তাই ওকে বিভ্রান্ত করার জন্যে সফটওয়্যারের পরিকল্পনা করি। আমি প্রায় হাজারদশেক হাতের ছাপ সংগ্রহ করেছিলাম। তাদের সারাজীবনের যাবতীয় দরকারি তথ্য বাবাই আমাকে দিয়েছিল। আমি সেই তথ্য কম্পিউটারের মেমারিতে ঢোকাই। আমি সফ্‌টওয়্যার লিখেছিলাম মূলত 'প্যাটার্ন রেকগ্‌নিশন'-

এর ওপর নির্ভর করে।

অর্থাৎ নতুন কারো হাতের ছাপ পেলে কম্পিউটার দেখত তার প্রত্যেকটা রেখা আগের দশ হাজার হাতের রেখার কোন কোনটার সঙ্গে একরকম বা কাছাকাছি। তারই ওপর নির্ভর করে পুরোনো তথ্যের সাহায্যে অতীত ও ভবিষ্যদ্‌বাণী করত। এতে অল্পবিস্তর ভুল হওয়াটা স্বাভাবিক। শুধু কুরোশাওয়ার ক্ষেত্রেই আমি সম্পূর্ণ অন্য উপায় ঠিক করেছিলাম। আমি কুরোশাওয়ার হাতের ছাপ আগেই জোগাড় করেছিলাম। ওর অতীত আমার জানাই ছিল। তার সঙ্গে ওর সম্পর্কে মনগড়া ভবিষ্যৎ লিখে কম্পিউটারের তথ্যশালায় রাখি। এবার কুরোশাওয়া যখনই হাত দেখাতে আমার কাছে আসত, কম্পিউটার হুবহু একইরকম হাতের ছাপ পেয়ে যেত এবং অন্য কোনও তথ্যের ওপর নির্ভর না করে আমার লেখা ভবিষ্যৎ প্রিন্ট করত।

আমি জানতাম, ও সরলমনে আমার ভবিষ্যদ্‌বাণীকেই ঠিক মেনে নেবে। বিশেষত ও যখন দেখবে ওর সম্বন্ধে কম্পিউটার নির্ভুলভাবে অতীত বলে দিয়েছে, তখন ভবিষ্যতের বেলাতেও নির্ভুল হওয়াই স্বাভাবিক। আমি জানতাম ও এসব ভবিষ্যদ্‌বাণীর কথা ভেবে পড়াশোনাতে মনোযোগ হারাবে। আর আমি সহজেই আমার কাজ হাসিল করতে পারব। কী সহজ অঙ্ক!

বলে ফ্র্যাঙ্ক খলখল করে হাসতে থাকল।

আমার সারা শরীর ফ্র্যাঙ্কের প্রতি ঘেন্নায় শিরশির করে উঠেছিল। তখ্‌খুনি আমি পার্টি ছেড়ে বেরিয়ে এসেছিলাম। এর দিনদশেক পরে ওর দ্বিতীয় ভবিষ্যদ্‌বাণীও মিলে গেল। কুরোশাওয়া সত্যিই খুন করল। কাকে জানিস?

ফ্র্যাঙ্ক অ্যান্টনিকে?—আমি বলে উঠলাম।

—হ্যাঁ, ঠিকই ভেবেছিস। আমার মুখ থেকে সব কিছু শোনার

পর কুরোশাওয়া যে এতটা ক্ষিপ্ত হয়ে উঠবে, তা আমিও ভাবতে পারিনি। আমেরিকার দণ্ডবিধি অনুযায়ী কুরোশাওয়ার যাবজ্জীবন কারাদণ্ড হয়। অবশ্য ওকে বেশিদিন কষ্ট পেতে হয়নি। একবছর আগে জেলেই মারা যায়। তবে মারা যাবার আগে ও আমাদের সবার জন্যে লিখে রেখে গেছে একটা অসাধারণ বই—ম্যাথামেটিক্স বিহাইন্ড পামিস্ট্রি।

বলে অনিলিখা দীর্ঘশ্বাস ছাড়ল,—যাই এবার উঠি। অনেক রাত হল।

বিশ্বজিৎদা লাফিয়ে ওঠে,—তুমি তো তৃতীয় অদ্ভুত ভবিষ্যদ্বাণী সম্বন্ধে কিছুই বললে না?

অনিলিখা মুচকি হেসে বলে ওঠে,—তৃতীয় ভবিষ্যদ্বাণীটা ছিল ফ্র্যাঙ্ক অ্যান্টনির নিজের সম্বন্ধেই। কম্পিউটার বলেছিল যে ওর আয়ুরেখা আর মাত্র মাসতিনেক। ওর সফ্টওয়্যার এক্ষেত্রে কোনও ভুলই করেনি।

পিছনে হাঁটা

শুনুন আপনারা—আমি আজকে এমন একটা জিনিস দেখাতে চলেছি, যা আমার আগে কেউ কোনওদিন দেখায়নি, আর কেউ দেখাবেও না। আমিও এই শো আর দ্বিতীয়বার করব না। আজকেই প্রথম, আজকেই শেষ। ঠিক যেমন বলেছিলাম—

বিখ্যাত ম্যাজিশিয়ান স্টিভ সদর্পে বলে উঠলেন।

মুহূর্তে লন্ডনের বিখ্যাত প্রেক্ষাগৃহে কানাঘুষো শুরু হয়ে গেল। এবারই কি শুরু হতে চলেছে স্টিভের সেই বহু প্রতীক্ষিত ম্যাজিক— 'পিছনে হাঁটা'!

এরই প্রত্যাশায় লন্ডনের মানুষ আজ এই প্রেক্ষাগৃহে ঝাঁপিয়ে পড়েছে। চড়া দামে একমাস আগে সব টিকিট বিক্রি হয়ে গেছে। ম্যাজিশিয়ান স্টিভ-এর সব ম্যাজিকই প্রায় অসাধারণ। আর যেখানে স্বয়ং স্টিভই যখন বলেন তিনি যা দেখাতে চলেছেন, তা উনি আর দ্বিতীয়বার দেখাবেন না—তা প্রত্যাশার পারদকে কোথায় নিয়ে যায়, তা বলার দরকার পড়ে না।

আস্তে আস্তে গুঞ্জন থেমে গেল। স্টিভ একটা ঘড়ি টেবিলের উপর এনে রাখলেন। ছোট ঘড়ি। দূর থেকে স্পষ্ট দেখা না গেলেও ঘড়িটা যে একটু অন্যরকম তা বোঝা যাচ্ছে।

স্টিভ ঘড়িটা হাতে তুলে নিয়ে বলে উঠলেন, আমার এ ঘড়িটা সামান্য ডিফেক্টিভ। ডিফেক্টটা কিরকম তা একটু পরে আপনারা বুঝবেন। আমি এতে এখন থেকে পনেরো মিনিট বাদে একটা অ্যালার্ম দিলাম। এই পনেরো মিনিট আমরা অন্য একটা ম্যাজিক দেখব। শুধু সময়টা দেখে নিন। এখন সন্ধে ছ'টা। কি, সন্ধে ছ'টা তো?

হল জুড়ে প্রবল সাড়া এল, হ্যাঁ ছ'টা।

ওকে, লেট দ্য ম্যাজিক বিগিন নাউ। স্টিভের পরনে সাদা প্যান্ট। কালো বো টাই। স্টিভ টাইটা খুলে উপরের দিকে ছুড়ে দিলেন। সেটা একটা পায়রা হয়ে হলের মধ্যে দু-তিন মিনিট ধরে উড়ে কোথায় উধাও হয়ে গেল। হাততালিতে হলঘরে এখন কান পাতা দায়। তবে স্টিভের পক্ষে সবই সম্ভব। এ ধরনের ম্যাজিক তো অন্যান্য ম্যাজিশিয়ানরাও করে দেখাতে পারে। কিন্তু যে স্টিভ ম্যাজিক করে জাহাজ ভ্যানিশ করে দিতে পারেন, কাগজের প্রথম পাতায় তিনদিন পর কী কী থাকবে বলে দিতে পারেন আগে থেকে, তাঁর কাছে এটা কিছুই নয়। স্টিভ এবার একের পর এক তাসের ম্যাজিক দেখাতে থাকেন। বিভোর দর্শকের আর হুঁশ থাকে না। তার মাঝেই হঠাৎ পাশের টেবিলে রাখা ঘড়িটাতে তীব্র আওয়াজ করে অ্যালার্ম বেজে ওঠে। হাতের তাসটাকে টেবিলে রেখে স্টিভ এগিয়ে যান ঘড়িটার দিকে।

ডানহাতে ঘড়িটা ওপরের দিকে তুলে বলে ওঠেন, ঘড়িতে অ্যালার্ম যখন দিয়েছিলাম তখন বেজেছিল ছ'টা। অ্যালার্ম দিয়েছিলাম ছ'টা পনেরোয়। অথচ এখন এ ঘড়িতে সময়টা দেখুন, ক'টা বলুন তো? ফের নিজেই বলেন, পাঁচটা। আর আপনাদের ঘড়িতে?

পরীক্ষার রেজাল্টের অ্যানাউন্সমেন্টের সময় যেমন সব নিয়ম অনেক সময় ভেঙে যায়, ঠিক তেমনই হলের মধ্যে মুহূর্তে চূড়ান্ত বিশৃঙ্খলা শুরু হয়ে গেল। হলের অভিজাত দর্শকরা বিস্ময়ে শিশুর মতো চিৎকার করে উঠল। প্রত্যেকের ঘড়িতে পাঁচটা। বিকেল পাঁচটা।

মাথা থেকে টুপিটা খুলে হাতে নিলেন স্টিভ। মাথা ঝুঁকিয়ে বলে উঠলেন, আমরা অ্যালার্ম দেওয়ার সময় থেকে একঘণ্টা পিছনে চলে গেছি। এখন সময় হল পাঁচটা। আপনারা কত সহজে বাড়তি কিছু সময় পেয়ে গেলেন, তাই না?

দর্শকরা এতক্ষণে সম্বিৎ ফিরে পেল। হাততালি চলতেই থাকে— বহুক্ষণ। সবাই উঠে দাঁড়িয়ে স্টিভকে অভিবাদন জানাতে থাকে। অ্যালার্মটা তখনও বেজে চলেছে।

হ্যাঁ, অ্যালার্মটা এখনও বেজে যাচ্ছে। ধড়মড়িয়ে বিছানার উপর উঠে বসে অতীন। বেডসাইড টেবিলে ঘড়িটা। কী ভয়ানক স্বপ্ন! মনে হচ্ছে সব যেন সত্যি। ঘুমন্ত চোখে হাত বাড়িয়ে অ্যালার্ম বন্ধ করতে গিয়ে চমকে উঠল অতীন। এ ঘড়িতেও পাঁচটাই বাজে।

অ্যালার্ম বন্ধ করে বেশ খানিকক্ষণ হতবাক হয়ে বসে থাকে অতীন। এ কি সম্ভব! ওর স্পষ্ট মনে আছে। ছ'টায় শুয়েছিল সাতটায় অ্যালার্ম দিয়ে।

নাহ্, গত কয়েকদিনের পরিশ্রমের জন্যই বোধহয় মাথার ঠিক নেই। তারপরে অসময়ে দিবানিদ্রা। উঠে জানলা দিয়ে রাস্তার দিকে তাকাল অতীন। বাইরে এখনও দিনের আলো। রবিবার বিকেল, তাই লোকের দেখা নেই।

হঠাৎ একটা লাল টয়োটা গাড়ি সামনের রাস্তা দিয়ে গিয়ে বাঁদিকে বাঁক নিয়েই উলটোদিক থেকে আসা অন্য একটা গাড়িকে জায়গা দিতে গিয়ে জোরে ব্রেক কষল। চমকে উঠল অতীন। ঠিক, হ্যাঁ ঠিক এই ঘটনাটাই অতীন দেখেছিল ঘুমোতে যাওয়ার আগে। আর ঠিক এর পর পরই দুটো স্কুলের ছেলে সাদা শার্ট, নীল প্যান্ট পরে ব্যাডমিন্টন র‍্যাকেট হাতে সামনের ফুটপাথ দিয়ে হেঁটে গিয়েছিল। হলও তাই। ছেলে দুটো সামনের রাস্তা দিয়ে এসে ডানদিকে বাঁক নিয়ে অতীনের বাড়ির সামনে দিয়ে হেঁটে গেল।

এটা কি স্বপ্ন! এই ২০১৪ সালে ওয়েলস-এর বুকেও এরকম সম্ভব? অতীন ফিরে এসে ঘড়িটা হাতে তুলে নিল। ৬ ইঞ্চি বাই ৪ ইঞ্চি চৌকো আকৃতির কাঠের ঘড়ি। উপরে চারটে সুইচ। তার মধ্যে একটা অ্যালার্মের জন্য। কাঠের উপর নানা কারুকার্য করা। বেশ বড় সাদা ডায়াল। এখন এরকম ঘড়ি দেখতে পাওয়া যায় না। তিনমাস হল ওয়েলস-এর এই ছোট শহর কার্লিয়নে এসেছে অতীন। একটা পাঁচ

ঘরের বড় বাড়ি ভাড়া নিয়ে এখানেই একা থাকে। গতকাল বাড়ির স্টোররুম পরিষ্কার করতে গিয়ে একটা দেরাজের মধ্যে ঘড়িটাকে দেখতে পায়। দেখেই আগ্রহ হয়। এই প্রথমবার ওটাতে অ্যালার্ম দিয়েছিল আজ।

ছুটির দিন। তাহলেও নানান কাজ আছে। এখানে রান্নাবান্না, ঘর পরিষ্কার, বাগানের দেখাশোনা—এ সব কিছুই অতীনকেই সামলাতে হয়। তাই ঘড়ির পিছনে আর সময় নষ্ট না করে অন্য কাজে ব্যস্ত হয়ে পড়ে অতীন। নিশ্চয়ই এসব মনের ভুল। হয়তো গাড়িটাও স্বপ্নের মধ্যেই দেখেছিল। কে বলতে পারে!

সব কাজ শেষ করতে ন'টা বাজল। বাইরে লোক চলাচল নেই বললেই চলে। ডিনার শেষ করে পড়ার টেবিলে একটা বই নিয়ে পড়তে বসেছিল অতীন। হঠাৎ কী খেয়াল হতে উঠে দাঁড়ায়। ঘড়ির কাছে গিয়ে অ্যালার্ম দিলে সাড়ে ন'টায়। একবার টেস্ট করে দেখা দরকার সন্দেহটা নেহাত অমূলক কিনা। ফের টেবিলে এসে বসল অতীন। বই পড়তে পড়তে মাঝে-মধ্যেই আড়চোখে তাকাতে থাকে ঘড়িটার দিকে। ন'টা পাঁচ-দশ-পনেরো, তারপর হাতের বইটায় এতটাই নিমগ্ন হয়ে পড়ল যে বাকি সময়টা আর খেয়াল রাখতে পারেনি। হঠাৎ অ্যালার্মের শব্দে হুঁশ ফেরে। ঘড়িটা হাতে নিয়েই শিহরণ হল অতীনের। রাত আটটা। অর্থাৎ ঘড়িটা ফের ফিরে গেছে অ্যালার্ম দেওয়ার একঘণ্টা আগে।

নিশ্চিত হওয়ার জন্য টেবিল ল্যাম্পের আলোর তলায় ঘড়িটাকে ধরল অতীন। হ্যাঁ আটটাই। পাশে দামি হাতঘড়িটাও রাখা ছিল। সেটাতেও একই সময়। তাহলে কি ঠিক পাঁচ মিনিট বাদে ও স্বাতীর ফোনটা পাবে, ঠিক যেরকম এসেছিল! মোবাইলের দিকে একদৃষ্টিতে তাকিয়ে বসে রইল অতীন। সব যেন কীরকম গুলিয়ে যাচ্ছে। ওর বুদ্ধি-বিবেচনা বোধ সব যেন হেরে যাচ্ছে একটা ভূতুড়ে ঘড়ির কাছে।

ঠিক আটটা পাঁচেই ফোনটা এল স্বাতীর। সেই এক কথা। শোনো,

বুবু ফের বায়না করছে। তোমাকে অনেকদিন দেখেনি। সমানে 'কবে আসবে' 'কবে আসবে' করছে। নাও, ওকে বোঝাও।

সেকী! অনেক রাত হয়ে গেছে তো ওখানে! এখনও জেগে আছে? দাও ওকে দাও...বুবু সোনা, কেমন আছ?

বাবা তুমি কবে আসবে? তুমি বলেছিলে আমার সঙ্গে ফুটবল ম্যাচ খেলবে, পাহাড়ে বেড়াতে নিয়ে যাবে।

সোনা, আর তো কয়েক মাসের ব্যাপার। দেখতে দেখতে ছ-সাত মাস কেটে যাবে। তারপর যাব। তুমিও ততদিনে আর একটু বড় হয়ে যাবে।

না বাবা, তোমাকে খুব তাড়াতাড়ি আসতে হবে।

না সোনা, তা হয় না। এখানে অফিসের কাজে এসেছি। বললেই কি আর যাওয়া যায়? দাও, মাকে দাও ফোনটা।

স্বাতীর সঙ্গে আরও কিছুক্ষণ কথা বলে অতীন।

ফোনটা ছাড়ার পর উত্তেজনায় এক গ্লাস জল ঢকঢক করে শেষ করল অতীন। তাহলে কি সত্যিই যখন ইচ্ছে একঘণ্টা পিছিয়ে যাওয়া যায় এ ঘড়ির বদান্যতায়? এরকম কি বাস্তবে সম্ভব?

একটা নামী স্টিল কোম্পানির হয়ে ওয়েলেসে বহুদিনের জন্য এসেছে অতীন। দেশের বাড়িতে মা, বউ ও ছেলে আছে। কিছু অসুবিধে থাকায় ওদের এখানে আনা সম্ভব হয়নি।

কলকাতায় থাকলে এ-ঘড়িটা নিয়ে এক্ষুনি অনেকের সঙ্গে আলোচনা করা যেত। এখানে কার সঙ্গেই বা কথা বলা যায়? কিন্তু এ উত্তেজনা নিয়ে বাড়িতে একা বসে থাকাও অসম্ভব। বাড়ির দরজাটা লক করে ঘড়িটা নিয়ে রাস্তায় বেরিয়ে পড়ল অতীন। এ জায়গাটা এখন একদম শুনশান। রেসিডেন্সিয়াল এরিয়া। তাই আশপাশের বাড়িগুলোর আলো নিভে গেছে। টিমটিম করছে রাস্তার হলুদ আলো। আকাশে এখনও সদ্য ডোবা সূর্যের আলোর স্পর্শ। গ্রীষ্মকাল, তাই বেলা অনেক বড়। বাইরের আবহাওয়া বেশ মনোরম। ঝিরঝিরে হাওয়া দিচ্ছে।

খানিক দূরে একটা পার্ক আছে। বেশ বড় পার্ক। পার্কের চারধারে ঘোরানো হাঁটার রাস্তা। প্রচুর গাছ। মাঝখানে একটা ছোট পুকুরকে ঘিরে অনেক বেঞ্চি পাতা আছে বসার জন্য। একটা বেঞ্চিতে গিয়ে বসল অতীন।

ঘড়িটাকে অনেক খারাপভাবে ব্যবহার করা যায়। একঘণ্টার মধ্যেই এত কিছু পালটে যায় যে সেটা জানা থাকলে রাতারাতি কোটিপতি হয়ে উঠতে পারে অতীন। আবার এটাকে ভালো কাজেও লাগানো যেতে পারে। এই যেমন কয়েকদিন আগে একটা বড় ট্রেন অ্যাক্সিডেন্ট হয়ে গেল। হয়তো সময়মতো একঘণ্টা পিছিয়ে গেলে ওই অ্যাক্সিডেন্টটা থামানো যেত। অনেক লোকের জীবন বাঁচানো যেত। একঘণ্টা পিছিয়ে গেলে একটা ক্রিকেট বা ফুটবল ম্যাচের রেজাল্টও বদলে দেওয়া যায়। অনেক বড় বড় বিপর্যয় থামিয়ে দেওয়া যায়। উত্তেজনায় ঘামতে শুরু করল অতীন।

কিন্তু নিজের জীবন পালটে দেওয়া যায় না। কথাটায় চমকে উঠে ঘাড় ঘোরাল অতীন। পাশেই বেঞ্চিতে কখন জানি আরেকজন ইংরেজ ভদ্রলোক এসে বসেছেন। মাঝবয়সি, সৌম্য সুন্দর চেহারা। চোখ-নাক-মুখ তীক্ষ্ণ। পুরোনো দিনের ভারী ফ্রেমের চশমা। কাঁচা-পাকা চুল। সাদা দাড়ি। কালো প্যান্ট, সাদা শার্ট। আশ্চর্য একেই তো স্বপ্নে দেখেছিল অতীন।

হ্যাঁ, অনেক কিছুই করা যায়। কিন্তু নিজের জীবনে পালটে দেওয়া যায় না।

কথাটা বলে লোকটা ডানহাতটা অতীনের দিকে বাড়িয়ে দিল করমর্দনের জন্য।

আমার নাম স্টিভ। একটা সময় ম্যাজিক দেখাতাম। ম্যাজিকই ছিল আমার দিনরাতের স্বপ্ন—সাধনা। বুঝলে যেটাই মনে হত অসম্ভব—সেটাই সম্ভব করার চেষ্টা করতাম। উপায়ও বার করে ফেলতাম। লোকে আমাকে হুডিনির সঙ্গে তুলনা করত। আমার ম্যাজিক শোগুলোর টিকিট একমাস আগে সব বিক্রি হয়ে যেত।

তা আপনাকেই তো আমি খানিক আগে—বলতে গিয়ে থেমে গেল অতীন। স্বপ্নে দেখেছে বললে নির্ঘাত পাগল ভাববে।

হ্যাঁ, স্বপ্নে দেখেছিলে, তাই তো? অনেক স্বপ্ন সত্যি হয়, বুঝলে! তা, যা বলছিলাম—আমার ছোট্ট একটা ছেলে ছিল, পিটার। ওর সেদিন প্রবল জ্বর। আর আমার আবার একটা ম্যাজিক শো-এর ট্যুরে ইউরোপ যাওয়ার কথা ছিল। ম্যাজিক শো শেষ করে যখন তিনদিন বাদে ফিরলাম—তখন সব শেষ। পিটার আমাদের ছেড়ে চলে গেছে। এখনকার মতো এত সহজে তখন যোগাযোগ করা যেত না। তাই আমাকে বাড়ি থেকে ওরা খবর পাঠাতে পারেনি।

আমি খুব ভেঙে পড়েছিলাম। তখনই মনে হল যদি কোনওভাবে অতীতে ফেরা সম্ভব হত। হ্যাঁ, সময়ের পিছন দিকে, যেখানে গেলে পিটারকে ফিরে পাব। আমার ছোট ছোট অনেক ভুল শুধরে নিতে পারব। ওকে আরেকটু সময় দিতে পারব। কিন্তু না, মজাটা দেখো, পারলাম—কিন্তু শুধু একঘণ্টা পিছিয়ে যেতে পারলাম। প্রতি মুহূর্ত যেখানে ছুটে এগিয়ে চলেছে, দুরন্ত গতিতে সব হিসেব উলটেপালটে, সেখানে একঘণ্টা পিছিয়ে কী লাভ! ওই ম্যাজিক ঘড়িটা আমারই তৈরি করা। একবার, শুধু একবারই একটা ম্যাজিক শো করেছিলাম ওই ঘড়িটা দিয়ে। তারপর আর কোনও শো হয়নি, দীর্ঘশ্বাস ফেলল স্টিভ।

কেন?

হ্যাঁ, সেকথাই বলছি। তুমি তো শো-এর খানিকটা স্বপ্নেই দেখেছ তাই না? শো-এর পর সে এক হুলস্থুল কাণ্ড। খবর মুহূর্তে চারদিকে ছড়িয়ে পড়েছিল, কারণ এই প্রথম একটা একঘণ্টার শো হয়েছিল যা ছ'টায় শুরু হয়ে ছ'টাতেই শেষ হয়। অর্থাৎ সময়ের কোনও হিসেবই মিলছিল না। আর একটা কারণও অবশ্য ছিল।

কী সেটা? শুকনো গলায় অতীন বলে ওঠে।

একটু কেশে গলাটা পরিষ্কার করে নিল স্টিভ। তারপর ফের বলতে শুরু করল, সেদিনের লাস্ট ইভেন্টটা ছিল সাপের সঙ্গে কিছুক্ষণ। আমাকে একটা কাচের বাক্সের মধ্যে শিকল দিয়ে বেঁধে তিনটে বিষাক্ত

সাপ ছেড়ে দেওয়া হবে। আমি পাঁচ মিনিট পর বাক্স থেকে বেরিয়ে আসব।

দর্শকদের সে কী উৎসাহ, কী বলব। তবে তখনও তারা সবাই বিভোর হয়েছিল ওই ঘড়ির ম্যাজিকটাতেই। তাই বাক্সের মধ্যে প্রত্যেকটা বিযাক্ত ছোবলে আমি যখন কেঁপে কেঁপে উঠেছি, চিৎকার করে উঠেছি, তখন তারা বাইরে থেকে দেখে ভেবেছে—ম্যাজিশিয়ান স্টিভের কাছে এ আর কী? নির্ঘাত অভিনয়। বুঝতে পারেনি যে আমি আমার মৃত্যুর অপেক্ষা করছিলাম। তাই আমার নিথর দেহ যখন দশ মিনিট বাদে বাক্স থেকে বের করে আনা হয়েছিল, তখন সবাই, এমনকী আমার সঙ্গী কলাকুশলীরাও ভাবছিল আমি অভিনয় করছি, এই বুঝি ফের উঠে দাঁড়াব। এই বুঝি টুপিটা হাতে নিয়ে সদম্ভে কুর্নিশ করে বলে উঠব, 'দ্য ওয়ান অ্যান্ড ওনলি ওয়ান—দ্য গ্রেটেস্ট ম্যাজিশিয়ান অফ অল টাইম—স্টিভ।'

উত্তেজিত হয়ে অতীন উঠে দাঁড়াল এবার।

মা-মানে—আপনি—তখন মারা গিয়েছিলেন!

অতীনের কথা গ্রাহ্য না করেই স্টিভ বলতে থাকল, বুঝলে, পিটারের সঙ্গে আগে কখনও পাঁচ মিনিট সময়ও কাটাইনি। পিটারের মার সঙ্গেও না। কথা বলারই সময় পেতাম না। শুধু নিজের নামের মোহে—নিজের ম্যাজিকে মত্ত ছিলাম। আমার নাম যখন ইংল্যান্ড ছেড়ে সারা বিশ্বে ছড়িয়ে পড়েছিল—তখনও বুঝিনি যে পিটার পাঁচ বছরের হয়ে গেছে। আর সবার ভিড়ের মধ্যে আমি কত একা। যখন বুঝলাম, তখন পিটার চলে গেছে। পিটারের মা সেও আমাকে ছেড়ে চলে গেছে। শুধু রয়ে গেছে সময় আর একাকিত্ব।

শেষ দু-বছর আমি শুধু চেষ্টা করে গেছি কীভাবে আবার সেই দিনগুলোতে ফেরা যায়। সেই দিনগুলোতে যখন পিটার সবে হামাগুড়ি দিতে শিখছিল। আধো আধো কথা বলতে শিখছিল। পারিনি। একঘণ্টা অতীতে গিয়ে আর যাই হোক হারিয়ে যাওয়া মুহূর্তগুলোকে ফিরে পাওয়া যায় না। তাই আমি যা বলছিলাম—ও ঘড়ির মোহে পোড়ো

না। আমি বন্ধু, শুধু ঘড়িটা নিয়ে গেলাম। আর দিয়ে গেলাম কিছুটা বাড়তি সময়। ভুল কোরো না।

বলে ঘড়িটা নিয়ে স্টিভ উঠে দাঁড়াল। তারপর ধীরে-সুস্থে এগিয়ে গেল পার্কের গেটের দিকে। আর তারপরই কীভাবে যেন হঠাৎ করে অন্ধকারে মিলিয়ে গেল।

স্টি-স্টিভ-ডাকতে গিয়ে গলা থেকে আওয়াজ বেরোল না অতীনের। আর তার মধ্যেই বেজে উঠল পকেটে রাখা ফোনটা। চমকে উঠে ফোনটা ধরল অতীন। স্বাতীর ফোন। হাতঘড়িতে আবার সময় আটটা পাঁচ।

শোনো, বুবু ফের বায়না করছে, তোমাকে অনেকদিন দেখেনি। সামনে 'কবে আসবে' 'কবে আসবে' করছে। নাও ওকে বোঝাও।

সেকী! অনেক রাত হয়ে গেছে তো ওখানে! এখনও জেগে আছে? দাও ওকে দাও...বুবু সোনা, কেমন আছ?

বাবা তুমি কবে আসবে? তুমি বলেছিলে আমার সঙ্গে ফুটবল ম্যাচ খেলবে, পাহাড়ে বেড়াতে নিয়ে যাবে।

হ্যাঁ সোনা—পরের সপ্তাহেই যাব।

পরের সপ্তাহে!

বুবু ফোনটা ছেড়ে মাকে বলে ওঠে, মা, বাবা বলেছে পরের সপ্তাহেই এখানে আসবে।

ফের স্বাতীর গলা, কী সব বলছ বলো তো! তুমি বলছিলে আসতে দেরি হবে। তোমার কন্ট্রাক্ট তো দু-বছরের, সে ও এখন তো কয়েকমাস বাকি।

নাহ্, আর দেরি নেই। পরের সপ্তাহেই ফিরব। না হলে ও আমায় পাগল করে দেবে। এখানকার কাজ শেষ, কাল ডিটেলে বলব।

ফোনটা ছেড়ে অতীন বাড়ির দিকে পা বাড়ায়। প্লেনের ফেরার টিকিটটা খুব তাড়াতাড়ি বুক করে দিতে হবে।

৩৮ বিচউড স্ট্রিট

'ঝুম্-ঝুম্-ঝুম'—শব্দটা বাগানের একটা দিক থেকে অন্য দিকে এগিয়ে গেল। ধীরে পায়ে কেউ যেন বাগানের মধ্যে হেঁটে বেড়াচ্ছে। আওয়াজটা মৃদু কিন্তু স্পষ্ট। ভিজে ঘাসের উপর কারও যেন মৃদু সতর্ক পদক্ষেপ। একই সঙ্গে একটা ধাতব শব্দ। 'ঝুম্-ঝুম্-ঝুম্', কলকাতায় এরকম আওয়াজ কখনওই আলাদা করে টের পেত না অভ্র। কিন্তু এখানে? এই নিথর নীরবতায় এই আওয়াজ স্পষ্ট শোনা যায়, বোঝা যায় প্রাণহীনেরও ভাষা আছে।

তিন সপ্তাহ হল অফিসের কাজে ওয়েলসে এসেছে অভ্র। বাড়ি ভাড়া নিয়েছে ছোট্ট পাহাড়ি শহর কার্লিয়নে। শহর না বলে গ্রাম বললেই ভালো হয়। কিন্তু এখানকার বাসিন্দারা কার্লিয়নকে শহর না বললে অপমানিত হয়। আর হবে না-ই বা কেন, দু-হাজার বছর আগে ইংল্যান্ডের বেশির ভাগ জায়গা যখন সভ্যতার স্পর্শ থেকে অনেক দূরে, তখন এই এখানে, ওয়েলস-এর ছোট্ট শহর কার্লিয়নেই আস্তানা গেড়েছিল রোমান সাম্রাজ্যের এক লিজিয়ন। প্রায় পাঁচ হাজার রোমান সেনা তাদের পরিবার-পরিজন নিয়ে এখানে থাকত। তাই এখনও কার্লিয়নের নানান জায়গায় ছড়িয়ে আছে রোমান দুর্গ, সেনাদের থাকার জায়গা, রোমান বাথ, অ্যাম্ফিথিয়েটার।

আবার শব্দটা ফিরে আসছে। মনটাকে আবার বর্তমানে ফিরিয়ে আনল অভ্র। খুব মনোযোগ দিয়ে ফের শোনার চেষ্টা করল। কোনও জন্তুর হাঁটার আওয়াজ কি? আশেপাশে বেশ কিছু জংলা জায়গা আছে। বাড়িটা শহরের একদম প্রান্তে। এরপরই জঙ্গল শুরু। তাই এরকম কোনও জন্তুর উপস্থিতির সম্ভাবনাটা উড়িয়ে দেওয়া যায় না। তবে ঠিক রাত সাড়ে ন'টাতেই প্রায় প্রতিদিন সে-শব্দ কেন ফিরে আসে সেটা অবশ্যই একটা প্রশ্ন। আর পাঁচ মিনিট বাদে কেন যে সে-শব্দ

আবার হারিয়ে যায় তারও কোনও কারণ খুঁজে পাওয়া যায় না।

প্রথম দুদিন এ-শব্দটা পাওয়ার পর অফিসের কোলিগ স্টিভ স্মিথকে একথাটা বলেছিল অভ্র। স্টিভ এখানকার লোক। এ ধরনের শব্দের সঙ্গে ওর পূর্ব পরিচিতি থাকতেও পারে।

ফোনে রেকর্ডিং করা শব্দটা মনোযোগ দিয়ে শোনার পর প্রথমবার স্টিভ বলে উঠল, 'হেজহগ।' অর্থাৎ শজারু।

তারপর কী মনে হতে আবার শুনল। দ্বিতীয়বার শুনে মত পরিবর্তন করে ভুরু কুঁচকে বলে উঠল, 'হুমম্, কারও পোষা বেড়াল নয়তো? চেন বাঁধা। তবে...'

একটু থেমে স্টিভ ফের বলে উঠল, 'কীসের সঙ্গে শব্দটা সবথেকে বেশি মেলে বলত? কোনও ভারী কিছু বা ডেডবডি চেনে বেঁধে ঘাসের উপর দিয়ে টেনে নিয়ে গেলে যেমন শব্দ হয়, ঠিক সেইরকম।' কথাটা শুনে অভ্র হেসেছিল, স্টিভ হাসেনি। বরং বলেছিল, 'কার্লিয়নের বেশিরভাগ বাড়িই পুরোনো। রোমান শহরের উপর তৈরি।' অভ্র বুঝেছিল স্টিভ মজা করছে। তবু বাড়িওয়ালা ডেভকে ফোন করেছিল। জেনেছিল বাড়িটার বয়স মাত্র দশ বছর। বাড়িটা আসলে ডেভের ছেলের। কিন্তু তৈরির পর থেকেই ডেভের ছেলে দেশের বাইরে থাকায় এখানে কেউ কখনও থাকেনি। বহুদিন পরে অভ্রই প্রথম ভাড়াটে। দশ বছর বেশ বড় সময়। তাই এই দশ বছরে বাড়ির বাগানে কোনও জন্তুর স্থায়ী আস্তানা গড়ার সম্ভাবনাটা উড়িয়ে দেওয়া যায় না। পরের দিন সকালে বাগানটা বেশ তন্ন তন্ন করে খুঁজে দেখেছিল অভ্র। বেশ কিছু পাখি, মৌমাছি, ভীমরুল, আর মাকড়সার বাইরে আর কারও অস্তিত্ব খুঁজে পাওয়া যায়নি।

চিন্তায় বাধা এল। ডাইনিং রুমের বন্ধ কাচের দরজার বাইরে শব্দটা থেমে গেছে। অভ্রর ষষ্ঠেন্দ্রিয় স্পষ্ট বলে উঠল কাচের উলটো দিকে নিশ্চিত কেউ আছে। বাইরে এমনিতেই ঘন কুয়াশা। তার মধ্যে বাগানের দিকে দেওয়ালে লাগানো একমাত্র আলোতে কুয়াশার উপস্থিতি ছাড়া আর কিছুই বোঝার উপায় নেই। কিছু দূরে বাগানে

গার্ডেন চেয়ার-টেবিল রাখা। সে টেবিলের অর্ধেকটা পর্যন্ত প্রসারিত হয়েছে ডাইনিং রুমের অস্পষ্ট আলো। তারপরে প্রায় নিশ্ছিদ্র অন্ধকার। দরজার কাচের গায়ে নাক ঠেকিয়ে বাইরেটা দেখার চেষ্টা করল অভ্র। নাহ্, আলোকিত অংশে অন্তত কেউ নেই। জীবিত বা মৃত।

হঠাৎ ওর মনে হল, ভয় না পেয়ে বাইরে একবার যাওয়া উচিত। রহস্যের সমাধান অবিলম্বে হওয়া দরকার। পাশের রান্নাঘর দিয়ে বাগানে যাওয়ার যে দরজাটা আছে সে দিকে এগোল অভ্র। কিন্তু দরজার কাছে এসেই শিহরন হল অভ্রর। দরজাটা আধখোলা। ঠান্ডা বাতাস হানা দিয়েছে সে-দরজা দিয়ে। কিন্তু এ-দরজা তো বন্ধই ছিল! সকালে একবার বাগানে গিয়েছিল অভ্র, আর যদ্দূর মনে পড়ে ফিরে বন্ধও করে দিয়েছিল।

বাইরের বাগানে বেরিয়ে এল অভ্র। মেঘ যেন হঠাৎ হানা দিয়েছে বাগানে। দু-হাত দূরের জিনিসও স্পষ্ট দেখা যাচ্ছে না। মেঘে ঢাকা আকাশে তারারা-ও উধাও। তবু তার মধ্যেই অভ্র টর্চ জ্বেলে এগিয়ে গেল শব্দটাকে লক্ষ্য করে। হাত পাঁচেক এগোতেই হঠাৎ হৃদস্পন্দন বন্ধ হয়ে যাবার জোগাড় অভ্রর। বাগানের মধ্যে ওর থেকে ঠিক তিন হাত দূরে পাথরের মূর্তির মতো দাঁড়িয়ে আছে একটা মেয়ে। বয়স বড় জোর সাত-আট হবে। ক'টা চোখ। ওর দিকেই তাকিয়ে আছে। মুখটা কেমন যেন গম্ভীর। ধবধবে ফরসা রং। এতটাই ফরসা যে মনে হয় যেন রক্ত শূন্যতায় ভুগছে। কুয়াশা ভেদ করে পেনসিল ব্যাটারি টর্চের আলো মেয়েটার উপর গিয়ে পড়েছে। তার আবছা আলোতে মেয়েটার ফ্রকের রং মনে হল গোলাপি। অভ্র কিছু বলার আগেই মেয়েটা ছুট দিল। বাগানের অন্য দিকে আর তার প্রায় পর পরই বাইরে একটা গাড়ির জোরে ব্রেক কষার আওয়াজ পেল অভ্র।

সম্বিৎ ফিরে পেয়ে বাগানের ওই একই দিকে ছুটে গেল অভ্র। আগে খেয়াল করেনি, বাগানের পিছন দিকে কাঁটাঝোপের বেড়ার মধ্যে একটা ছোট ফাঁক আছে। নির্ঘাত তার মধ্যে দিয়েই মেয়েটা রাস্তায় পালিয়ে গেছে। ওখান থেকে অভ্রর বেরোনোর উপায় নেই। ও বাগান

থেকে ফিরে এসে বাড়ির মধ্যে দিয়ে গিয়ে সামনের দরজা খুলে রাস্তায় বেরিয়ে এল। পাশের রাস্তায় গাড়ির ব্রেক কষার আওয়াজটা নিয়ে চিন্তা হচ্ছে। মেয়েটার কিছু হল না তো?

যা ভেবেছিল তাই। বাড়ির গা দিয়ে যে-রাস্তাটা চলে গেছে তার ঠিক মাঝখানে একটা কালো গাড়ি দাঁড়িয়ে আছে। তার চালক গাড়ি থেকে নেমে রাস্তায় এসে দাঁড়িয়েছে। ভদ্রলোকের দিকে এগিয়ে গেল অভ্র। গায়ে কালো স্যুট, অভিজাত চেহারা, লালচে সোনালি চুল। অভ্রকে দেখেই লোকটা উত্তেজিত ভাবে বলে উঠল, 'এই এক্ষুনি একটা বাচ্চা মেয়ে হঠাৎ করে গাড়ির সামনে এসে পড়েছিল। ভাগ্যিস সময় মতো ব্রেক কষেছিলাম।'

'হ্যাঁ, আমিও তাই ব্রেকের আওয়াজটা শুনেই দেখতে এলাম। কোথায় গেল মেয়েটা?'

'হ্যাঁ, আমিও তাই ভাবছি। যেমন হঠাৎ করে এসেছিল, তেমনই হঠাৎ করে কোথায় আবার চলে গেল দৌড়ে।'

এবার অভ্রর দিকে হাত বাড়িয়ে লোকটা বলে উঠল, 'আমার নাম রব। রবার্ট ব্রাইট। এখানেই এক মাইল দূরে থাকি। তা আপনি কি এখানে নতুন? আগে দেখিনি তো!'

'হ্যাঁ, আমি এখানে তিন সপ্তাহ মতো এসেছি। ইন্ডিয়া থেকে। এখন বছরখানেক থাকব।'

'গুড। খুব ভালো। এটা ছোট জায়গা। আগে আমিও এখানেই থাকতাম। এখন একমাইল দূরে চলে গেছি। আজ চলি, পরে আবার কথা হবে।'

লোকটা গাড়িতে উঠতে যাচ্ছিল। হঠাৎ উলটো দিকে ফুটপাথ থেকে আসা একটা লোককে দেখে হাত তুলে চেঁচিয়ে উঠল, 'পিটার!'

রাস্তার উলটো দিকের ফুটপাথে দাঁড়িয়ে থাকা পিটারের দিকে তাকাল অভ্র। পিটারকে দেখে প্রথমেই অভ্রর যে কথাটা মাথায় এল তা হল গল্পে পড়া ভ্যাম্পায়ারের কথা। সাড়ে ছ'ফুটের মতো হাইট হবে। রোগা, মাথায় বড় একটা টুপি। খাড়া নাকটা সামনের দিকে

একটু বাঁধানো। লম্বাটে মুখের উপর দুটো চোখ যেন দুটো গর্তে খোদাই করে বসানো হয়েছে। লোকটা এগিয়ে এসে রবার্টের সাথে করমর্দন করে বলে উঠল, 'কেমন আছ রবার্ট? এত রাতে এখানে?'

'আর বলো না। ফিরতে একটু রাত হয়ে গেল আজ। হঠাৎ করে একটা বছর সাতেকের মেয়ে গাড়ির সামনে চলে এসেছিল। আরেকটু হলেই—'

'ও শেলী! বুঝতে পেরেছি, ভারী দুষ্টু মেয়ে। মাঝেমধ্যেই এরকম করে। মজা করে হঠাৎ হঠাৎ করে গাড়ির সামনে দিয়ে দাঁড়ায়। ভয়ডর ওর একদম নেই।'

'তা তুমি চেনো নাকি?'

'হ্যাঁ, চিনব না! ও তো আমাদের ওখানেই থাকে। তুমি আগে দেখোনি সেটাই আশ্চর্য লাগছে।' রবার্টকে উদ্দেশ্য করে পিটার বলল।

এতক্ষণে অভ্র বলে উঠল, 'মেয়েটা মাঝে মধ্যে আমার বাড়ির বাগানেও ঢুকে পড়ে। আমি অবশ্য আজই প্রথম দেখলাম। কিন্তু আগে ওর পায়ের আওয়াজ পেয়েছি।'

'তা আপনি।' অভ্রকে যেন এতক্ষণে খেয়াল করল পিটার।

'এই কয়েক সপ্তাহ হল এখানে এসেছি।' বলে বাড়ির দিকে আঙুল তুলে দেখোল অভ্র।

পিটার যেন একটু চমকে উঠল—

'৩৮ বিচউড স্ট্রিট!' তারপর মাথার টুপিটা খুলে হাতে নিয়ে দীর্ঘশ্বাস ফেলে ফের বলে উঠল, 'নিশ্চয়ই এ জায়গাটা আপনার খুব ভালো লাগছে। ভারী সুন্দর জায়গা। আমাদেরও পছন্দের।' বলে হঠাৎ করে থেমে গেল পিটার।

এতক্ষণে মনের কথাটা বলেই ফেলল অভ্র, 'জানেন, এই ক'দিন রোজ এ সময়ে আমার বাড়ির বাগানে বিশেষ একটা আওয়াজ হত। ভাবতাম কীসের আওয়াজ! আজকে আওয়াজটা পেয়ে বেরিয়ে দেখি বাগানের মধ্যে মেয়েটা, মানে আপনাদের এই শেলী। কেন রোজ আমার বাগানে ঢুকত কে জানে?'

'ও ওরকমই। তাছাড়া এখানেই থাকত তো!'

'এখানে থাকত মানে?'

'না, মানে এখানকারই মেয়ে তো। তাই মাঝে মধ্যে ঢুকে পড়ে।'

একটু থেমে পিটার বলে উঠল, 'তা যাই হোক। মোস্ট ওয়েলকাম টু কার্লিয়ন। ভালো থাকবেন আর ওরকম আওয়াজ টাওয়াজে ঘাবড়াবেন না। আমি আসি।'

বলে অভ্র আর রবার্টকে বিদায় জানিয়ে যেদিকে যাচ্ছিল, তড়বড় করে সেদিকে আবার হাঁটতে শুরু করল।

রবার্টও গাড়িতে উঠেই গাড়ি স্টার্ট করল। ওর গাড়িটা চলতে শুরু করার পর পরই প্রায় একশো মিটার দূরত্বে রাস্তার ফুটপাতের উপর আবার মেয়েটাকে দেখতে পেল অভ্র। কুয়াশাটা একটু কেটে যাওয়ায় দেখতে পাওয়া সম্ভব হয়েছে। মেঘের চাদর সরিয়ে আকাশটাও যেন একটু জেগে উঠেছে তারার চোখে চোখ রেখে।

মেয়েটা যেন ওর জন্যই অপেক্ষা করে দাঁড়িয়ে আছে। কিছু কি বলতে চায়? অভ্র ওর দিকে এগিয়ে গেল। আর একটু এগোতে মেয়েটার চেহারা স্পষ্ট দেখতে পেল অভ্র। মুখটা ভারী সুন্দর। বড় বড় চোখের পাতা। আর সে চোখের দৃষ্টি সোজা অভ্রর উপর।

মেয়েটার কি বাবা-মা কেউ নেই! এত রাতে এভাবে বাইরে ঘুরে বেড়াচ্ছে। অভ্র আরেকটু কাছে যেতেই মেয়েটা হাত তুলে দূরের দিকে দেখাল। পাহাড়ি রাস্তা বাঁক বেয়ে নীচের দিকে নেমে গেছে কার্লিয়ন শহরের কেন্দ্রের দিকে। ওদিকেই ওর আঙুলের লক্ষ্য। অভ্রকে কি কিছু দেখাতে চায়?

তারপর আর কিছু না বলে সোজা ঢাল বেয়ে নামতে শুরু করল। অভ্রও মেয়েটার পিছু পিছু এগিয়ে চলল। মেঘ আর কুয়াশার দাপট একটু কমলেও এখনও রাস্তা পরিষ্কার দেখা যাচ্ছে না। রাস্তার দু-ধারে লাগানো বাতিস্তম্ভের আলোগুলো এই ভারী কুয়াশার মধ্যে নিজেরাই লুকোচুরি খেলছে। তাদের হলদেটে তুলির ছোঁওয়ায় আশপাশ রঙিন হলেও দশ মিটারের বেশি কিছু দেখা যাচ্ছে না। রাস্তায় গাড়ি

চলাচল প্রায় নেই বললেই চলে। কিছু রাতজাগা পাখির ডাক মাঝেমধ্যে শোনা যাচ্ছে।

হঠাৎ অভ্র লক্ষ করল মেয়েটা একটু আগে দাঁড়িয়ে পড়েছে। একটা লোকের সঙ্গে কথা বলছে। রাস্তার ধারে পাথর বসানো একটা বসার জায়গা। সেখানে একজন বয়স্ক ভদ্রলোক বসে আছে। মাথায় হ্যাট, হাতে সাদা লাঠি। লম্বা কালো কোট। চওড়া সাদা গোঁফ, সেরকমই দেখার মতো সাদা দাড়ি। তার সঙ্গে কিছু কথা বলে অভ্র কাছে এসে পৌঁছনোর আগেই আবার হাঁটতে শুরু করল।

অভ্র বৃদ্ধের কাছে যেতেই বৃদ্ধ খক্খক্ করে কেশে উঠল। ঠোঁটের কোণে একটু হাসি এনে বলে উঠল, '৩৮ বিচউড স্ট্রিট?'

অবাক হয়ে অভ্র বলল, 'কী করে জানলেন যে আমি ওখানে থাকি?' মেয়েটা বলল।

লোকটা আবার খানিকক্ষণ খক্খক্ করে কেশে বলে উঠল, 'সবাই ওই বাড়ির কথা জানে। দ্যাটস দ্য বেস্ট হাউস অফ দ্য ব্লক।' সবার পছন্দের। আমার নাম হল সাইমন ব্যানেট। এখানকার পুরোনো লোক।

'সাইমন ব্যানেট! নামটা শুনেছি মনে হচ্ছে।'

'হ্যাঁ, শুনবে না! আমি এখানকার মেয়র ছিলাম। এখানকার স্কুল, হাসপাতাল সবই আমার নামে। তা কার্লিয়ন কীরকম লাগছে?'

'ভালো। বেশ সুন্দর জায়গা। খুব পুরোনো শহর।'

'হ্যাঁ, সত্যিই খুব পুরোনো শহর। তাই এখানকার বাসিন্দারাও আমার মতোই পুরোনো। বহু বছর কেটে গেছে, কিন্তু শহরের মোহ আমরা কেউ কাটাতে পারিনি। আমরা সবাই যে যার জায়গা আঁকড়ে পড়ে থাকি।' লোকটা এরপর অন্যমনস্ক ভাবে বিড়বিড় করে কীসব বলতে লাগল।

অভ্র আর না দাঁড়িয়ে এগিয়ে গেল। ও খেয়াল করেছিল—মেয়েটা একটু এগিয়ে ওর জন্যই যেন অপেক্ষা করে দাঁড়িয়ে আছে। অভ্রকে এগিয়ে আসতে দেখে আবার হাঁটতে শুরু করল। খানিকবাদে বড় রাস্তা ছেড়ে ডানদিকের একটা রাস্তা ধরে এগোতে থাকল। এ রাস্তাটার দু-

ধারে কোনও বাড়ি নেই। ঝোপ-ঝাড়-গাছ। হাঁটার আর সাইকেলের সরু রাস্তা। অভ্র মন্ত্রমুগ্ধের মতো মেয়েটার পিছু পিছু এগোতে থাকল। খানিকবাদে ডানদিকে নীচু পাঁচিল ঘেরা একটা জায়গার সামনে এসে দাঁড়াল মেয়েটা। ভেতরে ঢোকার গেট খোলাই ছিল। চার্চ লাগোয়া বড় কবরখানা। মেয়েটা নির্ভীকভাবে তার ভেতরে ঢুকে গেল। চারদিকে কবরগুলোর উপর লাগানো কিছু ক্রস। কিছু চৌকো শেপের। কিছু কিছু খুব পুরোনো। কিছু নতুন গ্রানাইট পাথরের। অস্পষ্ট আলোতে দূর থেকে নাম পড়া যাচ্ছে না। একটা পাথরের ফলকের সামনে এগিয়ে গেল অভ্র। পাথরের উপর মৃতের নাম। সঙ্গে আছে জন্ম-মৃত্যুর তারিখ। কবরখানার মধ্যে দিয়ে সরু পা হাঁটা পথ চলে গেছে। মেয়েটা সে পথ ধরে হাঁটছে। মাঝে মধ্যে ছোট ছোট গাছ। তার মধ্যে ছড়ানোছেটানো নানান সাইজের পাথরের ফলক।

সেইরকমই একটা ফলকের সামনে গিয়ে দাঁড়াল মেয়েটা। চুপ করে দাঁড়িয়ে রইল কিছুক্ষণ। তাতে লেখা 'ইন দ্য মেমারি অব শেলী ভার্গিস। জন্ম ২ অক্টোবর, ১৮৭০, মৃত্যু ১৯ মার্চ, ১৮৭৭। এবার ঘুরে তাকাল অভ্রর দিকে। তারপর একগাল হেসে প্রথমবার কথা বলে উঠল, 'আই অ্যাম শেলী। শেলী ভার্গিস। এখানেই এখন আমি থাকি। আগে থাকতাম ৩৮ বিচউড স্ট্রিটে। তোমার বাড়িতে।' মেয়েটা হাসিতে শৈশবের উচ্ছ্বাস!

একটু থেমে দূরের আরেকটা নতুন পাথরের ফলকের দিকে নির্দেশ করে বলে উঠল, 'ওটা পিটারের, তার পাশেরটা রবার্টের। আর ওই, ওই যে বড় ফলকটা দেখছ না, ওটা সাইমনের। সাইমন বলে ও নাকি খুব বিখ্যাত লোক ছিল।'

অভ্র পাথরের মতো দাঁড়িয়ে ছিল। মেয়েটার দেখানো দিকে তাকাতেই শুধু পাথর নয়, তাদের পাশে দাঁড়ানো লোকগুলোকেও দেখতে পেল। এদের তিনজনের সঙ্গেই ওর খানিক আগেই আলাপ হয়েছে। পিটার, রবার্ট আর সাইমন। সাইমনের মুখটা গম্ভীর। লম্বা সাদা দাড়ি আর গোঁফ। দূর থেকেই স্পষ্ট চেনা যাচ্ছে। কিন্তু বেশিক্ষণ

না, আবার সব অস্পষ্ট হয়ে গেল অভ্রর চোখের সামনে।

পুলিশের কাছে খবরটা পেয়ে বাড়িওয়ালা ডেভ-এর খুব অবাকই লেগেছিল। এত রাতে ভাড়াটে ছেলেটা বাড়ির থেকে একমাইল দূরে কবরখানায় কী করছিল? আর তাও আবার ঠিক সেই জায়গাতে যেখানে ওই চারজনকে নতুন করে কবর দেওয়া হয়েছে! দশ বছর আগে বাড়িটা তৈরির সময় এই কবরগুলো সরানো হয়েছিল শহরের কেন্দ্রের মূল কবরখানায়, অবশ্যই কর্তৃপক্ষের অনুমতি নিয়ে। ঠিক ওইখানে! ছেলেটা ওদের সন্ধান পেল কী করে? কার্লিয়নে যারা থাকে তাদের হৃদয় এত দুর্বল হলে চলে না। কবরখানার মাঝখানে যেতেও হবে, আবার তারপরে ভয়ে হার্ট অ্যাটাকও হবে—এটা কি মেনে নেওয়া যায়? কোনওভাবেই না। সবাই জানে কার্লিয়ন ছেড়ে কেউই যেতে চায় না। কিন্তু তা বলে নতুন কেউ কি আর আসবে না এ শহরে? নতুন কোনও ভাড়াটে কি আর রাখা যাবে না?

জীবনে অনেক রহস্য থাকে, অনেক প্রশ্ন থাকে। সব প্রশ্নের উত্তর পাওয়া যাওয়াটা কি এতই জরুরি? ডেভ যে বাড়িতে থাকে তা ৩৮ বিচউড স্ট্রিট থেকে দু-ব্লক দূরে। কিন্তু রাত সওয়া ন'টা বাজলেই রোজ ওর পোষা মোটা কালো বেড়ালটা বাড়ি থেকে বেরিয়ে অন্য কোথাও চলে যায়। ডেভ যদ্দূর জানে বেড়ালটা ওই সময়ে ৩৮ বিচউডেই যায়। আবার খানিক বাদে ফিরেও আসে। ডেভ কি কখনও জানতে গেছে কেন বেড়ালটা রোজ ওই সময়ে ওখানেই যায়?